古典文獻研究輯刊

八　編

潘美月・杜潔祥　主編

第 4 冊

紅樓夢版本研究（中）

王 三 慶 著

國家圖書館出版品預行編目資料

紅樓夢版本研究（中）／王三慶著 — 初版 — 台北縣永和市：
花木蘭文化出版社，2009〔民98〕

目 10+218 面；19×26 公分
（古典文獻研究輯刊 八編；第 4 冊）

ISBN：978-986-6528-34-7（精裝）
1. 紅樓夢 2. 版本學 3. 研究考訂
857.49   97025833

ISBN - 978-986-6528-34-7

9 789866 528347

古典文獻研究輯刊
八 編 第 四 冊   ISBN：978-986-6528-34-7

紅樓夢版本研究（中）

作　　者　王三慶
主　　編　潘美月　杜潔祥
總 編 輯　杜潔祥
企劃出版　北京大學文化資源研究中心
出　　版　花木蘭文化出版社
發 行 所　花木蘭文化出版社
發 行 人　高小娟
聯絡地址　台北縣永和市中正路五九五號七樓之三
　　　　　電話：02-2923-1455／傳真：02-2923-1452
網　　址　http://www.huamulan.tw 信箱 sut81518@ms59.hinet.net
印　　刷　普羅文化出版廣告事業
初　　版　2009 年 3 月
定　　價　八編 20 冊（精裝）新台幣 31,000 元

紅樓夢版本研究（中）

王三慶　著

目

次

第四章　蒙府本研究

　　民國五十年春，北京圖書館自琉璃廠的中國書店中，購得一部乾隆抄本石頭記，據趙萬里先生說：「這本子係一清代蒙古旗王府的後人所出」〔註1〕，在第七十一回末背面有「柒爺王爺」草書字樣〔註2〕，因此被簡稱為「蒙府本」、「脂蒙本」或「蒙本」。由於未曾影印，研究的篇章並不多見，僅有周汝昌先生在是年六月，以「玉言」的署名撰寫過「簡介一部紅樓夢新鈔本」〔註3〕。其後二年，又再進一步的研究，寫成「清蒙古王府本」〔註4〕一文，並附二頁的書影。另外「一粟先生的新版：書錄」也針對此本加以增補〔註5〕。民國六十五年，由於庚辰本的再版，原缺的第六十四回、六十七回，不再拾取己卯本上後人據刻本抄補的文字，反而和第六十八回中原來脫失的一頁並取自蒙本〔註6〕。於是才有二個整回及數頁的書影可資研究，今就這些素材及以上諸家的研究篇章論述如下：

壹、概　況

　　這個抄本凡分十二卷，一百二十回，計每卷十回，裝為卅二冊，四函。

〔註1〕周汝昌，「新證」，第 999 頁。
〔註2〕田于，「敘錄」，第 15 頁。
〔註3〕同註1，第 1015～1022 頁。
〔註4〕同上，第 999～1015 頁。
〔註5〕同註2，第 15～16 頁。
〔註6〕「脂硯齋重評石頭記」（庚辰本）「出版說明」（香港，中華書局，1977 年 8月）。

正文每面九行，行二十字（註7）。中縫題「石頭記、卷×、×回、（頁）×」，「石頭記」三字和朱絲欄連史紙是專爲抄寫而印就的。工楷精鈔，甚爲考究。書的題名，不似甲戌、庚辰諸本的「脂硯齋重評石頭記」，也非晉本用的「紅樓夢』，而是「石頭記」三字，這種題名方式與戚本完全一致。卷首有程偉元序，朱絲欄連史紙（粉紙），草書、次目錄，前八十回和後四十回用紙不同，有雙行批，行間夾批，及回前回後總評。

然而這個附有程序的百廿回抄本，並非一部流行已久的程本，據周汝昌先生的鑑定結果是這樣的：

「（一）後四十回，即程序、高續的部分，和前八十回，即曹雪芹原著部分，紙張筆墨行款都非一色。前八十回用朱絲欄豎格粉紙，後四十回則用素白紙張。

（二）前八十回回目用朱豎格紙，後四十回回目用素白紙：各與其正文紙墨相應一致。

（三）八十回中，其第五十七至六十二回書文，獨用素白紙鈔寫，筆墨亦與後四十回一色；查其文字異同及批語有無，則顯然是程本系統，而非脂本情況。

合以上三點而看，事情已明：此本原是八十回本，内缺六回書文；後經另手以程本鈔配，拼齊，合爲一百二十回。所缺六回書，在全部中爲第十八、十九兩冊。已經印行的庚辰本脂硯齋重評石頭記，也是原有缺少，其第六十四、六十七兩回是影印時用別本配補的：情形大略相似。

（四）卷首程偉元序，用朱豎格紙鈔寫，卻和八十回回目、正文的紙一律：乍看甚不可解。稍一細審，破綻立見：原來這段序文的用紙是從原八十回中剩餘空白舊紙拆出移來的，其中縫寫明『卷五』字樣，與正文卷五處對證，字跡符合，拆移之情盡無可疑，疑實乃解。

序文的墨色也和八十回正文兩樣，顯然較新；正文，不管是八十回還是四十回，一律工楷；書法縱不高明，但都整飭。而序文獨出以

〔註7〕同註2，第十五頁蒙本「石頭記」條又云：「内第五十七至六十二、八十一至一百二十回係白紙，據程甲本抄配，每面九行，行二十四或二十字。」這種行款格式僅能說是大致情況罷了。如以影印的部份而言，也有或作十九字的，其第六十七回第二十頁（原書誤編爲十九）以後，每行在廿至廿七字之間，又有不同。

行草體（或系照刊本臨摹之意），筆劃又十分惡劣，談不到書法二字。從上面四點來合推，全書是用兩本拼配，其事猶較早；一序是後加，其事最晚。大約拆紙添序是合釘，乃至重裝時所爲，並非原有。」〔註8〕

貳、批語概說

一、與戚本大體同源的雙行夾註批

蒙戚二本的雙行夾註批語，根據周汝昌先生的看法是：

「僅有個別詞字上的些微差別。這些夾批蒙、戚共有，其中雖或爲他脂本所無，然又或爲他脂本所有，這證明這些夾批來歷不弱，很靠得住。夾批中不見『脂硯齋』字樣，情況和甲戌本、戚本、夢覺本同。例如單是第十六回，庚辰本就有不少帶有『脂硯』署名的夾批；而到甲戌本、蒙本、戚本、夢覺本，這些署名都刪削不存了。因此，我個人的看法是：夾批都是脂批；各本批語存在的差異情況，可能是由於批時有先後，逐次傳鈔底本有不同而造成的。流傳出來，遂形成不同的『派系』。」〔註9〕

二、和戚本同源，既無時間也不署名的回前回後總評

「蒙府本前八十回每回前後也有總批，批語有散文，有韻文，都和戚本大體相同，僅有個別詞字上的些微差異（如敘蒙本作緒，總冒蒙本作總帽之類是）。這麼一來，『孤立無援』的戚本就有了對證，而蒙本比戚本爲早（下文有證），足以說明這些總批不是戚蓼生等人的手筆，而是淵源另有所自的了。

總批在甲戌、庚辰二本，還是有些回有，有些回無的情況。普遍到每回前後都有，自蒙、戚二本始。

對校起來，有兩回的總批，甲、庚、蒙、戚四本並見，即第二十七、二十八兩回回前。有十回的總批庚、蒙、戚三本並見，即第十七回

〔註8〕同註1，第1016～1017頁。
〔註9〕同上，第1002頁。

前,二十回後,二十一回前,二十四回前,二十九回前,三十回前,三十一回前、後,三十二回前,蒙、戚在三十八回前。這說明這些不同本子的總批,不是截然無關。並見的都是散文體,不是韻文。蒙戚二本『總批』或「總評」字樣,又見於回後,回前沒有這個稱呼。實際回前回後內容體裁風格,也都看不出嚴格的界限。又如第二十七、二十八兩回前庚、蒙、戚三本的批,甲戌本放在回後;三十六回後蒙、戚二本的批,庚辰本放在回前,則是地位上也沒有嚴格的界限,都應作總批看待。回前韻語較多,與正文緊接前面的『標題詩』相近。八十回書每回前後全部總批的完成,當在蒙、戚正文底本清抄之後,故又有各自單佔一葉的情況。下面試舉數例:

> 風流真假一般看,借貸親疏觸眼酸;總是幻情無了處,
> 銀燈挑盡淚漫漫。(第六回前)

> 海棠名詩社,林史傲秋閨;縱有才八斗,不如富貴兒。(第三十七回前)

> 兩宴不覺已深秋,惜春只如畫春遊;可憐富貴誰能保,
> 只有恩情得到頭。(第四十四回前)

> 積德於今到子孫,都中旺族首吾門;可憐立業英雄輩,
> 遺脈誰知祖父恩?(第五十四回前)

> 批語所流露的對於某些事情的感慨,可以幫助我們了解批者的身份。如『銀燈』句頗似女子聲口。『恩情』二字不知是否指夫妻而言?這似乎可以參看紅樓夢曲子『鏡裏恩情』一句的用法。這些痕跡,和其他脂批所透露的也都相合。

總批中找不到時間年月。第五十四回總批云:

> ……噫!作者已逝,聖嘆云亡。愚不自諒,輒擬數語,
> 知我罪我,其聽之矣。

這是雪芹卒後的批,可能和庚辰本硃批中之『乙酉』『丁亥』,甲戌本硃批中之『甲午』等批相當,或者還要靠後些。

總批中也找不出署名(僅四十一回前之七絕著「立松軒」三字)。甲戌本的『脂硯齋』字樣,屢屢見於『凡例』、『楔子』以及諸眉批中。庚辰本的『脂硯齋』字樣則見於總目、回目、總批、雙行夾注批、

行側、眉上硃批。到蒙本、戚本、夢覺本，這些名字都不見了——總批也不例外。由大書特書以至絕迹，不像是出於輾轉傳鈔中的遺漏，其中必有緣故。是不是由於後來批者自悔藏頭露尾，有必要將別署掃數隱去呢？這一點頗值得研究。」〔註10〕

三、獨有的行側墨批

「蒙本和戚本一樣，沒有甲戌、庚辰二本眉上和行間的硃批。但和諸本又不同的是：另外獨有許多行側墨批，蔚為一大特色。行側墨批的分布情況如下：

第 一 回	三十七條	第 二 回	十八條
第 三 回	六十九條	第 四 回	五十三條
第 五 回	三條	第 六 回	三十七條
第 七 回	二十一條	第 八 回	三十七條
第 九 回	十九條	第 十 回	二十條
第十一回	三十條	第十二回	二十條
第十三回	五條	第十四回	三條
第十五回	三條	第十六回	九條（與庚辰本側批重七條其中與甲戌本重二條）
第十七回	四條（與庚辰本側批重三條）	第十九回	十八條
第二十回	三十七條（與庚辰本側批全重）	第二十一回	二十五條
第二十三回	十六條	第二十四回	二十二條（與庚辰本側批重九條）
第二十五回	十四條（與庚辰本側批重十三條，其中與甲戌本重十條）	第二十七回	七條（與庚辰本側批全重，其中興甲戌本重五條）
第二十八回	三條（與庚辰本側批全重，與甲戌本全重）	第三十二回	三十一條
第三十三回	二十條	第三十四回	二十八條
第三十五回	二十三條	第三十六回	二十一條
第四十一回	十四條	第四十二回	十六條
第四十三回	十條	第四十九回	十條

〔註10〕同上，第1000～1002頁。

這三十四回之中，粗計共存行側墨批七百零三條。除去與庚辰本側批重出的七十九條（七十九條裡面，同時和甲戌本重出的有二十條）淨剩六百二十四條，都是蒙府本所有，歷所未聞於世的參考資料。根據上面統計，蒙本的側批與庚辰本的側批有重出，第十六、十七、二十四、二十五各回是部分的重複，第二十、二十七、二十八各回則是全部重複。這種情況表明，庚、蒙二本的側批本是一回事，雖然參差不全，此有彼無，卻是同出一源。至於庚本用硃筆，蒙本用墨筆，出于過錄者的順手，並不是原批有所區別的兩樣東西。（甲戌本批語地位，經嚴格地將雙行夾注批和行側批、眉批、總批等區別開來，當另論。）」〔註11〕

據周氏提出蒙本第十六回「會芳園本是從北拐角墻下引來一股活水」的行側批語與甲戌庚本諸批重出，庚本末尾有「脂硯齋」三字，即可證明其中確有脂批。

參、回目研究

蒙府本前八十回的回目屬於脂本系統，後四十回則據程甲補抄；其回首目錄除第五十七至六十二回與正文並屬程甲本外，僅第三、十四、卅七、六七等五回，有個別字異於戚本，其異於諸本之回目已見述於庚辰本中，在此不加贅述。至於後四十回全同程甲，只有第一百十四回上聯空缺。這種情形使我們直接判斷後四十回也是根據程甲本鈔補，而非周氏認爲的來自一部百二十回本中的「拆散移借」，此點下面當有詳論。

肆、正文研究

一、補鈔程本部分

周氏曾說：

程本部分的文字，大致可斷爲『程甲本』系統。

這裡有一個問題：此鈔本係以兩個部分拼配而成，那麼其後四十回和

〔註11〕同上，第 1005～1006 頁。

前八十回中的六回，究竟是單獨為拼補而鈔續的呢？還是從一部百二十回本（譬如，也是個殘短本）中拆散移借而來的？照常理講，應以前者為近是。

我倒覺得後者的可能性也並非全無。因為在當時說，八十回鈔本雖也不多，畢竟還不像現在這樣難得，假如不是從一部程本拆配的話，那麼要補齊八十回中的缺書，應該可以設法覓求脂本傳鈔補配，而不至以一個白文本來拼湊——脂本和程本最顯豁的表面差別（除去回數多少不同），就在於一個附有很多批語，一個只有白文。而當時的風氣，看書是喜歡帶批的，小說更是如此。讀書是看得到而且也『在乎』這個差別的。

還有一點參證：第一百十四回回目，上句全缺，單有下句云：『甄應嘉蒙恩還玉闕』。程本印本這回的回目是全的，兩句是：『王熙鳳歷幻返金陵，甄應嘉蒙恩還玉闕』。如果新鈔本的程本部分是後據活字印本鈔配的，那麼就不大可能存這種殘文的現象了。」〔註12〕

對於這種說法的是非，周氏自己也有點動搖，因此他又自問自答的說：

但是，假如真如上說，問題就會落到：程本百二十回之多，既已活字排印了，難道也會有鈔本嗎？

這裡應該回答這個問題。答案是，程本也有鈔本的。周春閱紅樓夢隨筆第一節『紅樓夢記』曾說：『乾隆庚戌秋，楊畹耕語余云"雁隅以重價購鈔本兩部：一為石頭記，八十回；一為紅樓夢，一百廿回。微有異同，愛不釋手。……"時始聞紅樓夢之名，高未得見也。壬子冬，知吳門坊間已開雕矣。茲苕估以新刻本來，方閱其全。」按庚戌為乾隆五十五年（周春此文寫於甲寅，即乾隆五十九年，才和壬子程刊『乙本』相隔一年，時間距離極近，絕不應有誤記）：是雁隅購買程本鈔本，至晚亦在五十五年秋日；而隨筆又說：『（雁隅）監臨省試，必攜帶入闈，闈中傳為佳話。』則從雁隅買書到楊畹耕告知周春，中間又已隔有相當的一段時間；壬子冬吳門開雕，才是指程偉元等序刊其『乙本』的事情而言。由此可知，程本兩次（辛亥、壬子）擺印以前，早已有鈔本流傳了。

這種程本鈔本，從時間上來推斷，就可知道必是『程甲本』——只

〔註12〕同註1，第1017～1018頁。

續出後四十回，而對前八十回原著尚未及大加竄改的一個本子。現在這個新鈔本中的程本部分，文字正是『甲本』系統，若合符契。由是可以印證，周春隨筆的記載是可信的。

既然在辛亥、壬子以前，早已有這種鈔程本流傳，那也就無怪清人常有曾聞百二十回之目的這類傳說存在了。前幾年有人提出：己酉本舒元煒的序文曾說到全書回目是『秦關』百二之數，並由此論證後四十回恐怕不是高鶚所續。現在看來，所謂「百二」之目，也就不無指這種寫本程本之目而言的可能。總之，程本成書的年代，是要比辛亥、壬子提早好些時候的，而且在刊本之先，早已開始以寫本形式出現於世。這一點過去還不敢十足確定。新鈔本的發現。為這一事實提供了新證據。

據藏書家說，現存程甲本都是殘本配頁，還不曾有一部是完整的——這還是指刊本而言。現在新鈔本中居然包有四十六回寫本在，其可珍貴，自不待言。如果仔細研究。也許還可以有助於研究高鶚究竟如何續作的問題。」〔註13〕

以上周氏的這番解釋，實在難以令人滿意，因為前面其論定拼配之時，已作如此的假設：

我疑心這種拼配重裝，或係出於當日書賈之手；因為彼時程本已然行世，一般讀者不了解真正情偽。大都對雪芹原書八十回鈔本有『不全』之感，所以書賈圖其易售，或以『全本』名色居奇，故而合裝並冒以程序，用來炫惑買書人的耳目，借得良價，如此而已。〔註14〕

既然程本已經活字排印，真的也有鈔本，而又奇巧的被拆散移借而來，固然容庚先生買到過程乙抄本，已經解答前半個問題，但是周氏忘記自己的斷定：它不是一部流行已久的程本，其中的四點說明應是這樣的（詳見概況引述）

1. 程序、後四十回目錄和第五十七至六十二回，以及後四十回的正文墨跡，都是一致的。

2. 補抄部分，除程序是從卷五的原剩餘朱絲欄舊紙移借外，一律是新加的空白紙張。

〔註13〕同上，第 1018〜1019 頁。
〔註14〕同上，第 1017 頁。

經過這麼分析，後半部問題的答案已經可以確定：它是在程甲本刊行以後，經人據以抄配重裝，非從一部程本的抄本中拆散移借，尤其這四十六回的行款格式每面九行，每行廿到廿四字，完全和原行款格式接近，證明其受原本格式的影響後再作抄配，並非移借於另一部殘抄本的程本系統，而有如此巧合的行款。雖然周氏也提出第一百十四回回目上句全缺，作為非據程本抄配的參證，但是我們翻檢程甲的回目、總目錄和回首目錄，這回聯語的下聯完全相同，因此被抄寫了，然而上聯「王熙鳳歷幻返金陵」則有「歷劫」的不同，是否因為待考而忘記補上的呢。如果從這點斤斤計較一字之差的特徵看來，則書賈補上之說又成問題，其理由有四：

（一）本書第七十一回末背面右「柒爺王爺」，七十二回回前總評也有「為此一歎向以此事柒拾而不富」，並和程序同以草書書寫，那麼，程序也是在這位「柒爺王爺」手中收藏的時候補上的吧！

（二）這位談不上書法所題的「柒爺王爺」，可能就是這部抄本的出身地——蒙古旗王府的先人，應該可以說明這部抄本並未流落到書賈手中。

（三）程序的出現應是程甲刊行的同時或以後。在此之前的後四十回當如全抄本未加改文前的型式和文字，周春提到雁隅購買的百廿回紅樓夢抄本，以及舒元煒序中所說的秦關百二，可能並屬全抄一系，並非僅有數字不同程甲的抄本。因此，程偉元才需要「同友人揭長鬘短，書成全部」，否則，程、高的成就豈止表現在那部不甚流行的程乙本而已。

（四）從本書第六十七回的文字，可以斷定是用活字排版的程甲本過錄（詳見以下論述）；過錄之時仍然襲用原抄時印就的剩餘紙張，那麼這四十六回的抄配，應是更遲以後的事，大概前八十回在缺失六回之後，因借來一部程甲本，在抄配的同時，也一起補上原脂本沒有的後四十回，不是書賈為求高價的移借。

根據以上的四點推論，蒙本當為抄配，而非拼配的本子，其抄配時間必在程本出版後不久。

二、脂本部分

蒙本的正文大體可以確定是個脂本，文字幾乎完全和戚本一致，可說是同一父母的姊妹本，「可靠性遠勝過戚本，例如雖有戚本不訛而新鈔本反而寫

訛的地方，但戚本經人妄動之處，新鈔本卻沒有蒙受竄改。」〔註15〕因此，未曾影印的正文可自庚辰及戚本中的論述略見一二，今就付印的二回又近三頁的書影，試論如下：

「紅樓夢」第六十四、六十七兩回，在版本史上，是個令人難解的謎題，早在怡府過錄的「己卯本」上，其第七冊封面的總回目頁已經註明：「內缺六十四、六十七回。」和「己卯本」關係非凡的「庚辰本」，自然也有這行註文。

可是如果檢查二書，「己卯本」這兩回的文字，其行款、字跡並與他回不類，且有一條後人抄補的題記可資辨別。庚辰本至今仍然保留原樣。所以在民國四十八年（1959）古籍文學出版社影印庚辰本的時候，自系統接近的己卯本移借，原意固然不錯，卻未仔細查考這兩回的文字的源流系統。因此在民國六十七年（1978），庚辰本重新影印的時候，不得不再加更換，而以蒙府本的這兩回文字代替，可是馮其庸先生又加以撻伐。因為「蒙府本」的行款、批語、回文，全然和「戚本」、「脂南本」同一系統，遠離「庚辰」。

既然如此，這兩回文字應有細加研討的必要。在程偉元和高鶚共同署名撰寫的「紅樓夢引言」裡，其第三則已說：

「是書沿傳既久，坊間繕本及諸家所藏秘稿，繁簡歧出，前後錯見，即如六十七回，此有彼無，題同文異，燕石莫辨，茲惟擇其情理較協者，取為定本。」

這裡並未提到六十四回的情況，如果再進一步的研究。諸本中現存的這兩回文字，「甲戌本」、「己酉本」、「脂鄭本」盡屬殘本，原來是否具有第六十四、六十七兩回，無法考知，「己卯」、「庚辰」也已註明缺失，因此，只有七個脂本和二個據脂本整理付排的程甲、乙本，共同擁有這兩回的文字，但是第六十四回僅是個別文字的差異，第六十七回卻截然不同，證明當年程、高所見的抄本情況，也與今日已經發現的脂本群沒有兩樣。基於此點認識，我們必須分別討論：

（一）第六十四回

這回文字靖本、列藏本、蒙府本、戚本、脂南本、全抄、晉本依然存在，且共有五類批語：

（1）回目後批：

〔註15〕同上，第 1021 頁。

〔育正 2447〕此一回緊接賈敬靈柩進城，反當鋪敘寧府喪儀之盛。
但上回秦氏病故，熙鳳理喪，已描寫殆盡，若仍極力寫去，不過加
倍熱鬧而已。故事中於迎靈送殯極忙亂處，卻只閑閑數筆帶過，忽
揮入釵玉評詩，璉尤贈佩一段閑雅文字來，正所謂急脈緩受也。（蒙
府「接」作「撥」。列藏「緊接」作「緊結」，「揮入」作「插入」，「佩」
作「珮」，「閑雅」作「閑雅風流」。）

（2）回首詩：

〔列藏〕深閨有奇女，絕世空珠翠，情癡苦淚多，未惜顏憔悴。哀
哉千秋魂，薄命無二致。嗟彼桑間人，好醜非其類。

（3）雙行批：

又叫那龍文鼒。

（有正 2457）子之切，小鼎也。（〔蒙府〕同）。

何不就命名曰五美吟。於是不容分說，便提筆寫在後面。

〔有正 2468〕五美吟與後十獨吟對照。（〔蒙府〕、〔晉本〕同）。

（4）夾批：

寶玉安慰黛玉一段

〔靖藏夾批〕玉兄此想周到，的是在可女兒工夫上身左右於此時難
其亦不故證其後先以惱況無夫嗔處

（5）回末總評：

〔有正 2495〕五首新詩何所居，顰兒應自日秋歔。柔腸一段千般
結，豈是尋常望雁魚。（蒙府同）

五百年風流債，一見了偏作怪。你貪我愛自難休，天巧姻緣渾無奈。
（蒙府同，與下條合為一批）

父母者於子女間，莫失教訓說前緣。防微之處休弛縱，嚴屬纔能真
愛憐。（蒙府無「於」字，「縱」作「謝」，與上條合為一批，參見書
影廿一）

從批語的用語、性質、形式看來，似能證明這回文字應是雪芹增刪過程中的
原稿。但是若問諸本間的關係，則需更進一步的加以分析探討：

1. 脂列本

列藏本的文字形式，據潘師的轉錄如右：

「第六十四回

幽淑女悲題五美吟浪蕩子情遺九龍佩

　　此一回緊結賈敬靈柩進城，原當補敘寧府喪儀之盛。但上回秦氏病
故，鳳姐理喪，已描寫殆盡，若仍極力寫去，不過加倍熱鬧而已。
故事中迎靈送殯極忙亂處，卻只閒閒數筆帶過，忽插入釵玉評書璉
尤贈珮一段閒雅風流文字來，正所謂急脈緩受也

　　題　深閨有奇女　絕世空珠翠　情癡苦淚多

　　　　未惜顏憔悴　哀我千秋魂　薄命無二致

　　曰　嗟彼桑間人　好醜非其類

　　話說賈蓉見家中……未知如何，下回分解，正是

　　　　只爲同枝貪色慾　致教連理起戈矛

　　紅樓夢卷六十四回終」〔註16〕

從這形式看來，諸本間最具早期底本者，莫過於脂列本，既有「回目後批」，又有「回首詩」及「回末聯語」，因此，潘師根據這些事實，曾作如下的判斷：

　　「蘇聯抄本此回開首還有一段文字，和正文一樣寫出云：『此一回緊
　　結賈敬靈柩進城。……正所謂急脈緩受也。』這一段文字不見於庚
　　辰，己卯本；有正本抄在回末正文之外，失去原來的位置。這一段
　　文字的語氣，出現的位置形式，都和庚辰、己卯兩本第一回，第二
　　回以正文姿態出現的總評完全一樣。如第一回云：『此開卷第一回
　　也，……』第二回云：『此回亦非正文本旨，只在冷子興一人，即俗
　　語所謂冷中出熱，無中生有也。……』蘇聯抄本也有第一回，第二
　　回以正文形式出現的兩段總評文字，但第六十四回這段總評則是各
　　本所無，或失去原來位置形式。」〔註17〕

但是，陳慶浩先生根據潘師的報導，卻提出相反的解說：

　　「回前總批之混入正文由來已久，這和他們的位置和抄寫的字體都
　　不無關係。一般都將他們安放在回目後，正文前；又與正文用同一
　　字體，一色抄錄。正確的方法自是較正文低一、二格，但有時抄者
　　不小心，完全跟正文一樣抄錄，就不能看出批語跟正文之分別來。『紅
　　樓夢脂評之研究』曾指出，第一回前甲戌本有五條凡例，『別的一些

〔註16〕潘師石禪，「列寧格勒藏抄本紅樓夢考索」（案：此篇爲先生參加第一屆世界
　　　　「紅學會議」發表的論文未刊稿），第24～25頁。
〔註17〕潘師石禪，「讀列寧格勒紅樓夢抄本記」，「六十年」，第35頁。

抄本中卻再找不到凡例。五條的凡例少去四條，最末一條連所附七律被改頭換面，變成第一回的回前總批。甲辰本比正文低一格抄錄，還保存了應有的體例。』潘先生說列藏本第六十四回的這條批『有正本抄在正文之外，失去原來位置。』我在『紅樓夢脂評之研究』曾指出：依據我們所掌握的前四十回，除第一、二回已混入正文的總批外，其它的回前總批，都在該回之前另紙錄出的。此紙第一行標明批語所屬回次，批語則低二格印出。有正小字本四十回後的回前批，被移到正文之末，可能為了經濟的緣故，並不另紙印出，格式還是與前四十回相同，都是前標回次，批語即比正文低二格抄錄的。全書的回末總評都在正文之後，前署『總評』二字，再另行低二格錄出。標誌明顯，不會使人誤會。因此『新編石頭記脂硯齋評語輯校』即能據之而錄作回前總批。

而有正大字本後四十回回前總批也都在該回之前另紙錄出，位置明顯沒有錯。列藏本這一批語之混入正文，論理應比有正本遲些，自不能據此得出『足見蘇聯此回抄本保存更接近紅樓夢原稿文字』的結論。」〔註18〕

陳先生將列藏本的早期形式押後，認為是「回前總批之混入正文」，根本不妥，因為此等「回目後批」不能與「回前總批」混為一談，此點已經詳述於「甲戌本」「回目後批」一節。在甲戌本中，我們檢討諸本裡具有回目後批的八回，歸納其用語，不外「此書」、「此回」、「此一回」等。論其立意本旨，非貫串前後諸回的關係，說明文字間的草蛇灰線，續而不斷；即是解釋此回的回目，因此提供雪芹的增刪意見，或揭發雪芹十年的苦心，自是功在紅樓，具有甚高的藝術價值；並且也能掌握整回的情節構造，經過縝密的思考，提綱挈領，又和回目的功能完全一致。所以，前者重於引發「纂成目錄」，後者在於闡釋「立意本旨」，皆屬極其重要的工作。

既然如此，陳先生以為此等文字，並屬混入正文的回前總批。其誤不難窺知。況且若依陳先生假設，認為這些回目後批，原是回目前的總批，豈在另頁謄寫之後，還會混入正文裡面？其不合理處不難意會，唯有其位居回目後，正文前，才有被混入正文的可能。

根據以上的推論，脂本間具有回目後批應是早期抄本的形式特徵，其他

〔註18〕陳慶浩，「列藏本石頭記初探」，「中國古典小說研究專集1」，第167頁。

抄本有的已被挪到回目前另頁謄寫，有的卻忠實於底本的行款格式，脂列本這回則具後者的身份。如果明白此點，脂列本這回的抄寫行款及其文字，依潘師的推論，自然可以成立。所以，潘師最近再加深考覈他舊有的看法說：

「現在我再加深入考覈我舊存的看法。己卯、庚辰兩本是後人補抄，暫不比較。蒙古王府、有正本都有第六十四回，同列藏本頗爲接近。但回目後沒有列本的題詩，回目後的總評，也已另紙寫出，而且兩本的文字完全相同，如『插入』均誤作『揮入』。列藏本『忽插入釵玉評詩璉尤贈珮一段閑雅風流文字來』，兩本閑雅下均脫去『風流』二字。『插入』、『揮入』可能是一時筆誤。『風流』指『璉尤贈珮』，『閑雅』指『釵玉評詩』，脫去『風流』二字，文義便大大不妥。（回末戈矛，王府本同列本，有正作干戈。）可見列藏本比王府、有正二本要好得多。至於首題『深閨有奇女』一詩，各本皆無。王府、有正另抄總評詩：『五首新詩何所居，顰兒應自日欷歔，柔腸一段千般結，豈是尋常望雁魚。』與列藏本題詩相比，優劣相距何止千里。而列本題詩和第一、第二、第六等回題詩，文筆不相上下。大抵紅樓夢第一回、第二回及此回題下總批，皆是早期緊接回目後的批語，與有正一般回前總批，性質頗有不同。『陳文』說：『回前總批之混入正文由來已久，……除第一、二回已混入正文的總批外，其它的回前總批，都在該回之前另紙錄出的。……列藏本這一批語之混入正文，論理應比有正遲些，自不能據此得出「足見蘇聯此回抄本保存更接近紅樓夢原稿文字」的結論。』我們把列藏本和有正本仔細比較之後，就文字而言，列藏本優於有正、王府本。就總批題詩的款式而言，列藏本第六十四回，與甲戌、庚辰第一回、第二回，甲戌第六回等早期的形式最爲接近。而且只有回目內的總批容易混入正文，另紙錄出的總批是不可能混入正文的。所以我說列本第六十四回是紅樓夢早期的本子。『陳文』又說：『列藏本缺書前題頁，各回所題書名皆作「石頭記」。但第十四回首作「紅樓夢第十回」，第六十三、六十四、七十二回末分題：「紅樓夢卷六十三回終」、「紅樓夢卷六十四回終」、「紅樓夢第七十二回終」。據我們研究，標題作「紅樓夢」，就脂硯齋本來說，是較後的事，就這一項來看，列藏本要比有正本還後。』這一問題，俞平伯『紅樓夢研究』中，曾有紅樓夢

大名，石頭記小名之説。認爲石頭記好比個小圈子，紅樓夢好比個大圈子，小圈包插在大圈之內。陳仲箎『談己卯脂硯齋重評石頭記』一文，也有『曹雪芹生前確曾一度用紅樓夢作爲全部書的總名』之説。雖然研究紅樓夢的人尚有不同的見解。但庚辰本第四十八回署名脂硯齋的雙行批説：『一部大書，起是夢，寶玉情是夢，賈瑞淫又是夢，秦之家計長策又是夢，今作詩也是夢，一並風月（鑑）亦從夢中所有，故紅（樓）夢也。余今批評亦在夢中，特爲夢中之人特作此一大夢也。脂硯齋。』

這是脂硯齋明明稱所批之書爲紅樓夢。又庚辰本第廿五回回目『紅樓夢通靈遇雙眞』，也是稱書名爲『紅樓夢』的證據。脂評本中己卯本的第三十四回回末，有『紅樓夢第三十四回終』字樣；鄭西諦藏本書名作石頭記，但騎縫標作紅樓夢，這都是早期脂本標題作紅樓夢的證據。我們不能説己卯本、庚辰本稍後於有正本，同樣也不能説列藏本後於有正本。」〔註19〕

2. 蒙府本、戚本：

蒙府本雖説改變回目後批，移作回前另頁謄寫的總批，可是這回文字較諸全抄、戚本、程甲、乙，卻相當忠實的保留著底本的原樣，其證有三：

（1）紫　綃

紅樓夢中，黛玉最重要的丫頭即是紫鵑，原名鸚哥，又名紫綃，直到最後增刪的過程才定名爲紫鵑。

在第六十四回（全抄第一頁上，十一行）中，蒙府本曾有這樣的文字：

「進入屋內看時，只見兩邊床上。麝月、秋紋、碧痕、紫綃等，正在那裡抓子兒、贏瓜子呢！」

以上一段。各本間有異文，可是最大的不同應是「紫綃」一名，諸本或作紫鵑。我們知道紫鵑原屬賈母分給黛玉的丫頭，在第三回裡：

「賈母見雪雁甚小，一團孩氣，王姆姆又極老，料黛玉皆不遂心省力的，便將自己身邊一個二等的丫頭，名喚鸚哥者與了黛玉。」

這位鸚哥分到黛玉身旁以後，因爲黛玉也豢養著一隻靈巧而會吟唱：「儂今葬花人笑痴，他年葬儂知是誰」的鳥兒，所以改名作「紫綃」。而其命名「紫綃」之由必從紅樓夢一書中，作者馭文謀篇的術端説起。

〔註19〕同註 16，第 26～27 頁。

　　因爲第一回裏，士隱所夢見的紅樓天地起因於西方靈河岸上，三生石畔的絳珠仙草，爲了報答神瑛侍者的灌漑甘露之恩，而有黛玉的還淚之說。絳即寓有紅意，郭璞的「遊仙詩」曾說：「振髮晞翠霞，解褐被絳綃。」而絳珠這個成詞在蘇東坡的「枸杞詩」也用過，所謂：「青蔪春自長，絳珠爛莫摘。」兩人所用的絳字並與翠、青相對。因此第七十九回承繼紅樓夢裏極爲重要的章回——「痴公子杜撰芙蓉誄」——的餘波中。即有這麼一段的描寫：

「話說寶玉纔祭完了晴雯，只聽花影中有人聲，倒嚇了一跳。〔及〕走出來細看，不是別人，卻是林黛玉，滿面含笑，口內說道：『好新奇的祭文，可與曹娥碑並傳的了。』寶玉聽了，不覺紅了臉，笑答道：『我想著世上這些祭文都蹈於熟濫了，所以改個新樣。原不過是我一時的頑意，誰知又被你聽見了。有什麼大使不得的，何不改削改削。』黛玉道：『原稿在那裡，倒要細細一讀。長篇大論，不知說的是什麼。只聽見兩句什麼『紅綃帳裡，公子多情：黃土壠中，女兒薄命。』這一聯意思卻好，只是『紅綃帳裡』未免熟濫些。放著現成的眞事，爲什麼不用？』寶玉忙問：『什麼現成的眞事？』黛玉笑道：『咱們如今都係霞影紗糊的窗槅，何不說「茜紗窗下，公子多情」呢？』寶玉聽了，不禁跌足笑道：「好極！是極！到底是你想的出，說的出。可知天下古今現成的好景妙事儘多，只是愚人蠢子說不出，想不出罷了。但只一件，雖然這一改新妙之極，但你居此則可，在我實不敢當。』說著，又接連說了一、二百句『不敢』。黛玉笑道：『何妨。我的窗即可爲你之窗，何必分晰得如此生疏。古人異姓陌路，尙然同肥馬，衣輕裘，敝之而無憾，何況咱們呢。』寶玉笑道：『論交道不在肥馬輕裘，即黃金白璧，亦不當錙銖較量。倒是這唐突閨閣，萬萬使不得的。如今我索性將公子、女兒改去，竟算是你誄他的倒妙。況且素日你又待他甚厚。故今寧可棄此一篇大文，萬不可棄此「茜紗」新句。竟莫若改作「茜紗窗下，小姐多情；黃土壠中，丫鬟薄命。」如此一改，雖於我無涉，我也是愜懷的。』黛玉笑道：『他又不是我的丫頭，何用作此語。況且小姐丫鬟亦不典雅。等我的紫鵑死了，我再如此說，還不算遲。』寶玉聽了忙笑道：『這是何苦又咒他。』黛玉笑道：『是你要咒的，並不是我說的。』寶玉道：『我又有了。這一改可妥當了。莫若說：「茜紗窗下，我本

無緣；黃土壟中，卿何薄命。』」黛玉聽了，怵然變色，心中雖有無限的狐疑亂擬，外面卻不肯露出，反連忙笑著點頭稱妙，說：『果然改的好，再不必亂改了，快去幹正經事吧。』

以上這段文字，從「紅綃帳裏，公子多情；黃土壟中，女兒薄命。」，原誄晴雯的含義；過渡到黛玉的丫頭：「茜紗窗下，小姐多情；黃土壟中，丫鬟薄命。」最後終於落到黛玉的身上，所謂「茜紗窗下，我本無緣；黃土壟中，卿何薄命。」都是以黛玉的居住環境——「茜紗窗下」為中心，而以晴雯的歸於黃土壟中，象徵著大觀園的殞落及諸女兒的薄命。茜字說文釋為茅蒐，史記集解說：「一名紅藍」，為染絳色草。茜紗即指霞影紗，根據第四十回「史太君兩宴大觀園」一節。賈母到了黛玉房間後，有這麼一段描寫：

「賈母因見窗上紗的顏色舊了，便和王夫人說道：『這個紗，新糊上好看，過了後來就不翠了。這個院子裏頭又沒有個桃杏樹，這竹子已是綠的，再拿這綠紗糊上，反不配。我記得咱們先有四、五樣顏色糊窗的紗呢。明兒給他把這窗上的換了。』鳳姐兒忙道：『昨兒我問庫房，看見大板箱裡還有好些疋銀紅蟬翼紗，也有各樣折枝花樣的，也有流雲卍福花樣的，也有百蝶穿花花樣的，顏色又鮮，紗又輕軟，我竟沒見過這樣的，拿了兩疋出來，作兩床棉紗被，想來一定是好的。』賈母聽了，笑道：『呸！人人都說你沒有不經過，不見過；連這個紗還不認得的呢，明兒還說嘴。』薛姨媽等都笑說：『憑他怎麼經過、見過，如何敢比老太太呢？老太太何不教導了他，我們也聽聽。』鳳姐也笑道：『好祖宗，教給我罷。』賈母笑向薛姨媽眾人道：『那個紗，比你們年紀還大呢。怪不得他認作蟬翼紗，原也有些像。不知道的，都認作蟬翼紗。正經名字，叫作「軟烟羅。」』鳳姐兒道：『這個名兒也好聽。只是我這麼大了，紗羅也見過幾百樣，從沒聽見過這個名兒。』賈母笑道：『你能活了多大，見過幾樣沒處放的東西，就說嘴來了。那個軟烟羅只有四樣顏色：一樣雨過天青，一樣秋香色，一樣松綠的，一樣就是銀紅的。若是作了帳子，糊了窗屜，遠遠的看著，就似烟霧一樣，所以叫做「軟烟羅」。那銀紅的又叫作「霞影紗」，如今上用的府紗，也沒有這樣軟厚輕密的了。』薛姨媽笑道：『別說鳳丫頭沒見，連我也沒聽見過。』鳳姐兒一面說話，早命人取了一疋來了。賈母道：『可不是這個。先時原不過是糊

窗屜，後來我們拿這個作被，作帳子，試試也竟好。明兒就找出幾
尺來，拿銀紅的替他糊窗子。』鳳姐兒答應著。」

從這段描述裏，可以知道「霞影紗」窗為黛玉所獨有，因此，寶玉聽了黛玉
改文的意見後說：「雖然這一改新妙之極，但你居此倒可，在我實不敢當……
說著又接連說了一二百句不敢當。黛玉笑道：『何妨，我的窗即可為你的窗，
何必分晰得如此生疏』。」其實，前面黛玉曾說：「偺們如今多是霞影紗窗糊
的窗槅。」不過引發改文的一句渾言而已。

另外第五八回的下聯「茜紗窗真情揆癡理」，即藉著芳官的口中說出黛玉
的戲子丫頭藕官燒紙錢的緣故：

寶玉聽了這篇歡話，獨合了他的獃性，不覺又是歡喜又是悲嘆，又
稱奇道：「纔說天既生這樣人，又何用我這鬚眉濁物沾辱世界。」

因此掏出寶玉的一大段癡理來。

從以上的論述，可以看出處處以絳珠仙子為中心，並且充滿了紅字。尤
其「霞影紗」可能是「紫綃」作為黛玉丫頭命名的因由，甚至歷代的詩賦家
所用的成詞故典，多少也影響著作者的命名意義吧！如：

張明的「別淚賦」：「拭絳綃而化殷，落素盤而成血。」

白居易的「小庭亦有月詩」：「紅綃信手舞，紫綃隨意歌。」

范成大的「六言詩」：「滿眼艷妝紅袖，紫綃終是仙風。」

黨懷英的「感皇恩詞」：「舊家機抒，巧織紫綃如霧。」

杜陽雜編也說：「元載得南洞紫綃帳，風不能入，盛暑自涼，臥內隱隱有
紫氣，故名。」

凡此篇章，或多或少並影響了「紫綃」的命意。然而到了增刪的過程，
為了和「雪雁」對稱，同作鳥名，於是改作一般常見的「紫鵑」，再也看不到
「紫綃」這個名字，可是早期遺失或外借的第六四回，獨存這個名字，沒有
遭到改淨。即如早期抄本的他回裏，也保留幾處這樣的文字：

第廿七回：

「紅玉聽了，纔往稻香村來，頂頭只見晴雯、綺霞、碧痕、『紫綃』、
麝月、侍書、入畫、鶯兒等一群人來了。」（甲戌、庚辰、戚本）

第廿八回：

「寶玉道：『自然要走一趟。』說著便叫『紫綃』來，拿了這個到林
姑娘那裡去，就說是昨兒我得的，愛什麼留下什麼，『紫綃』答應了，

> 便挈了去，不一時回來說：『林姑娘說了，昨兒也得了，二爺留著罷。』
>
> 寶玉聽說，便命人收了。」

這幾個未曾改淨的漏網之魚，在庚辰本上又經過錄者旁改作「鵑」、「鶻」，及後人點去「鶻」，加保留的「△」號等手續。足以證明「紫綃」一名爲早期抄本的特徵。

（2）茗　煙

根據我們調查的結果，寶玉的隨身小廝有茗烟、鋤藥、掃紅、墨雨，其中以茗烟最爲重要。茗烟又叫焙茗，其分野即在第廿四回。廿四回以前，抄本及程本一律以茗烟爲名，廿四回以後則改爲焙茗。但是這已是較後期的改筆，所以早期的「茗」不時出現於第廿四回後的前八十回中，然而何時改的，不見說明，如脂本第廿四回有段文字說：

> 「只見焙茗、鋤藥兩個小廝下象棋，爲奪車正拌嘴。還有引泉、掃花、挑雲、伴鶴四五個，又在房簷上掏小雀兒頑。賈芸進入院內，把腳一跥，說道：『猴頭們淘氣，我來了。』眾小廝看見賈芸進來，都纏散了。賈芸進入房內，便坐在椅子上，問：『寶二爺沒下來？』焙茗道：『今兒總沒下來。二爺說什麼，替你哨探哨探去。』

庚辰、戚本并作「焙茗」，全抄則一律保留茗烟。到了程甲，便被改成這樣的文字，解釋其中的矛盾：

> 「只見茗烟改成焙茗的，并鋤藥兩個小廝下象棋，爲奪車正拌嘴，還有引泉、掃花、挑雲、伴鶴四五個在房簷下掏小雀兒頑。賈芸進入院內，把腳一跥，說道：『猴兒們淘氣，我來了。』眾小廝看見了他。都纏散去。賈芸進書房內便坐在椅子上問：『寶二爺下來沒有。』焙茗道：『今日總沒下來，二爺說什麼，我替你哨探哨探去。』」

可是爲何而改，不見說明，因此程乙本又在這樣的基礎上彌補作：

> 「只見茗烟在那裡掏小雀兒呢，賈芸在他身後把腳一跥道：『茗烟小猴兒又淘氣了。』茗烟回頭見是賈芸，便笑道：『何苦二爺唬我們這麼一跳。』因又笑說：『我不叫茗烟了，我們寶二爺嫌烟字不好，改了叫焙茗了；二爺明兒只叫我焙茗罷。』賈芸點頭笑著同進書房內，便坐下問：『寶二爺下來了沒有？』焙烟道：『今日總沒下來，三爺說什麼，我替你探探去。』」

所以，這回之後，諸本紛紛改爲焙茗，愈後的版本改得愈徹底，蒙本、全抄

第六十四回並存茗烟之名，戚本則已改動，可見又是保留早期抄本的特徵。

（3）賈　政

我們知道，第三十三回：「手足耽耽小動唇舌，不肖種種大承笞撻。」此後，賈政對於寶玉，已經無法管教，上有賈母護持，又有王夫人庇佑，如果再演一齣笞撻，文筆不免犯重。可是不加管教，賈政這人物的形像塑造，未免多餘，毫無特色。因此，必須有個妥當的處置，免得閑放家中，不聞不問，所以，在紅樓夢的增刪過程，必有一種適當的改筆。在第卅七回裡，庚辰、戚本有這麼一段文字，讓賈政暫時離開賈府：

> 「這年賈政又點了學差，擇於八月二十日起身。是日，拜過宗祠及賈母起身諸事（諸事二字戚本無），寶玉諸子弟等送至灑淚亭，卻說賈政出門去後，外面諸事不能多記。」

但是到了程甲、程乙，卻又更進一步的描寫：

> 「話說史湘雲回家後，寶玉等仍不過在園中嬉遊吟咏不題。且說賈政自元妃歸省之後，居官更加勤慎，以期仰答皇恩，皇上見他人品端方，風聲清肅，雖非科第出身，卻是書香世代，因特將他點了學差，也無非是選拔真才之意，這賈政只得奉了旨，擇于八月二十日起身。是日拜別過宗祠及賈母，便起身而去，寶玉等如何送行，以及賈政出差外面諸事，不及細述。」

全抄都沒有前後二段文字，儘管楊繼振曾有：「此處舊有一張附粘，今逸去」的附註，然而這張附條的改文非底本原有，卻足以說明全抄這回文字所用的底本特早。

賈政這一出去，直到第七十回，林黛玉準備重建桃花社的時候，忽然出現賈政的書信，並說：「六月中准進京」等語，（案：此段戚本脫去三十字）引起寶玉的一陣緊張，忙問襲人曾否收好習字，襲人是這麼回答的：

> 「何曾沒收著，你昨兒不在家，我就挈出來共數了一數，才有五、六十篇。這三、四年的工夫，難道只有這幾張字不成。」

由此，可以證明賈政出放學差的時間，約有三、四年之久。同回中，又有一段文字說明賈政回家的預期：

> 「可巧近海一帶海嘯，又遭塌了幾處生民，地方官題本奏聞，奉旨就著賈政順路賑濟回來，如此算去，至冬底方回。」

但是乙本卻將「冬底」改為「秋後」，另外程甲乙也在回末加上：

> 「展眼已是夏末秋初，一日，賈母處兩個丫頭匆匆忙忙來叫寶玉，
> 不知何事。下回分解。」

又在第七十一回的起首增補以下的文字：

> 「話說賈母處兩個丫頭匆匆忙忙來找寶玉，口裡說道：『二爺，快跟
> 著我們走罷。老爺家來了。』寶玉聽了又喜又愁，只得忙忙換了衣
> 服，前來請安。賈政正在賈母房中，連衣服未換，看見寶玉進來請
> 安，心中自是喜歡，卻又有些傷感之意，又敘了些任上的事情。賈
> 母便說：『你也乏了，歇歇去罷。』賈政忙站起來，笑著答應了個是，
> 又略站著說了幾句話纔退出來。賈政回京覆命，因是學差，故不敢
> 先到家中。珍、璉、寶玉頭一天便迎出一站去接見了，賈政先請了
> 賈母的安，便都回家伺候，次日，面聖諸事完畢纔回家來。」

然而文意不通，庚辰、戚本只是簡簡單單的「賈政回京之後，諸事完畢」兩
句，既無驚人之筆，在第七十回末也未添加任何文字，僅說放完風箏大家困
乏而散即止。證明庚辰、戚本經過後期全書結構的變動，文筆既不出色，也
不合理。到了程本，雖想振起精神，卻是愈改愈糟，已寫寶玉急忙到賈母房
中晉見賈政，如何能說「因是學差，故不敢先到家中，珍、璉、寶玉頭一天
便迎出一站去接見了。」又說「面聖諸事完畢纔回家。」

　　據以上文字看來，賈政之點上學差，即是較後增刪中的安排。而蒙府本
第六十四回的正文，恰完整的保留這麼一段早期抄本的特徵，較諸全抄、戚
本更爲完整。如第六十四回，賈敬死後，諸本作：

> 「只聽見裡面哭聲震天，卻是賈赦、賈政送賈母到家，卻過這邊來
> 了，當下賈母進入裡面，早有賈赦、賈政率領族中人哭著迎出來了，
> 赦、政一邊一個挽了賈母，走至靈前，又有賈珍、賈蓉跪著撲入賈
> 母懷中痛哭，賈母暮年人，見此光景，亦摟了珍、蓉痛哭不已，賈
> 赦、賈政在傍苦勸，方略略的止住。」

以上賈政、賈赦共出現四處，既已被點上學差出去三、四年，怎麼再會出現
這兒的道理，這點矛盾，祇有全抄、蒙府二本保留，戚本則第一、第三處並
改爲「賈瑞、賈珖」二位不常出現的人物，第二處則刪去「賈政」，第四處將
「賈政」改爲「合眾人」。可是，在稍後的一段文字裡是：

> 「又過了數日，乃賈敬送殯之期，賈母猶未大愈，遂留寶玉在家侍
> 奉，鳳姐因未曾甚好，也不曾去，其餘賈赦、賈政、邢夫人、王夫

　　　　人等，率領家人僕婦都送至鐵檻寺，至晚才回。」

這裡「賈赦賈政」的再出現，更足以支特蒙府、全抄保留早期的文字，因為戚本這兒存有刪改後的漏網之魚，仍作「賈赦賈政」，而現出刪改的端倪，不似程本除第二處「赦政」改為「他父子」外，餘四處並將賈政改作賈璉，既徹底又不著痕跡。同時戚本有一處十一字的脫文，蒙本仍然保存，如：

　　　　「賈璉接在手中，都倒了出來，揀了半塊吃剩的『摺在口中吃了，

　　　　又將剩下的』都揣了起來。」

可見蒙本的文字早於戚本，只是蒙本的抄手程度不高，將「麼」誤作「底」，全回幾達廿來處。

3. 全抄本

　　（1）正文部分：

　　　　全抄正文除了保存「赦」、「政」、「茗烟」二處早期的文字外，全書和蒙、戚一系比較，仍多達二、三百處個別文字的不同，並且文字也偏向文言，似乎證明其過錄的底本不會太晚，如「到」作「至」，「如」作「若」，可是全抄已刪去所有的批語，和回末聯語「只為同枝貪色慾，致叫連理起戈矛」一句，而且在本回第二頁下半頁的正文裡，也有一處跳脫的文字：

　　　　「……只因他雖說與黛玉一處長大，情投意合，願同生死，卻只是

　　　　心中領會，從來未曾當面說出，況兼黛玉『心重，每每說話間怕造

　　　　次得罪了黛玉，致彼哭泣，今日原為的是來勸解黛玉』不想把話又

　　　　說造次了接不下去，心中一急又怕黛玉惱他……」

以上加方括符『』的三十字，蒙戚並存，甲乙略有不同，全抄因鄰行附近同時出現「黛玉」而脫文，因此可以斷定這回的文字可能來自每行三十字的底本。

　　　　另則黛玉所作的詩，蒙、戚並說五、六首，唯有全抄逕說五首。「這四、五百兩」全抄也作「這五百兩」，這些數目的不同可能是全抄本抄手的改動。

　　　　但是全抄本正文抄成不久，又經另人改動。這些增刪的筆跡和原抄手不同，很容易分辨，我們稱之為「改文」。據統計的結果，改文同於程甲者約佔百分之五，同於程乙佔百分之九十五，可是這些改文的數量僅佔全抄本和程甲、乙本異文的百分之六十，並且分散各處，似乎也非據程本校改，而是為程本所取資。（詳見全抄本論述。）

　　　　如上一條脫文已被補加於夾行裡，文字既同程甲，也同程乙，但是程甲、

乙本多出的一條文字，全抄或其他抄本則無，如第四頁上十行：

> 「賈蓉揣知其意便笑道叔叔既這麼愛他我給叔叔作媒說了作二房何
> 如賈璉笑道『你這是頑話還是正經話賈蓉道我說的是當真的話賈璉
> 又笑道』敢自好呢只是怕你嬸子不依再也怕你老娘不願意……。」

這段加方括符『』的文字，似因「賈璉笑道數字與鄰行相重而脫去，程底本
卻還保存，如果不是程本的添加，應可證明程本所用的底本較好，而全抄這
行既有改文，唯獨不存這段文字，可見此等改文非直接以程本校改。這種現
象也見於他處，如：

> 「賈珍因賈母才回家來未得歇息坐在此間看著未免要傷心遂再三的
> 『求賈母回家王夫人等亦再三的』勸賈母不得已方回來了。」

這處加方括符『』的文字抄本並存，但是程底本過錄時，卻因「再三的」三
字相同而誤脫。全抄卻未刪節。至於其他改文與程本的不同，也有多處，在
此就不必一一細述了。只有回末曾有一段文字，抄本之與程本差異最大，原
來的文字是這樣的：

> 「不多幾日，早將諸事辦妥。已于寧榮街後二里遠近，小花枝巷內
> 買定一所房子，共二十餘間；又買了兩個小丫頭。賈珍又給了一房
> 家人，名叫鮑二，夫妻兩口，以備二姐過去時服役。又使人將張華
> 父子找來，逼勒著與尤老娘寫退婚書。卻說張華之祖，原當皇庄頭，
> 後來死去，至張華父親時，仍充此役……。」

這段文字，抄本間大抵相同，可是全抄的改文卻刪去「賈珍又給了一房家
人……卻說」等四十九字，旁改作：

> 「只是府裡家人，不敢擅動；外頭買人，又怕不知心腹，走漏了風
> 聲，忽然想起家人鮑二來。當初因和他女人偷情，被鳳姐打鬧了一
> 陣，含羞吊死了。賈璉給了一百銀子，叫他另娶一個。那鮑二向來
> 卻就合廚子多渾蟲的媳婦多姑娘有一手兒，後來多渾蟲酒癆死了，
> 這多姑娘兒原也和賈璉好的，此時都搬出外頭住著。賈璉一時想起
> 來，便叫了他兩口兒到新房子裡來，預備二姐兒過來時伏侍。那鮑
> 二兩口子聽見這個巧宗兒，如何不來呢？再說……。」

以上旁改的文字，大抵同於程本，但在「鳳姐打鬧了一陣」的「鳳姐」下，
程本已經「兒」化了，並且在「後來的多渾蟲酒癆死了」之下，又多出「這
多姑娘兒見鮑二手裡從容了便嫁了鮑二況且」廿字，以致全抄改文意義含混

不明，僅是勉強通順，究其原因，似乎因其所據底本鄰行間「這多姑娘兒」重文而跳去，應非簡潔可以解釋，那麼其所用的底本，行款亦在廿至十五字間。其改文又似來自一個極為接近程本版式的前稿。

4. 己卯本

原己卯本此回行款每半頁十行，每行三十字，和現存的他回行款沒有兩樣；至於筆跡，無法全面加以比較，不敢斷定是否相同，僅藉第七冊總回目頁知道原是後人補抄。其補抄過錄的底本也未明言交待，據最早研究這兩回的陳仲箎先生說：

> 「擺在我們目前的這麼多本，把它們參閱一下，會發現武氏補鈔的這兩回，與『甲辰本』、『科本文』的這兩回是一致的。同『戚本』相校，第六十四回還差不多，其第六十七回雖然故事大致相同，但在結構上，細節的安排上，文筆的敘述上，則差異很大。這可證『己卯本』內武氏補鈔所據的底本，確是當時通行的本子。」〔註20〕

陳氏並未認真校勘，即作如此斷言，略嫌大膽，其實第六十七回諸本凡分二系，但是己卯本的第六十四回，據校對的結果，最接近的應是程甲本，僅有五十處個別文字音同義近，以致譌異的地方，證明這回文字似乎來自程甲，或其付刻的底本，而且文字抄寫得甚為忠實。

5. 程甲本、程乙本

程甲本的文字大抵較程乙本更接近抄本，如果僅以甲、乙本間的異文而論，此回乙本共添加 145 字，刪去 149 字，移動文字六處，甲本較乙本多出四字，共十八版，版口起訖全部相同。

以上是我們整理校對版本後，所發現的結果。可是馮氏卻說：

> 「從版本系統和本回內容這兩方面來看蒙古王府本和戚本的六十四回，並不比程甲本的好。」〔註21〕

馮氏之說，固然正確；但是何者為曹雪芹五度增刪的成績，何者是程高改筆的結果，其真偽優劣必須劃定釐清，方能得出一個較為正確的判斷。程甲雖好，奈何已非原本，而是程、高續連一些伏線，改正其中的矛盾，如果不明版本進化的現象，就有馮氏底下的錯誤判斷：

> 前邊已經說過蒙、戚、晉三本的這一回是一樣的，實際上是據程甲

〔註20〕陳仲箎，「談己卯本脂硯齋重評石頭記」，「資料」第 127 頁。
〔註21〕馮其庸，「論庚辰本」，第 67 頁。

本的底本一系的抄本刪改的。那麼，根據以上這些批語、總評、回末詩對來看：

（一）它與『紅樓夢』的早期抄本己卯、庚辰兩本中有批語、總評、詩對的各回的格局是一致的，此可證本回確是脂評系統的曹雪芹的舊文。

（二）從它的字數來看，我認爲上述七個本子的六十四回，除靖本難以判斷外（我認爲它與其餘六個本子也可能是一樣的），其餘六個本子，實際上都是程本系統的抄本的刪改本（它的底本可能就是曹雪芹的舊文。）

蘇聯藏本在這回末，還有『紅樓夢卷六十四回終』一行字，六十三、七十二兩回回末也有同樣的題字。這一點又不同于蒙本，而接近于己卯本的三十四回。但己卯本這一回的這一行字，我認爲不是與正文一起抄下來的，而是後來添加上去的，它並非己卯本的底本所有。這一點它也證明了蘇聯那個抄本的時代不會早。」〔註22〕

馮氏不顧版本進化的事實，不知紅樓夢的藝術成就，原非成於一人之手，而是經過程、高以及前人一些默默無名的小卒，一點一滴，一字一句的積累而成，並非好的就是曹氏的原筆，壞的即爲後人的濫改，未免不夠客觀。

（二）第六十七回

1. 第六十七回的類別

這回文字迥非第六十四回所可比擬，即以現存的文字而論，顯然劃分二系，姑且稱爲甲、乙，甲系則以戚本爲代表，乙系暫取程甲作對象，並試分析二者的文情結構：

（1）回　目

甲	乙
餞 土 物 顰 卿 思 故 里	見 土 儀 顰 卿 思 故 里
訊 家 童 鳳 姐 蓄 陰 謀	聞 秘 事 鳳 姐 訊 家 童

甲乙二系上聯共同的部分是「思故里」，主要角色並在黛玉一人，可是甲系著重在寶釵的「餞土物」，乙系則是因黛玉見到寶釵所餞的「土儀」，二者各有

〔註22〕同上，第78頁。

同異。至於下聯，「訊家童」是同樣的主題，可是乙系偏重於「聞秘事」的描寫，以作「訊家童」的穿針引線，甲系則對鳳姐的設計謀害尤二姐預作伏筆。

（2）正　文

甲系正文字數約 10499 字，乙系則有 7777 字。如果再據文情分析，其結構大抵可以分作十四個小段落，今略分述如下：

甲　　　系	乙　　　系
1. 六十六回的餘波	1. 六十六回的餘波
（1）從三姐自盡，湘蓮出家說起，到暫且不表	（1）同
（2）薛姨媽原擬完成湘蓮及三姐婚事，以答救子之恩，忽聞（1）事，心甚嘆息，恰值寶釵自園裡回家，其母將（1）事複述，她則淡然處之，歸諸命運，以勸慰老母，並提起備宴酬謝伙計。	（2）同
（3）這時，薛蟠又自外進來，母子重提（1）、（2），兼及娶媳之事。	（3）同
2. 餽土物、思故里的主題	2. 餽土物、思故里的主題
（4）說話間，小廝送來兩箱東西，正式介入主題，於是分別發送，引起顰卿對江南家鄉的懷念，鑒於自己孤獨的身世而感傷，害得紫鵑不停的勸慰，時值寶玉到來，經過百般哄慰，才一道往寶釵那兒去了。	（4）同，然對於主題，則描述較為簡潔，少去黛玉自憐自嘆及寶玉揣摩其心病等語數百字。唯甲系寶玉自導自演以博黛玉歡心，並趁機提議向寶釵道謝事。在乙系裡則作寶玉不忍，因此提議過寶釵那邊。正合寶玉心意，也順口說出該道謝去，黛玉則以姊妹，不再言謝，只是想聽聽南邊古跡，以符「君自故鄉來，應知故鄉事」的一番神遊意念，仍是緊扣「思故里」的主題。
（5）且說薛姨媽備宴請伙計，宴中有人提起湘蓮，於是又重提（1）事，招徠薛蟠之不快，也就草草結束了。（應是餘波後穿插的尾聲，與主題無涉。）	（5）大體相同，唯文字差異甚大，且賈璉、湘蓮相提並論。
（6）上接（4）事，到了寶釵處，閒話一陣，又勸慰一回，方由寶玉送黛玉回瀟湘館。	（6）大致相同，唯少甲系中寶釵問二人何以巧遇齊來及寶釵勸慰的一番話，代之以黛玉提起土儀，雖是細件，然物離鄉貴，則是大事，依然緊扣思故里的題旨。寶玉為怕黛玉傷心，即拿話岔開。
3. 餽土物的餘波	3. 餽土儀的餘波
（7）接（4）事，趙姨娘收到東西，歡天喜地，直讚寶丫頭為人，因想討好王夫人去，誰知竟碰了一鼻子灰，敗興而回。	（7）大致相同，然甲系寶、黛對比較為強烈。

4. 尾聲伏筆	4. 尾聲伏筆
（8）且說發放東西的人回來，獨帶回巧姐一份。寶釵便問因由，後自鳳姐處送東西的人回來，道起鳳姐自老太太處歸來後不悅，私下將平兒叫去唧咕一番，寶釵聞後，亦頗費猜疑，爲另一主題訊家童預作伏筆。	（8）分送東西，甲系寫得較爲詳細，且寶釵見巧姐一分帶回，問起緣故，始由鶯兒答覆。乙系則作鶯兒自動告訴鳳姐生氣事，並由小紅說起緣由，寶釵只說管不得。
（9）寶玉回到怡紅院，藉著與襲人對話，重提（4）與（6）二件事情。襲人聽後直讚寶釵爲人，博得寶玉以「公道老」許之。（以上爲「餞土物」、「思故里」的尾聲）。隨即寶玉想在床上歪著，襲人向寶玉說他想去鳳姐處探望及其理由，以過去賈璉居家不便，今候機盡禮，日後免受鳳姐數落，二則藉此逛逛。晴雯在旁也說該的，因此又贏得寶玉讚他爲「周到人」。於是襲人交待寶玉一番，化粧一回，即出怡紅院。	（9）寶玉回到怡紅院，想起黛玉身世，本擬令襲人過去勸慰，誰知襲人竟不在。少去「明白人」、「周到人」等讚語，和襲人化粧打扮之事。
5. 過門的插曲	5. 過門的插曲及伏筆
（10）話說襲人四處瀏覽園景，恰值李紈的丫頭素雲送菱角給三姑娘，並說明因由，始各自分路，又見祝老談及菓子被雀兒、螞蜂咬破事，襲人教導他向鳳姐要袋子套上預防，並訓祝媽府中規矩，始出園門。	（10）襲人因作了一回活計，想起鳳姐身上不好，聽賈璉不在家，交待晴雯等，就出去了。襲人遊園，並遇素雲爲二姑娘送菱角事，唯襲人與祝媽對話等大體相同。
（11）到了鳳姐處，互相問安，並由一件小兜肚引起話題，兼及老祖宗及巧姐、寶玉等家常話，才行告別。	（11）僅寫襲人探望鳳姐，由小丫頭對平兒悄說數句，窺知有事便自去了。（爲訊家童之伏筆）。
6. 訊家童、蓄陰謀的主題	6. 訊家童的主題
（12）卻說鳳姐又把平兒叫來，追問前事，平兒告訴由旺兒處聽來，以下即是第二主題——「訊家童」的經過。又命人把旺兒叫來，旺兒只好說是賈璉未起身前，興兒告訴的，於是又把興兒從新三少奶奶處找來問個明白，興兒再三考慮，終於招供：賈璉因大老爺的喪事，看中二姐，蓉哥如何穿針引線，賈珍如何強逼張姓小子收銀退親，並在後身兒買房子，金屋藏嬌，時常借機撒謊爲珍大爺辦事，如何擬嫁三姐，自三姐死後，獨尤老和二姐住著的全部事實。鳳姐雖氣，奈何生米已成熟飯，只好交待興兒不可遠離，爲蓄陰謀預作伏筆。	（12）直扣上段，原是旺兒來了，平兒叫他在外等候，送走襲人始告訴鳳姐，鳳姐又追問事情因由，平兒說出方才丫頭在外面聽到旺兒對饒舌的小廝告戒，底下由旺兒而興兒的問訊，直到興兒退出，爲聞秘事和訊家童之主題。
（13）興兒去後，鳳姐問平兒聽清楚否，於是鳳姐開始罵賈璉，平兒卻拼命爲其開脫，並將罪責歸於賈珍，鳳姐不表贊同；平兒又拉上尤氏，鳳姐始從尤氏罵起，並及賈珍，責其有失兄長之道。經此一鬧，已無心吃飯，平兒只得勸說爺回來再作商量。	（13）無。

（14）唯鳳姐認爲太遲，雖經勸慰，仍是心事重重，引得諸事回絕，連老太太都知道，派人相詢不曾進食之由，鳳姐只好推託頭痛，終於用盡心機，生出一計害三賢的狠主意，反而嘻笑自若，派人整理東廂房，平兒等竟然不知鳳姐葫蘆內賣何膏藥，此回已是幕落時候了。	（14）無。唯存甲系（13）的首句，和鳳姐忽然眉頭一皺，計上心來，決定在賈璉回來前，解決此事，即告落幕。爲蓄陰謀之伏筆。

從正文來看，甲、乙二系前面的三節餘波，並是承繼六十六回「冷二郎一冷入空門」而來，文字完全相同。進入主題後，甲、乙二系尚有六成的相近，僅在「餓土物」與「見土物」一節的偏重。可是乙系過渡到「訊家童」前，對於「聞秘事」這段文字，卻力加描寫，作爲另一個主題，不似甲系的輕帶幾筆。第四部分的過門插曲，雖說仍以襲人爲中心，與祝媽對話也有相同的部分，但是乙系顯然較甲系處理得更好。

到了最後一個主題「訊家童」，二系則又略異，乙系如「酷吏辦案」，有條不紊，更出之以輕鬆幽默，不像甲系的散漫無節。只是乙系見好即收，戞然而止，僅將鳳姐決定在賈璉回來前，解決此事，輕輕一提，預作六十八回「尤苦娘賺入大觀園」的伏筆。但是甲系卻多出第（13）、（14）兩小節，描寫鳳姐的生氣和「蓄陰謀」的另一主題。以致顯得拖沓雜亂，呆滯刻板，不如乙系來得深刻動人，靈活自然。因此，程、高排印時選取了乙系。即如俞平伯先生的「八十回校本」，亦步亦趨，並在註三十裡說明：

「第六十七回庚辰本缺；有正本、甲辰本大致相同，出於一稿卻很
壞；程甲、乙本另是一稿；己卯本亦缺，配抄用程乙本。比較各本
還是程甲本好些，我們就採用了它。」〔註23〕

因此二系的優劣，已經分曉，不必再作贅筆，如今我們將脂本及程本歸類，大致可以確定是這樣的：

甲系：戚本、脂南本、晉本並屬一系。

乙系：包括全抄、程甲、乙、蒙府，和武氏補抄的部分。

脂列本根據報導，這回頁數共達「六十八頁」，其行款格式是「每頁（即每半葉）九行」，「第六十一回至七十九回，則以抄寫人之字體稍小，每行爲二十字」〔註24〕那麼，這回字數應達 68×9×20＝12240，而且我們從播師摘錄的一段文字裡，列藏本的前幾句作：

〔註23〕俞平伯，「紅樓夢八十回校本」，「序言」，註34。
〔註24〕同註17，散見第18～19頁。

「話說尤三姐自戕之後，尤老娘以及尤二姐、賈環、尤氏並賈蓉、

賈璉等聞之，俱各不勝悲慟傷感，自不必說。」〔註25〕

屬於甲系的戚本，則作：

「話說尤三姐自戕之後，尤老娘以及尤二姐、尤氏，並賈珍、賈蓉、

賈璉等聞之，俱各不勝悲傷，自不必說。」

乙系的全抄本，文字略有不同，作：

「話說尤三姐自盡之後，尤老娘和二姐、賈珍等，俱不勝悲痛，自

不必說。」

那麼，從這引述的三段文字看來，脂列本應該可以確定爲甲系一列，而且從字面無端的跑出一個賈環來，也在那兒傷慟，這個矛盾已不見於戚本，另以賈珍代替。這點修飾的痕跡告訴了我們：脂列本非但屬於甲系，也較忠實的保留早本上未改前的矛盾，因此不可能晚於戚本。

　　至於迷失的靖本，不知所終，是甲系抑是乙系，無人知曉，毛國瑤先生以戚本校錄評語後，沒有特別指出二本間這回文字的異同，僅說明存有以下的四條批語：

（一）四撒手乃已悟是雖眷戀，卻破此迷關，是必何削髮埂峰時緣

了證情仍出士不隱夢而前引即秋三中姐（回前批）

據周校：當讀爲「末回撒手，乃是已悟；此雖眷念，卻破迷關。是

何必削髮？青埂峰證了前緣，仍不出士隱夢中；而前引即〔湘蓮〕

三姐。」

（二）寶卿不以爲怪雖慰此言以其母不然亦知何爲□□□□寶卿心

機余已此又是□□（寶釵勸慰薛姨媽句側批。前四字不清，後兩字

蛀去。）

（三）似糊塗卻不糊塗若非有夙緣根基有之人豈能有此□□□姣姣

冊之副者也（墨眉。三字漶漫不清）

（四）豈是犬兄也有情之人（「向西北大哭一場」。墨眉）

馮氏校正作「獃兄也是有情之人。」〔註26〕

據此四條批語看來，靖本這回文字頗爲可貴，其語氣也和他回中的脂批類似，恐非後人所能僞託，批語第一條、第二條針對的文字並存於甲、乙二系，但

〔註25〕同註16，第28頁。

〔註26〕「資料」，第310～311頁。

是第三條所針對的是：

> 「柳相公那樣一個年輕聰明的人，怎麼就一時糊塗，跟著道士去了
> 呢？我想他前世必是有夙緣的、有根基的人。」

第四條是：

> 「我因如此，急的沒法，惟有望著西北上大哭了一場回來了。」

這兩段文字都是甲系獨有，乙系全然不見，那麼靖本非但屬於甲系，也間接
的證明甲系的文字較乙系為早。

　　換句話說，本回雖分二系，相同的寫景、對白，也佔了全回的五分之二；
結構、人物、場地，則有五分之四完全相同；如果說是各自閉門造車的方式，
能有以上密合的成果，令人難以置信。因此，不是甲系據乙系擴充，即是乙
系自甲系刪節。刪節時，針對甲系的文字缺點改進倒還容易，如果自乙系擴
充，憑空構想，自然較為困難。二者雖說並有可能，但是乙系優於甲系，則
為共所周知，因此必定甲系在前，乙系在後，除非天下的大笨伯猶嫌乙系不
夠完美，自願改成糟透的甲系。但是馮其庸先生卻說：

> 「（5）蒙古王府本再衍而為戚蓼生序本。這兩本的文字和形式，基
> 本上一樣，但在蒙府本裡前後都無評的六十七回，到戚本裡，前後
> 仍無總評，形式與蒙府本的六十七回完全一致，了無區別，但卻對
> 這回原文，進行了大規模的刪削和改寫，其改動量約計占三分之二
> 以上。這種改動。顯然是偽作，其文字之拙劣，只要加以對比，就
> 很容易看出來的。南京圖書館藏的抄本（寧本）則是戚本的姐妹篇。
> 在乾隆五十六年前一段時期，這兩種不同體系的抄本都在流傳。所
> 以使人存『坊間繕本及諸家所藏祕稿，繁簡歧出。前後錯見，即如
> 六十七回，此有彼無，題同文異，燕石莫辨』的感覺，這一段話，
> 明確地指出了六十七回在當時已有不同的文字了，我認為這就是指
> 的戚本系統的刪改過的本子。

> （6）乾隆五十六年，程、高排木活字本的時候，『擇其情理較協者
> 取為定本』，因為程、高所用的底本不是經改編的脂評本戚本系統的
> 抄本而是未經改編的脂評系統的抄本（我疑心它可能是庚辰本的系
> 統，有的人〔三慶案：指周汝昌先生〕說是甲戌本的系統，我還沒
> 有謄出時間來仔細勘核，不敢論定），所以採取了這兩回未經改動以
> 前的原文。因此，程、高的本子雖然後出，但他們所據的底本是很

早的一個脂本。其中的六十四、六十七兩回，雖然後出，但很有可能是脂本系統的舊文的復得。問題是他們對八十回的文字，在排印時爲了要與後四十回『統一』，就進行了大量的刪改。到了次年，改印程乙本的時候，又一次地進行了刪改，在這兩次程、高的刪改中，這兩回有沒有被刪改或刪改得嚴重不嚴重，這個問題，也因爲缺乏資料，殊難論定。但我傾向于正文刪改不大，可能主要是刪去了這兩回的全部正文以外的批語，總評等等。」〔註27〕

另外，與馮氏有著相似看法的宋浩慶先生也說：

「己卯本後補的這兩回文字，與程甲本、脂稿本、甲辰本比較，大體相同，而與脂戚本比較，其六十四回大體相同，其六十七回卻有較大的差別。而脂戚本中的異文，可能是它所錄的底本是經人篡改過的，或是脂戚本以程甲本爲底本而作了篡改。

如果說僞作，脂戚本篡改的這部分可以說是僞作；而這僞作是騙不了人的，很容易鑑別，只舉以下三例：

（1）黛玉看到寶釵派人送來的土儀，程甲本：『紫鵑笑著說道：「還提東西呢，因寶姑娘送了些東西來，姑娘一看就傷起心來了。我正在這裡勸解，恰好二爺來的很巧，替我們勸勸。」』

脂戚本：『紫鵑說：「二爺還提東西呢，因寶姑娘送了些東西來，我們姑娘一看就傷心哭起來，我正在這裡好勸歹勸總勸不住呢，而且又是沒吃了飯，若只管哭太乏了，犯了舊病，可不叫老太太、太太罵死了我們麼？二爺來的很好，替我們勸勸。」』。它在『傷心』後邊加了個『哭』字，而且是不識人勸她哭起來沒完，這那是黛玉的性格？把紫鵑的勸寫成是怕挨罵，也歪曲了黛玉和紫鵑的關係。

（2）程甲本寫鶯兒代寶釵往鳳姐處送土儀是一次完成，並報告寶釵『看見二奶奶一臉的怒色……』。

脂戚本卻寫成鶯兒頭一次見鳳姐往老太太房裡去了就把東西原封拿回；等寶釵說她糊塗，二奶奶不在，平兒也可以代收時才又送去。一次變成兩次，毫無藝術價值，而且把鶯兒弄成一個笨拙的丫頭。

（3）最明顯的是後部分文字，程甲本寫王熙鳳審興兒，情節曲折，表情動作變化多端，人物性格表現得淋漓盡致。

〔註27〕同註21，第81～82頁。

脂戚本卻成了興兒一個人在那裡乾巴巴地平鋪直敘。甚至最後王熙鳳把興兒打發走了，竟沒管那同時被審在一邊的旺兒，彷彿在先沒這個人物出場似的。這些，那裡可能是出自曹雪芹的手筆呢？

由以上情況分析，我認為程甲本為代表所保留下來的六十四、六十七兩回應是曹雪芹的原著；脂戚本六十七回的部分文字（不是全部，因為有些部分的文字與程甲本相同）是別人的偽作。」〔註28〕

馮、宋二位先生不但過分神化曹雪芹的藝術成就，也違背了版本進化的事實，更對靖本現存的四條批語昧而不見，其結論自然偏頗不全，所以趙岡教授說：

「從高鶚、程偉元的引言中，可知他們當時已讀到並比較研究過第六十七回不同的文稿，最後決定採用乙稿。看來乙稿是某一位高手，依照甲稿的故事，修飾改寫而成，文字生動簡明。前述甲稿中的敗筆都去掉了。大家公認最精彩的是訊家童一段文字，一問一答，一點點逼供，這才像審問，也充分表現了鳳姐的心計。因為乙稿文字是如此精彩，有人認為一定是雪芹當年的原稿。這點據我看是說不通的。如果乙稿是雪芹原稿，則甲稿的著者在寫甲稿時，手中一定有一套乙稿，否則兩套稿子故事內容不會如此雷同。但是如果此人手中已經有了這樣精彩的原稿，為什麼還要寫一套拙劣的稿子去代替它？很顯然，乙稿是從甲稿改善出來的。

據我推斷，乙稿的原來文字，不但簡化了甲稿，而且也除掉了上述的時間矛盾，訊家童的時候賈璉尚在京城，所以鳳姐警告興兒，不許出去告訴二爺。不過高鶚卻把這兩套文稿作了某種程度的揉合。

細心的讀者一定很容易會發現，程、高排印本中第六十七回有人說賈璉已動身去平安州了。此外另有一證，說明兩套稿子曾被揉合。程、高排印本此最後一句是鳳姐向平兒說：

『我想這件事，竟該這麼著才好，也不必等你二爺回來再商量了。』

此句是承接甲稿文字而來。甲稿內曾寫：

『平兒看此光景越說越氣，說道：「奶奶也煞一煞氣兒，事從緩來，等二爺回來慢慢的再商量就是了。」』

鳳姐最初接受了平兒的勸告，但是後來變了卦，要設計陷害尤二姐，

〔註28〕同註9，第225～226頁。

所以告訴平兒不必等二爺回來再商量。」〔註29〕

趙先生這點看法，倒還合於事實。

2. 諸本間的傳承情況

　　明白了上述的情況後，那麼，甲系在過渡到乙系後的情況又是怎麼樣呢？諸本間的傳承系統又是如何？

　　這點也須加以探討，根據我們比較的結果，大抵可以作如下的論述：

　　（1）全抄本：

　　全抄本這回文字較抄本、刻本，並來得簡潔，尤其旁加的廿幾處改文，到了蒙府、己卯，都已變成行間正文，其和程本關係之密切，非其他抄本所可比擬。雖然全抄本爲程、高本的過渡稿本，猶有爭論，但是高鶚在七十八回所題的「蘭墅閱過」，應爲不爭的事實，這點我已在全抄本的筆跡裏詳加論證。更重要的是我們將全抄、程甲、程乙比較之後，除了「奉」、「服」一字之異，全抄同於程乙外，其改文百分之百，既同程甲，也同程乙。即是說，其改文非但適用於程甲，也能當作乙本底本的過渡稿本。

　　雖然俞平伯、趙岡二位教授懷疑「紅樓夢稿」可能據抄本校改的結論，可是根據我對全書的比勘後，撰寫的「紅樓夢稿改文非從刻本考」，以及那宗訓先生的「紅樓夢稿研究」一文，都曾指出這點難以成立。尤其既據刻本校改，又故意改得不忠實，以及膽爲「清本」之後，復有他回中改者的同一筆跡出現，在在都對俞、趙二先生的說法具有極大的摧毀力，這點已詳具於「紅樓夢稿研究」章節中，勿須多贅，但是足以證明全抄本爲乙系中的最早本，即是全回包括改文後，仍然和程本有近四百字左右的異文，幾乎每行或多或少都有一字、二字以上的不同。縱使改文附近的文字也和程本存有多處的差異，其中差異最大的一段是：

　　　　「興兒道：『奶奶不知道，這二奶奶……』剛說到這裡又自己打了個
　　　　嘴巴，把鳳姐倒慪笑了，兩邊的丫頭也都捄嘴兒笑。興兒想了想，說
　　　　道：『那珍大奶奶的妹子……』（鳳姐接著道：「怎麼樣，快說！」興
　　　　兒道：「那珍大奶奶的妹子）原來從小兒有人家的，姓張叫什麼張華。」

以上這段文字，加圈號「。」並屬改文，括號（　）內則爲甲、乙多出的文字。如果說，先有程本系統的文字，何以全抄本要作如此的刪節，讓人多費

〔註29〕趙岡，「紅樓夢的第六十七回」，「花香銅臭讀紅樓」（臺北：時報文化出版事業有限公司，民國68年8月）第182～183頁。

一道校改的工夫；校改時，補上「原來」二字改文的地方，卻又漏掉那麼長的廿三字，這是無法解釋的。然而馮其庸先生說：

「有一種說法，影印的『乾隆抄本百廿回紅樓夢稿』，是高鶚刪改前八十回和續補後四十回的一個稿本。這個論點，證之以蒙古王府本的六十四、六十七回，就有問題。蒙、戚、程甲這三本，蒙本最早，戚本（指它的底本）次之，程甲本印成是乾隆五十六年，後一年（也就是印程乙本的時候），正好就是戚蓼生的卒年。則可見戚本抄定的時間（這個時間自然又早于戚氏得到此抄本的時間）要早出程擺本相當的時間，也許要早出十來年，蒙本則更早於戚本，具體早多少年時間還很難確定，但早出幾年是大致不成問題的。這樣來推算，則蒙本的祖本即始改六十四回的那個本子，還要稍前一些。這樣看來，至晚大約在乾隆三十多年六十四回就已經出現了。到乾隆四十年前後，六十七回也出現了，程偉元說：『是書沿傳既久，坊間繕本及諸家所藏祕稿』云云，這是乾隆五十七年的話，既說『沿傳既久』，從乾隆三十多年到五十七年大約二十多年，也不可謂之不久，所以語氣是相合的。這樣看來，六十四、六十七兩回，先後在乾隆三十多年到四十年前，就都已先後問世了。蒙府本的抄定時間，雖不能確定，但在乾隆四十年或前或後是不成問題的，這一時間，與這個本子裡已有六十七回的情況也是相符合的。爲什麼要費勁地去討論蒙府的抄定時間呢？因爲這是問題的關鍵。現在稿本裡六十七回的旁加文字（尤其是末兩頁，即該回的第六頁末行到第七頁的前後兩面），在蒙本裡都是正文。稿本此回的旁改文字，如是高鶚的改文，則高鶚改『紅樓夢』的時間，要早到在蒙本的六十七回之前，即乾隆四十年前後甚至更早一點。乾隆四十年，高鶚才卅八歲，根據他的四十四首『硯香詞』，作于『甲午迄戊申』，乾隆卅九年到五十三年，也即是高鶚三十七歲到五十一歲。則高鶚始作『硯香詞』的時候，也應就是他改六十七回的時候（三十七、八或更小一些）。六十七回訊家童一節文字之老辣，猶如酷吏之斷獄，那是大家能欣賞得到的。就是這整回文字，也是與『紅樓夢』的前八十回相稱的，與戚本的文字則根本不同，只要比較一下，高下立見。這個三十七、八歲還在熱衷於功名並作冶遊之行的高鶚，能續改出六十七回這樣

的文字來嗎？既然（假定）改出這樣好的文字，爲何後四十回又一蹶不振，完全泄了氣呢？問題很明顯，蒙本的祖本將當時出現的六十四回略加改刪補入該書，蒙本過錄時或前又得了六十七回，未及加以整飾即抄入該書，但抄漏了不少地方。稿本的六十四回則是直抄蒙本，旁加的文字則是據『程本』或『程本』六十四回的祖本。稿本的六十七回，則是據的被略刪過的程本系統的本子，旁改的文字，則是據的『程本』或『程本』六十七回的祖本。

既然稿本的六十四、六十七回的旁改文字早已見之於蒙本的正文，證明它根本不可能是高鶚的改筆，那麼，稿本上其餘筆跡與此相同的文字，難道說它是高鶚的改本倒可以不成問題嗎？〔註30〕

馮氏這段論述，完全繼承過去紅學家以高鶚爲中心的錯誤判斷，忽視程偉元的個人存在。尤其程氏有關資料的出現，證明程氏序言：「乃同友人細加釐剔，截長補短，抄成全部。」應該給予充分信任，不能憑空臆想，作那無理的挑剔猜測。所以全抄本上的改文，絕對可以肯定必是程、高二人之一的成績，若其底本正文的來源，除了部分可以說明其源流系統外，餘則資料缺乏，不敢濫加臆測。

（2）蒙府本：

根據其底本情況，全書凡分二式：一式爲前八十回中（第五十七到六十二回用素白紙除外）並爲印有「石頭記」朱絲格欄的用紙。但是回前的「程序」是以他回前後印有朱絲格欄的剩紙補抄。後四十回是用素白紙張，似乎可以證明第六十七回和前八十回是同時過錄，從第六十八回與六十七回筆跡比較，也可證明同一抄胥在相隔不久的時間內抄成。可是一般紅學家、如馮、宋二位先生的看法，卻認爲蒙府本早於戚本。可能是戚本的祖本。這點不免令人懷疑，因爲蒙府本的這回文字，似乎來自程本或程底本，據蒙府本無意間抄漏的七段文字，如：

①第一頁上半頁第九行：（此用全抄本頁行，以下同）

「……天有不測風雲人有旦夕禍福這也是他們前生命定『前兒媽媽爲他救了哥哥商量著替他料理如今已經死的死了生的走了依我說也只好由他罷了……」

案：此廿六字以「定」「走」二字形似，造成脫文，全抄、甲、乙存，

〔註30〕同註21，第82～84頁。

戚微有不同。

②第二頁上半頁第五行：

「…………………說著大家笑了一回便向小丫頭說出去告訴小廝『們東西收下叫他們回去罷薛姨媽和寶釵因問倒底是什麼東西這樣細著綁著的薛蟠便叫兩個小廝』進來解了繩子去了夾板開了鎖看時……」

案：此四十一字以鄰行間同時出現「小廝」二字，造成跳行的脫文，全抄、甲、乙本存，戚本略異。

③第五頁上半頁第七行（參見書影廿二）：

「………………………………況聞賈璉出門正好大家說說話兒便告訴『晴雯好生在屋裡別都出去了二爺回來抓不著人』晴雯道噯喲這屋裡單你一個人惦記著他……」

案：此廿字以鄰行間同時出現「晴雯」二字，造成脫文，全抄、甲、乙存。

④第六頁上半頁第三行：

「…只見一個小丫頭子在外間屋裡悄悄的和平兒說旺兒來了在二門上伺候著呢又聽見平兒『也悄悄的道知道了叫他先去回來再來別在門口兒』站著襲人知他們有事又說了兩句話便起身要走……」

案：此廿一字以「兒」字重見而跳行脫文，全抄、甲、乙存。

⑤第六頁下半頁第三行：

「……鳳姐兒聽了下死勁啐了一口罵道你們這一起沒良心的混帳忘八崽子『都是一條藤兒打諒我不知道呢先去給我把興兒那個忘八崽子』叫了來你也不許走問明白了他回來再問你………」

案：此廿六字以鄰行之「忘八崽子」重見，而跳行脫文，全抄、甲、乙存。

⑥第七頁上半頁第十一行：

「…………………………………………………鳳姐道誰和他住著呢興兒道他母親和他妹子昨日他妹子各人抹了脖子鳳姐道這『又爲什麼興兒隨將柳湘蓮的事說了一遍鳳姐道這』這個人還算造化呢省了當那出名兒的忘八……」

案：此廿一字以「鳳姐道這」四字重見，造成跳行誤抄，全抄、甲、

乙存。

⑦第七頁下半頁第一行：

「…………………………興兒道別的事奴才不知道奴才剛纔

說的事事眞字字實『話奶奶問出假來只管打死奴才奴才也無怨的』

鳳姐低一回頭便又指著興兒道……」

案：此十九字跳行誤抄，全抄、甲、乙存。

以上『 』內文字，爲蒙本的脫漏，除二條爲廿六字左右的行款外，餘五條爲廿一字或其倍數。其脫漏後，使上、下文義反而難以貫串。如果說，它是程本或全抄的祖本，他們怎麼憑空填滿如此一致的七段文字，尤其漏去的文字若非鄰行間文字的形近而跳，即重文而脫，脫去的文字又以廿一字左右，或其倍數爲最多，和我校對過諸抄本，整理校記的一點心得：「跳句脫行，爲抄本間司空見慣之事，其所以跳脫，大抵有理可尋，有因可說，尤其據此跳行字數，則時或可以推見其底本、祖本的行款格式，及諸本間的關係。」完全呼應，而其和程甲本的異同，除以上七條跳脫的文字外，僅有一字爲單位，近二十處的不同，證明蒙府本必取資於此，如果此點確定，蒙府本的過錄時間必遲至乾隆五十六年辛亥前後。因爲這回抄寫的紙張也與前八十回相同，是以印就的石頭記抄寫專用紙張，而且筆跡又與六十八回完全相同，證明當爲同時的鈔錄，並且在第六十八回第四頁上半頁第十一行裡，蒙、戚也共同脫去一條文字（參見書影廿三）：

「……誰知偏不稱我的意偏打我的嘴半空裡又跑出一個張華來告了

『一狀我聽見了嚇的兩夜沒合眼兒又不敢聲張』只求人去打聽這張

華是什麼人這樣大膽。」

全抄、己卯、晉、程甲、乙並存，說明原本應有此段文字，而其脫去的十九字，也合於蒙、戚每行廿字的行款。證實二者必爲同一祖本。那麼，第六十七回是祖本所無，還是蒙本捨去祖本的文字不用，另從程本補抄，而其補抄的時間是否又在程本之後，這些疑問，恐非我們根據看到的兩回和數頁文字可以妄加評斷。

（3）己卯本：

第七冊總目已註明缺六十七回，但經後人抄補，檢視此回行款，每半頁十行，每行廿五字，甚爲齊整，與他回中每行近卅字的行款也有不同。據回末題記說：

「石頭記第六十七回終，按乾隆年間抄本，武裕菴補抄。」

這個抄本到底是那種抄本？是脂本或者程底本，還是像容庚先生當年買到的程刻覆抄本呢？根據我們的比勘後，文字和程乙本的差異，除了二十來處個別字的異同外，幾乎全部一致。至於程甲、乙間的異文，也全和程乙對應，不同甲本。證明其文字不是來自全抄，或其他的脂本；也非甲本的文字，甚至不可能是程乙覆排前的底本會在嘉道年間，落入他的手上。可是也不能說他抄自程乙本的覆抄本，因為這樣必經兩道覆抄的手續，而僅有二十來處的不同，實在令人難以相信。唯一合理的解釋，是它直接根據排版的程乙本抄錄，才有如此的結果，尤其本回第十八頁有一條漏抄的文字，後經原抄手發現，再添加於旁，其情形是這樣的：

「……姑娘還不知道呢這馬蜂最可惡的『一嘟嚕上只咬破兩三個兒那破的水滴到好的上頭連這』一嘟嚕都是要爛的，姑娘你瞧俉們說話的空兒沒趕就落上許多了。……」

因為鄰行有相同的「一嘟嚕」三字重見，而跳行誤抄，共遺漏了廿三字，恰與程本每行廿四字的行款接近，而且這回每行廿五字的抄寫格式，多少或受程本的影響吧！如果這點確定，那麼武氏署作「按乾隆年間抄本」補抄，在於提高這部抄本身價的心理也就不難窺知了。

（4）程甲、乙本：

程本行款每半頁十行，每行二十四字，全回共有十七版，甲、乙本有二版的文字全同，有異文的共十五版，添加了八十一字，去七七字，最後一版，乙本較甲本多出了四字，文字調動共有四處，乙本改正甲本上一些文言化的字眼及排錯的字句，但是本身的錯誤卻多出甲本何啻數倍，可見乙本排版時的倉促，不過乙本離開抄本的時代及精神已更加遙遠了。

（三）諸家論評

以上是從版本情況，徹底的分別檢討第六十四、六十七兩回的進化過程及其早期版本的原型，得出以上的結果。既然如此，那麼這兩回文字的早本——即脂列、蒙府本系統的第六十四回及戚本系統的第六十七回，是否雪芹增刪過程中的二回原稿，其失落又在什麼時候。關於這個問題，陳仲笹先生在「談己卯本脂硯齋重評石頭記」一文裡說：

「因此，或謂曹雪芹到庚辰年還沒有寫完這部書，是有可能的。」

〔註31〕

又說：

> 「可以設想曹雪芹生前已有這回故事的綱領或是初稿，並同朋友們
> 商量過，或傳閱過，但曹雪芹沒有最後寫出就逝世了。他的朋友任
> 憑自己留下來的印象或資料，補寫了出來，以致產生了差異，這是
> 可能的，否則那將是另一種情況了。」〔註32〕

根據陳氏之說，即是否定這兩回的眞實性。到了徐高阮先生，又承繼著這個
方向的發展，進而懷疑六十四、六十七兩回的「五美吟」、「見士儀」兩節，
為後人補作的，其理由有五，今摘要如下：

> 「第一：六十四、六十七回寶玉叫黛玉「妹妹」不當。」
> 「第二：六十四、六十七回寶、黛對話仿抄三十、三十二回。」
> 「第三：六十四回寶玉抄自海棠詩與四十八回不合。」
> 「第四：六十回回寶釵論女德與四十三回犯重而精神不合。」
> 「第五：六十四回的小琴桌為後四十回補書而設，非瀟湘館舊有。」

〔註33〕

以上五條理由，徐氏又加檢討，認為後三條尚可批駁，不妨讓步，唯獨前面
涉及第六十七回的兩條還可談談。且說這是「後文倣抄前文，而仿抄的人不
曾了解紅樓夢人物前後少長的差別。」雖然如此，徐氏又從版本去檢討，認
為「戚本」、「靖本」，或有總批、雙行批等，足以否定兩回補寫的可能，卻仍
不能完全打破第六十七回「見土儀」一節的可疑，而且他比較甲乙二系的文
字所得的結論是：

> 「有正本的『見上儀』一節，應該可以說不會是曹雪芹的文字。——
> 且不會是他的一份不成熟的草稿。通行本此節則可以說是從有正本來
> 的。」〔註34〕

當然，徐氏根據紅樓夢中的矛盾，即生懷疑，未嘗不可，但是要考慮這兩回
在己卯、庚辰的底本上已經遺失；或被抽出，準備改寫，因此，和其他回中，
經過改動的文字，一定存有些許的差異，自然會留下這些矛盾。

〔註31〕同註20，第126頁。
〔註32〕同上，第127頁。
〔註33〕徐高阮，「關於紅樓夢第六十四、六十七回」，陽明雜誌第25期：（民國57年）
第46～50頁。
〔註34〕同上，「陽明雜誌」第29期（民國57年）第54頁。

趙岡先生在看到徐氏的文章後，也發表了他的看法，他說：

「其實這一點與徐先生的正面理由發生衝突，主要是因爲徐先生認為高鶚是後四十回的續書人，而這兩回的筆法與後四十回一致，所以這兩回是高鶚所續，如果徐先生堅持『高鶚是後四十回續書人』此一前提，則除了上述矛盾之外，我們還可以列舉若干條其他的矛盾。相反的，如果徐先生暫時拋開『高鶚續書』這一假設，我們就可以補充若干條來支持徐先生的看法。」〔註35〕

事實上，徐氏未嘗主張後四十回爲高鶚續書，而且也未主張兩回文字全屬可疑，這點文筆上的疏忽，已經嚴多陽先生指出（說詳下）。不過趙先生是針對徐氏一文的補充，他從版本的斷代和內容上的矛盾去作檢討，得出如下的結論：

「（1）第六十四、六十七回很可能是後人補加的，抄本八十回石頭記流傳到外界以前，就已有若干段經人補加。對於整回缺失之處，補加的時間較晚，所以外間抄本中此有彼無。

（2）不過，無論如何，這兩回之完成，是程高刊本問世以前很久的事，似乎與高鶚無關。

（3）補寫這兩回文字之人，與雪芹有密切的關係，不是毫無根據的續補。

（4）徐先生推論第六十四、六十七兩回文字與後四十回續書有關連，係出於同一人之手筆，這樣一來，正好洗刷了高鶚僞續的罪名。第一，補寫第六十四、六十七兩回，與續寫後四十回同屬於一個有計劃的續書工作。當然續寫從四十回是這個大計劃中最艱巨的一部分。第二，根據前述，此續書人不是一個局外人，高鶚不具備此項資格。第三，這項工作是雪芹卒從不久就已開始。」〔註36〕

趙先生這篇文章發表以後，立刻受到嚴多陽先生的反對，其涉及六十七回之理由有二：

「兩回情節的重要——

六十四和六十七兩回書，其中有十分重要的情節，這種重要情節，決非補作者可以下筆。

〔註35〕趙岡，「紅樓夢第六十四、六十七兩回是誰寫的——敬答徐高阮先生」，中央日報，民國57年3月23日。第9版。

〔註36〕同上，民國57年3月24日，第九版。

舉紅樓夢重要人物出場最遲的，要算二尤（尤二姊和尤三姊），再後就只有夏金桂和寶蟾了（其重要性不及二尤）。紅樓二尤自六十三回正式登場，至六十九回告終（尤三自刎尤二吞金相繼死亡），雖然前後爲時不久，但佔紅樓夢情節篇幅的比重很大，由此可知雪芹寫二尤之事是頗爲著力的。從六十三回將二尤引出，至六十九回而終，整整有六回半書，專爲二尤之事，可謂一氣呵成，未曾喘息，這在紅樓夢中實屬罕見之事。對于二尤之事，其情節安排如此之緊湊而完整，決非補作者可以插手其間，雖然二尤之出場來得驟然，去得乾淨，但作者卻化了六回半的篇幅，將二尤的性格，鳳姐的奸毒，寫得淋漓盡緻，令人嘆爲觀止！而二尤故事的關鍵，則在六十四與六十七兩回之中，由六十三回引尤二出場寫其風情，到六十五回賈璉偷娶，其間如果沒有賈蓉的說合代籌，璉、尤的定情成局等安排，則以後的情節就斷了線，而另一重要關節則在六十七回，如果鳳姐沒有風聞此事審訊興兒得其眞情，則緊接後文的一連串情節就沒了根。總之，六十三回至六十五回與六十六回至六十八回其間所應安排的情節，確是今日所見的六十四回和六十七兩回書中所述，可謂一點沒有走板，尤其六十七回鳳姐審訊興兒一節文字，描寫得有聲有色，的是阿鳳寫照，絲毫不爽，這六回半書實是一氣呵成，我認爲這除了曹雪芹本人嘔血而成外，沒有任何人可以代補，甚至沒有任何人能夠插手其間的。

由六十三回至六十九回固然專寫二尤的事，但其中亦有二段插曲，一是六十四回的「五美吟」，二是六十七回的「思土儀」，寫「土儀」事，實際是在寫薛蟠之歸及寶釵之爲人，並非閒文，其中文字確有可疑之處，（如徐高阮文所提出者）而黛玉『五美吟』之前，先有黛玉遙祭一節，遙祭何人，只是借寶玉猜想之詞而言，按理應係遙祭雙親，既祭雙親，工愁善病如黛玉者，不僅這節文字孤立牽強而詩亦平平，然而除文字部分外我們卻不能肯定『五美吟』一段必是補作，因爲一是有脂批的『與後十獨吟對照』可證，二是關係回目，我們既可肯定此回後半回之『情遺（遺）九龍珮』屬眞，則爲了對題，可能湊合一節『五美吟』，這不能證實不是雪芹原作。

對趙岡先生論點的反證——趙岡先生之文雖列舉多條，但其主要論

點，是認爲高鶚續書說在時間上有矛盾，什麼矛盾呢？他認爲六十四回、六十七兩回書是後人補的，而補書的時間應在程高成書之前十年以上，因之他認爲這種時間上的距離，很難解釋，如果拋開高鶚所續，認定是早於高鶚的另一人所補，則就可說得通了。姑不論趙文所舉佐證各條是否正確可靠（如武裕庵補抄己卯本及戚蓼生得有正本年代等均不明），就其主要論點來看，實很脆弱，我只先提出一點反證，即六十四回、六十七回兩回是雪芹原著，而高鶚只是補其文字（因高鶚既續後四十回則前八十回中缺失不清的文字亦必連帶一同補上）試問有什麼年代的距離不可解釋呢？事實上徐高阮之文亦並未說此兩回書是高鶚所補，而只是指出其中兩節文字之可疑，茲摘錄高阮原文：『……而是爲了說明當世通見的紅樓夢六十四、六十七兩回各有一節文字（並非整回）裏有自然使人起疑的地方』。徐氏特別引號『並非整回』，而趙岡先生文中似誤說爲高鶚續此『兩回』書，這應是一種文字的疏忽。據我所知，直到目前並無人懷疑高鶚補續六十四、六十七兩回之說，也似乎沒有人指過六十四、六十七兩回是後人所補的。只有胡適之先生曾『推測曹雪芹在乾隆庚辰年還沒有寫成這兩回』一句話，這是由於胡先生誤庚辰本作爲庚辰年之書所致，（現所誤稱的庚辰本並非庚辰年抄出）。趙岡則認爲補寫六十四、六十七兩回的另有其人而非高鶚。但我當首先指此『兩回』生全回爲後人補寫之前提不能成立。」〔註37〕

所以後四十回是否爲高鶚所續，與其所論兩回是誰寫的事，不能混爲一談。

另則張愛玲自正文的內證加以推測，此回改寫的過程是這樣的：

「第六十七回分甲（失傳）、乙（戚本）、丙（全抄本）、丁（武裕庵本，己卯本抄配）四種。甲啣接今本第六十八回，回內鳳姐發現偷娶尤二姐時，賈璉還沒有到平安州去。

參看此回與第六十三、六十五回各本歧異處，可知作者生前最後兩年在提高尤三姐的身分，改爲放蕩而不輕浮。

第五十六回有一點與第六十七回乙矛盾。此點經第六十七回丙改寫，而仍舊與第五十六回矛盾。第五十六回顯然與第六十七回乙、

〔註37〕嚴冬陽，「關於紅樓夢六十四、六十七兩回的問題」，中華雜誌六卷九期（民國 57 年），第 46～47 頁。

丙都相隔很久。第六十七回是二尤的故事。『風月寶鑑』收入此書之後才有二尤。收入之後，此回又還改寫過一次，由甲變爲乙，因此第六十七回乙已經不很早了。丙更晚——1761年左右才改寫的。第五十六回在時間上與二者相距都遠，只能是最早的早本。」〔註38〕

張女士認爲四種並爲曹氏改寫。在這四種中除甲類無法印證，丁類建築於錯誤的版本知識外，乙、丙二類的順序如同我們的考證，但是四類並認爲曹氏1761年的改筆，不免差之千里。又馮其庸先生卻針對陳仲箎先生的文章，加以檢討，他說：

「(1) 這兩回未缺失的階段……有的人說：『可以設想曹雪芹生前已有這回故事的綱領或是初稿，並同朋友們商量過，或傳閱過，但曹雪芹沒有最後寫出就逝世了，他的朋友任憑自己留下來的印象或資料補寫了出來，以致產生了差異，這是可能的。』我認爲這樣的『設想』是不符合這一個完整故事的構思情況和寫作實際的，也是沒有根據的。只要看一看這幾回前後的情節，就可以了解這兩回當時是不可能不寫的。從六十三回下半回『死金丹獨艷理親喪』起，寫賈敬的死，然後尤氏因爲喪期無人照料，便把尤老娘和尤二姐、尤三姐接來，到六十五回一開頭，就是賈璉偷娶尤二姐了。這中間如果沒有六十四回下半回的賈璉與賈蓉商量偷娶尤二姐以及『浪蕩子情遺九龍珮』等情節的話，前後文就根本聯不起來。六十五回是集中寫賈珍、賈璉、賈蓉三個壞傢伙和二尤，寫尤三姐在大鬧之後，要自擇終身。六十六回則寫尤三姐的悲劇和柳湘蓮的歸結，然後是六十七回的『聞秘事鳳姐訊家童』。這是承接六十四、六十五、六十六回而來的，同時下面又緊接著六十八回的「苦尤娘賺入大觀園，酸鳳姐大鬧寧國府」。六十九回的『弄小巧用借劍殺人，覺大限吞生金自逝』結束了尤二姐的故事。可以說從六十三回直到六十九回，這七回書是一環扣一環，扣得很緊的，是一個完整的故事，作者在構思時也是作爲一個完整的故事，一個整體的結構來構思的，它決不可能是零零星星的情節的拼湊。既然是一個完整的故事和一個整體

〔註38〕張愛玲，「四詳紅樓夢——改寫與遺稿」，以上數則散見「紅樓夢魘」340～341頁，其細節論證詳見第 19、270，279、282、284～285、288～289、289、289～290、291 頁。

的結構，那麼，怎麼可能在進行具體寫作時，中間反倒中斷兩回，然後又往下寫呢？這樣的寫作方式，可以說是聞所未聞。如果這兩回是各自獨立的小故事，與上下都無緊密的聯系，失去這兩回上下都不影響情節的發展，如果是這樣，那當然是另一回事了，但現在的情況與此完全相反，中間如果缺了六十四、六十七兩回，則情節的發展完全斷了，怎麼能繼續往下寫呢？

（2）這兩回開始缺失。這兩回是在怎樣的情況下缺失的，現在沒有任何資料可供研究。但據己卯、庚辰等本的抄寫情況來看，很可能是在傳抄過程中，因為一冊冊借出來傳抄的（每十回一冊，六十四、六十七兩回在第七冊）這一冊借出來後，一般都是拆開來分抄，有的甚至分頁抄寫的（己卯本就是有分頁抄寫的部分），只有少數篇幅是一人抄一回以上，在這種情況下，就很容易丟失，脂硯齋就講過有後部的五、六稿被借閱者迷失。也許這六十四、六十七兩回當時分給一個或兩個人分頭抄寫了（當然是指在怡府過錄己卯本抄寫以前），後來不慎就丟失了，以致這第七冊就少了這兩回。

（3）這兩回的重出。經過了缺失的一個階段以後，這兩回又重出了。但這個重出，有兩種可能：一種是原丟失的這兩回（或它的過錄本）又先後找出來了，如屬這種情況，則這兩回的文字，都屬曹雪芹的原稿，這是一種可能。另一種可能，則是這兩回經一段時間的缺失後，又有另一位高手把它續補上了，而且先有六十四回，六十七回出現的時間更晚。因為在現存最早有這兩回的蒙古王府本裏，這兩回的情況是完全不同的，六十四回已經與其他各回的形式完全統一，回前回後都有總評，但六十七回與其他的七十九回迥然有別，前後都無總評，光頭禿腦，在蒙府本裡這一回顯得很突出。很明顯蒙本的這一回是臨時抄補進去的，在蒙本所據的底本裡，很可能還沒有這一回。另外，程、高在排木活字本時。也提到六十七回此有彼無，題同文異，可見到乾隆五十六年時，這六十七回有的本子還缺，但六十四回已不成問題了，故程、高對此回的有無一字不提。由以上兩點，可以明確看到，這兩回的出現，還有先後，六十四回在先，六十七回在後。也正是由於這種特殊的情況，我還不大相信這回是另一高手續補的說法。因為如是另人續補，就不大可能只續

六十四回而不續六十七回；更不大可能續的水平居然能與原著不相上下，不僅情節上的前後密合無間，人物的思想性格的前後統一而且有發展。

而且語言文字之簡練深刻，與其他肯定是曹雪芹的原著的各回的風格，確實難以區別。所以我倒認爲這兩回很有可能是曹雪芹的舊文的重出，可能先出現六十四回，後來原先另人丟失的六十七回或它的過錄本又出現了，因此又補上了六十七回。

這裡要明確一點，我們這裡所說的可能是原稿（或其過錄本）的重出的六十四、六十七回，是指後來被程、高收入本活字本（程甲本）裏的兩回文字，而不是指戚本、晉本的這兩回文字，當時是以抄本的形式並且是在一部八十回的抄本裡出現的。」〔註39〕

馮氏的部分推論雖近情理，但是其根據的事實，卻建立在版本的誤認上，因此以後的推論就步上錯誤的歧途。至於宋浩慶先生則從版本反映出來的情況看，說出如下的話：

「（一）……根據對幾種版本的考察，再結合高鶚說的情況，我們是否可以做這樣的估計——程甲本的六十四、六十七回來自當時所傳的曹雪芹的原稿。這兩回是被傳失而後復出的，六十四回先出，六十七回後出。庚辰本與己卯本的祖本正是在這兩回被傳失時的抄本，因此這兩回與己卯本又據他本補齊的情況出現。

（二）這兩回不但有原文，而且有脂評。『脂戚本』、『甲辰本』的六十四回都有這樣一條脂評：『五美吟與後十獨吟對照。』這說明批者看到了書的全稿，而且注意到這個前後呼應的情節。南京發現的揚州靖氏藏抄本「石頭記」，這兩回有六條評語。六十七回的回前批是：『末回「撒手」乃是已悟；此雖眷念，卻破迷關。是何必削髮？青埂峰證了前緣，仍不出士隱夢中；而前引即（湘蓮）三姐。』（文字經周汝昌先生校正）。同樣是從全書著眼，評者注意到這一回與前後情節的聯系。

（三）『己卯本』後補的這兩回文字，與『程甲本』、『脂稿本』、『甲辰本』比較，大體相同，而與『脂戚本』比較，其六十四回大體相同，其六十七回卻有較大的差別。而『脂戚本』中的異文，可能是

〔註39〕同註21，以上數則散見頁 75～76、79～81。

它所錄的底本是經人篡改過的，或是『脂戚本』以『程甲本』爲底
本而作了篡改。」

另外又把這兩回與前八十回作爲一個整體，看它在思想性和藝術性上是否一
致，辨別其眞僞，因此又說：

「（一）這兩回中，人物的所作所爲完全符合人物的性格特徵和思想
發展邏輯。」

「（二）這兩回的描寫，完全符合作者曹雪芹的思想和態度。」

「（三）從情節結構上看，這兩回與整個前八十回渾然一樣，脈絡貫
通。」

「（四）在藝術手法上，這兩回也酷似曹雪芹的筆墨。」〔註40〕

宋氏也和馮氏犯了同樣的錯誤，對於版本的認識不夠明確，因此其所作的分
析自然不夠客觀。

綜合以上諸家所論以及基於版本的正確認識，第六十四、六十七回的形
成過程大概是這樣的：

（一）這兩回在曹雪芹五度增刪的過程中，應該存在，斷然不會無緣無
故留下這兩個空回。但是怡府過錄的時候，是否因曹雪芹有意的抽出？還是
被人借走，或者遺失，以致不得不在第七冊總回目頁上註明缺少這兩回，這
三種應該都有可能，然而不應該是怡府、己卯本過錄時候的遺失，否則就有
失忠實了。

（二）如果是借閱者的遺失，曹雪芹也該據其印象加以補寫，不可能那麼
的讓它永遠的缺失下去。如果這種情況屬實，前後二稿一定會有些許的差異，
形成第六十七回前後二系的文字；可是第六十四回則難以解釋，所以這種情況
發生的機會最小。

（三）如果僅因怡府過錄之時，被人借走未還，那麼在怡府過錄之前和
其後過錄的抄本，自然具有這兩回文字。則文字上的差異自然不大。可是第
六十七回前後二系的情況又難以解釋。

（四）如果二回的情況不同。以致不能一概而論，則第六十七同的情況
必如同第（二）點的假設，第六十四回則如第（三）點的假設，纔有成立的
可能。如果這點能夠成立，這種情況的發生，必在怡府過錄的時候。因此，
我們現在看到的第六十四、六十七回，不但存有回目後批，也有雙行批、夾

〔註40〕同註9，以上數則散見頁223～224、225、226、228、229、230。

批。可是若說這些文字毫無根據，全是後人的僞續，不但純屬臆測，也未考慮到版本的事實，絕難成立。尤其第六十七回是否能夠認爲曹雪芹自己抽出，準備再進一步的增刪；但在增刪之前，已經有人過錄，形成戚本一系的文字；增刪之後，初爲全抄本正文的底本，而程本又在這樣的一個原稿上加工改進，也非不可能的事。但是遠在二百年後的今天，我們想要根據有限的資料加以論證，卻有諸多的窒礙困難。

伍、結　論

周氏考定蒙府本的結果，認爲：

> 「除卻獨有的行間墨批之外，從正文從其他批語來看，都可見蒙本與戚本同出一源，是脂本系統中比較晚出的本子——比甲戌、庚辰爲晚，但仍比夢覺本爲早。」〔註41〕

又說：

> 「新鈔本的情況，大體和有正書局石印戚本一致，晚於庚辰本，而可能比戚本略早一些（庚辰本是乾隆二十五年的本子，戚本則是不出乾隆三十四年到五十六年之間的本子。按以上指戚氏獲得此本的時間而言。實際其原底本的年代還應略早。）初步判斷當是乾隆三十年間的鈔本。」〔註42〕

關於這個確定蒙、戚二本必是同源的結論，從以上的諸點論據，已經完全成立。但是「蒙本」早於戚本的這個說法，則令人不敢輕易苟同。從同源的證據看，勿論行款、正文以及批語（總批、雙行夾註批）等接近的血緣，相似的特徵，幾乎可以確定二者關係的密切，但是戚本多出一篇「序言」，蒙本多出行間側批，以及第六十七回彼此的不同，二者應是「姊妹本」，而非父子關係。

至於蒙、戚二本的早晚，根據第六十七回的文字和第六十八回的筆跡，證明蒙本有些部分已是程本出版以後的產物，應該較戚本晚出。其獨有的行側墨批也與正文有些部分的筆跡相同，並抄在已經印就的朱絲欄連史紙上，亦足以說明是在同一時間過錄。可是戚本就早於蒙本嗎？卻也未必，如果蒙

〔註41〕同註9，第1015頁。
〔註42〕同上，第1021頁。

本不是遺失戚序的話，只能說明他過錄的時候，戚序是不存在的，戚蓼生得到此本之後，才爲它寫了一篇序言，並又過錄一次，到了清末民初，狄楚青等又據刻本挖改，動了手術。（從狄氏所加的眉批，曾透露其確實校對一些字句），而桐城張氏本的發現，也可以證明這件事實。造成早本失眞的現象，反而使人不敢輕易置信。可是戚本的複本——脂南本，則保留戚本早年的眞貌，若和蒙本對校，出入應該不會太大。因此，我們不認爲因蒙本有些部分早於戚本的跡象，就將被人改動的戚本押後；也不要根據片面的資料，大膽的假設戚本一定在前，其中的複雜關係還要待將來資料的全面公布，才能得到一個較爲中肯的判斷吧！

第五章　戚蓼生序本石頭記研究

壹、概　況

「國初抄本原本紅樓夢」，以卷首有戚蓼生序，簡稱「戚本」；又因清末民初時，由上海有正書局印行，又稱作「有正本」。在所有的脂本群中，這一本算是最早公開發行的，「中國小說史略」一書也曾加以援引重視，可是針對此書專作研究的篇章卻不多見，較爲重要的有：

1. 俞平伯　　「高本戚本大體的比較」
2. 周汝昌　　「戚蓼生考」「戚蓼生與戚本」
3. 上海書店　「舊鈔戚蓼生序本石頭記的發現」
4. 林以亮　　「戚序有正本紅樓夢的始末」

此外大抵都爲報導性的篇章，未足輕重。

一、行款格式

全書八十回，每四回裝訂成冊，共分廿冊。這種裝訂形式與甲戌本、靖本類似，證明乾隆時代有一系這種類型的裝訂。然而又以十回分爲一卷，共存八卷，又與己卯、庚辰的裝訂相同。從這兩點特徵來看，戚本似又擷採二系，揉合爲一的裝訂。每頁有烏絲欄，四周雙邊。扉頁題：「原本紅樓夢」，封面題：「國初鈔本原本紅樓夢」，中縫則題：「石頭記，卷× ×回×頁」等，首戚蓼生「石頭記序」（參見書影第廿四）說：

> 吾聞絳樹兩歌，一聲在喉，一聲在鼻；黃華二牘，左腕能楷，右腕

能草。神乎技矣！吾未之見也。今則兩歌而不分乎喉鼻，二牘而無區乎左右；一聲也而兩歌，一手也而二牘；此萬萬所不能有之事。不可得之奇，而竟得之「石頭記」一書，噫！異矣。夫敷華掞藻，立意遣詞，無一落前人窠臼，此固有目共賞，姑不具論。第觀其蘊於心而抒於手也，注彼而寫此，目送而手揮，似謔而正，似則而淫，如「春秋」之有微詞，史家之多曲筆。試一一讀而譯之：寫閨房則極其雍肅也，而艷冶已滿紙矣；狀閥閱則極其豐整也，而式微已盈睫矣；寫寶玉之淫而癡也，而多情善悟不減歷下琅琊；寫黛玉之妒而尖也，而篤愛深憐不啻桑娥石女。他如摹繪玉釵金屋，刻畫薌澤羅襦，靡靡焉幾令讀者心蕩神怡矣，而欲求其一字一句之粗鄙猥褻，不可得也。蓋聲止一聲，手止一手，而淫佚貞靜，悲戚歡愉，不啻雙管之齊下也。噫！異矣。其殆稗官野史中之盲左腐遷乎？然吾謂作者有兩意，讀者當具一心。譬之繪事，石有三面，佳處不過一峯；路看兩蹊，幽處不踰一樹。必得是意，以讀是書，乃能得作者微旨。如捉水月，祇把清輝；如雨天花，但聞香氣；庶得此書絃外音乎？乃或者以未窺全豹為恨，不知盛衰本是迴環，萬緣無非幻泡。作者慧眼婆心，正不必再作轉語，而萬千領悟，便具無數慈航矣。彼沾沾焉刻楮葉以求之者，其與開卷而寱者幾希！德清戚蓼生曉堂氏。

此序是紅樓夢版本史上極為重要的序文之一。次目錄。正文每面九行，行二十字〔註1〕，有正書局採用這種格式的影印本，一般稱為「大字本」，民國9年又以大字本剪貼重新影印，除中縫加上「原本」二字外，正文則採每面十五行，行三十字的格式，簡稱作「小字本」。民國16年，又有再版本。

過去傳言底本已毀於火，但是民國64年冬，上海書店整理庫存的書籍時，發現前四十回的底本，其不同於今本者有下列數點：

（一）原底本的序文及目錄為顏色很淡的朱絲欄，正文雖用烏絲欄，卻有不少殘斷處，在影印時都已加描繪修補。

〔註1〕 這種行款僅限於原來抄寫時的格式，有些經過後人改筆的地方，則屬例外，如第六八回第二頁全頁和第三頁上半頁等，改筆的痕迹極為明顯；又如第四四回第二頁上半頁第八行，即有廿一字，可能在「說的不知你是誰」一句上遭到貼改。凡此情形，應與原本無關。

（二）原底本上的幾個藏書印記在影印時，並被抹去。

（三）原本無眉批，一至四十回上的眉批乃狄楚青後來加上，據第十一冊的扉頁說：「徵求批評：此書前集四十回，曾將與今本不同之點略微批出；此後集四十回中之優點，欲求閱者寄稿，無論頂批、總批，祇求精意妙論，一俟再版時，即行加入。茲定酬例如下：一等每千字十元，二等每千字六元，三等每千字三元。前集四十回中，批語過簡，儻蒙賜批，一例歡迎。再原稿不寄還，以免周折。上海望平街有正書局啓。」可知此等眉批非原書底本所有，乃是後來所補。

（四）原底本的一些字在影印時，已遭挖改貼改，如「恭人」之改爲「宜人」，第二十四回的「如來佛」改爲「彌陀佛」等。

（五）原底本第十九回最後一頁只有一行，影印時被移至第二十六頁後面，使此頁成爲十行。又第十五回的脂批被誤移到十三回前。凡此，並爲底本影印時的更動，當與底本無關。〔註2〕

二、流傳的經過

在現存的脂本群中，戚本、蒙本、脂南本同出一源，已無異議；然而戚本與脂南本間的關係，遠勝於蒙本，其理由是二本並較蒙本多出一篇戚蓼生的序文。戚蓼生得到這部抄本及作序的時間無法詳考，但是俞平伯先生的「紅樓夢辨」早已提到他是乾隆三十四年己丑進士，〔註3〕其籍貫據進士題名錄知是德清，可是戚氏族譜卻作餘姚，略有不同。

周汝昌先生曾據（1）戴璐吳興詩話（2）錢儀吉錢衎石集（3）周紹濂德清縣續志（4）錢載籜石齋文集等材料，曾將戚氏世系暫定如下的簡表〔註4〕：

〔註2〕 上海書店，「舊鈔戚蓼生序本石頭記的發現」，「文物」1976 年第一期，第 33 ～36 頁。
〔註3〕 俞平伯，「紅樓夢辨」（臺北：河洛圖書出版社，民國 68 年 4 月）第 151 頁。
〔註4〕 周汝昌，「戚蓼生考」，「新證」第 942 頁。

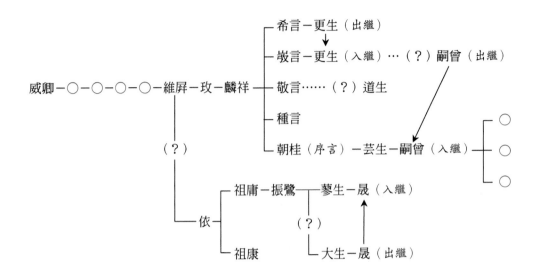

另外從德清縣續志卷八人物志第十五的記載說：

> 振鷺子蓼生，字曉唐，乾隆三十四年進士，授刑部主事，薦至郎中；
> 出爲江西南康府知府，甫到官即擢福建鹽法道，以公累鐫秩，引見
> 奏對稱旨，旋擢福建按察使。爲人倜儻，不修威儀，使酒好狎侮人：
> 然強幹有吏才，案無留牘，以勞悴卒官。」

而雪橋詩話三集卷十第十五頁卻說：

> 德清戴高字彥民，戚蓼生字彥功，同案游庠，有「二彥」之目。

因此，可以知道蓼生爲名，字彥功，曉堂未詳是字還是號，可是湖海詩傳卷
三十一又說其字「念切」。

考戚氏爲乾隆廿七年壬午科舉人，時約卅五歲，三十四年己丑科進士，
三甲第廿三名。並在京任職刑部郎中，四十七年始出守南康，隨即擢升福建
鹽法道。五十四年或因父親振鷺去世，丁憂返京而去職。五十六年服滿，起
復候補，遂擢按察使。五十七年冬月「以勞悴卒官」，享年六十餘歲，著有「竺
湖春墅詩鈔」五卷。

根據周汝昌先生最初的推斷，其得到這書的時間大概是在：

> 他三十四到京應試，正是雪芹死後五六年，石頭記正在己出不久，
> 大爲盛行之時，廟市爭售鈔本，他便買得一部——因爲彼時外省赴
> 試舉子往往是貰居寺院的，而廟市就在他們眼前。作序大概也不出

此時前後。他已是四十的中年人，莫怪有『悟』語，非復淺薄少年
流連光景的見識了。後來離京，想必帶回南去。不知經過多少年，
怎麼原由，流入楚青之手，便成了現在的戚本。〔註5〕

也就是戚氏上京考試的這段期間，在廟市上買到這個鈔本。後來，周氏又因
發現戚蓼生父親寫的自壽詩，所以重新作了如下的修正：

關於戚蓼生，有一事可記：1958 年在琉璃廠見到一本冊頁，是戚蓼
生之父戚振鷺所書七十自壽詩七律一首，詩不足存錄，字寫得尤其
難看，故而未收。中有「金莖玉露帝城秋」之句，乃乾隆五十三年
（戊申，1788）所爲，這卻使我們得知，蓼生之父七十歲過生日還
是住在北京的。此一點對于推考戚本年代，也有些許關係。

戚蓼生考中曾説：「……（乾隆）五十四年，去鹽法道職，原因很可
能是父親振鷺去逝，丁憂返里。到五十六年，正三年服闋，依例起
復後補，遂擢按察使。」這種推斷，大致不誤，但是丁憂「返里」
也許是錯料了，因爲未曾想到還有「丁憂返京」這個可能——如此，
戚蓼生除了初次居京（自乾隆三十四年應試始）至少又可能因父喪
而重回北京，留住過一個時期。如果他不是扶櫬南返，那麼可能住
到乾隆五十六年爲止。然則他買鈔本石頭記究在何時，便又有了較
多的可能性。現在看，戚本原鈔本入于蓼生之手的年代，上限仍應
是乾隆三十四年，下限則可推到最晚爲五十六年。

我在前考中所説的，此本當是他于三十四年在京應試，購于廟市的
這一可能性，並不因此而完全消失。當然，他做官還有中間晉京述
職引見的例行公事，也可以是購買鈔本石頭記的時候。五十四年丁
憂返京，閑居無事，也是尋看小説的合理期間罷。不過，我還是想：
第一，他該扶櫬南返，歸葬祖塋，似乎不應在京閑住。第二，當時
宦家遵制守喪期間例禁詩文撰作，他公然爲這種野史小説作序，似
乎不像，也應有所忌避才是。但這都是揣測一般情況。爲人「不羈」
而「好狎侮人」的戚蓼生，也許滿不管這一套世俗禮法，所以難説
一定。不過至少有一點是明確的：戚本之購買、作序，甚至可能包

〔註5〕周汝昌，「戚蓼生考」，舊版「新證」（臺灣明倫書局，民國 62 年 5 月）第 618
　　　頁。

　　　括往外傳抄，都還是在程本印行之前的事情。〔註6〕

於是戚氏得此書的起訖時間，自然的就從乾隆三十四年赴京考試到乾隆五十六年奔喪居京的這兩點界線之內。

　　但是從上海書店發現的桐城張氏珍本——有正書局影印的戚序本——來看，序、目錄所用的紙張和正文不同，前者是近於隱格的朱絲欄，後者爲印就的烏絲欄，似乎說明戚序和目錄是後來的附加物。然而就字跡行款而論，序和正文又是在同一時空下，由一人過錄而成的。如果過錄在前，序文加之於後，則周汝昌先生假定這本是居京時，在廟市上買到的前提就有待商榷了。除非戚氏又根據自己買到的底本重新整理過錄，並加題序文，抄寫八十回的總目，成爲現存的這個本子。不過，這種可能性極爲杳茫，不如說他是從別人的藏本借來過錄。

　　在乾隆四十七年到五十四年間，正是戚蓼生擢升福建鹽法道和丁憂返京去職的期限內，閩中卻有一則消息在流傳著，也就是周春「閱紅樓夢隨筆」所提到的一條闈場佳話：

　　　乾隆庚戌秋，楊畹耕語余云：「雁隅以重價購鈔本兩部：一爲石頭記，八十回；一爲紅樓夢，一百二十回，微有異同。愛不釋手，監臨省試，必攜帶入闈，閩中傳爲佳話。」時始聞紅樓夢之名，而未得見也。壬子冬，知吳門坊間已開雕矣。茲苕估以新刻本來，方閱其全。

周春在乾隆五十五年庚戌秋從楊畹耕處聽到這則消息，那麼事情的發生必定在此以前，而且從「愛不釋手，監臨省試，必攜帶入闈」的語氣加以斟酌，也不只一次而已。何況八十回本名爲「石頭記」和現存的戚本一系實在太接近了，所以二者的關係必十分的密切。歷來大家所注意的焦點僅在程本前，周春已經聽到有八十回本的石頭記和百廿回本的紅樓夢，壬子冬吳門坊間有人開雕等幾處地方，很少考慮到和戚本是否關聯，這點雖然重要，大家卻把它疏忽；何況攜帶入闈的人是誰，如果考查清楚，對於我們想要求證的論點更有幫助。根據趙岡先生的研究結果，曾經有過如下的說法：

　　　周春，浙江海寧人，字芑兮，號松靄，黍谷居士，生於雍正七年，卒於嘉慶二十年，中過進士，是一位淵博的學，上述那條記載是書於甲寅（1794）中元日，庚戌是 1790 年，此年以前最後一次鄉試是 1788 年。楊畹耕買到兩部鈔本的時間，應該更早一點。

<hr>

〔註6〕　周汝昌，「戚蓼生與戚本」，「新證」第 972～973 頁。

據我查證，楊畹耕即是徐嗣曾，乾隆二十八年進士，累遷福建布政使，五十年（1785）擢巡撫，五十六年病卒於山東行次。福建通志中有其任官紀錄，但名下註：「榜姓楊」。清史卷三百三十三有傳云：「徐嗣曾，字宛東，實楊氏，出爲徐氏後，浙江海寧人」。

此人與周春是海寧小同鄉，前後中式，應該是相當熟的朋友，徐嗣曾本姓楊，畹耕可能是早期的字或號，他中進士後才改姓徐，故榜上仍姓楊，乾隆五十二年，因清兵溺斃案，下吏議，赴京，事既定，於五十三年返福建原任。想來這兩部鈔本是他在北京打官司那段期間買得者：乾隆五十三年各省有鄉試，按清朝考試制度，應由當地巡撫出任鄉試監臨，於是徐嗣曾便於該年鄉試攜帶紅樓夢入闈，闈中傳爲佳話。五十五年秋，臺灣生番首領爲了高宗八旬萬壽，自請赴京祝嘏，嗣曾奉旨率生番首領前往熱河行在瞻覲，想來徐嗣曾是在赴京途經蘇州時，才把有關紅樓夢這段佳話告訴了周春，這些事都發生在程甲本問世以前。〔註7〕

趙先生試圖引證這段線索，否定後四十回是高鶚續書之說，卻如高陽先生所指正的：「趙文犯了一個不可原諒的錯誤，明明是『雁隅』其人以『重價購得鈔本兩部』。何以張冠李戴說『楊畹耕買到兩部鈔本』？」〔註8〕何況全抄本出現以後，除了吳世昌先生尙堅持高鶚續書的說法外，海內外的紅學家已經反對胡適先生早年的考證結果。不過，趙先生根據清史卷三百三十三和福建通志中的任官紀錄，認爲楊畹耕即是徐嗣曾的別名，大概不錯，但是說：「清朝考試制度，應由當地巡撫出任鄉試監臨，於是徐嗣曾便於該年鄉試攜帶紅樓夢入闈，闈中傳爲佳話。」卻有問題，這點需從有清一代的科舉制度說起。

根據商衍鎏的敘述，當時的鄉試制度是這樣的：

鄉試三年爲一科，逢子、午、卯、酉年爲正科，遇萬壽登極各慶典加科者曰恩科。

接著又說：

清萬壽恩科始於康熙五十二年，登極恩科始於雍正元年，自後沿以爲例。慶典適逢正科之年，則以正科爲恩科，而正科或於先一年預

〔註7〕趙岡，「中國文學史上一大公案——關於乾隆抄本一百二十回紅樓夢稿」，「紅樓夢一家言」（臺北：聯誼出版事業公司，民國66年8月）第139～140頁。

〔註8〕高陽，「我看「中國交學史上一大公案」」，「紅樓夢一家言」第99頁。

行，其例如乾隆八旬萬壽，以五十三年戊申預行正科鄉試，五十四

年己酉預行正科會試，而正科之己酉鄉試、庚戌會試，皆改爲恩科

鄉、會試者是。

於是我們可以將乾隆五十年到五十五年間所舉行的科場情形表列如下：

乾隆五十一年　丙午　正科鄉試。

乾隆五十三年　戊申　預行正科鄉試。

乾隆五十四年　己酉　恩科鄉試，又預行正科會試。

乾隆五十五年　庚戌　恩科會試。

又：「會試在鄉試之後一年，自順治三年丙戌開科，至光緒三十年甲辰科爲止，

未曾中斷。」〔註9〕所以乾隆五十二年丁未還有一次會試。從這幾次的科舉中

去找監臨的人，則雁隅這個人就呼之欲出了。

因爲「監臨鄉試」是指試場的總監督，專指審查試卷的主副考官及輔佐

的人，和同考官的職份不同。其監臨的人據商氏說：

各省監臨一人，初以巡按御史，康熙二年巡按裁，例由本省巡撫充任，

唯福建、甘肅、四川以總督，江南則江蘇、安徽巡撫輪任，倘巡撫因

事不能入闈，奏請以學政爲監臨，亦有委布政使代辦者。〔註10〕

那麼，趙岡先生認爲「徐嗣曾便於該年鄉試攜帶紅樓夢入闈」的說法就落了

空，何況高陽先生更從事實加以考查，說：

第一、乾隆五十二年徐嗣曾根本不曾赴京「打官司」，所以，第二，

即無所謂「於五十三年返福建原任」；然則，第三、「這兩部鈔本是

他在北京打官司那段期間買得者」，即是毫無根據的空想，再說第

四，康熙五十三年雖逢大比之年，而徐嗣曾並未入闈監臨；於是，

第五，「徐嗣曾便於該年鄉試攜帶紅樓夢入闈」之說，亦成子虛；還

有，第六，如果徐嗣曾曾與周春相晤，地點應該在海寧，而非蘇州，

最後還有個無關宏旨的第七，徐嗣曾死在乾隆五十五年，而非五十

六年，這一點連清史稿都錯了；史稿本傳：「五十五年……命率詣熱

河行在瞻覲。十一月回任，次山東臺莊，病作，遂卒。」其實，徐

〔註9〕商衍鎏，「清代科舉考試述略」，「近代中國史料叢刊續編」第廿二輯，（文海
出版社，64 年 10 月）以上分見第 149、148 頁。

〔註10〕同上，第 74 頁。

嗣曾是死在這年十月而非十一月。〔註11〕

因此，徐嗣曾絕無親臨監試的道理。可是在這前後幾年，任內的閩浙總督計有富勒渾、常青（兼署）、李侍堯和伍拉納等人，都無「雁隅」的字號〔註12〕。如果查考清史第三五六卷「魁倫傳」乾隆五十三年有「總督伍拉納欲劾之」，疆臣年表四，乾隆五十四年己酉，又有「福康安正月壬午遷，伍拉納閩浙總督」的記載。這兩條雖然略有矛盾，但是假定楊畹耕告訴周春的話是庚戌的前一年——乾隆五十四年己酉——發生的事，則雁隅這個人自然是以當時候的總督伍拉納的可能性最大。恰好這年既有恩科的鄉試，又有預行正科會試，相當符合周春「隨筆」的語氣。尤其清史稿列傳一百二十六覺羅伍拉納傳說：

> 五十四年，授閩浙總督，上以福建民情獷悍，戒伍拉納當與巡撫徐
> 嗣曾商榷整飭。……五十七年，同安民陳蘇老、晉江民陳滋等為亂，
> 設「龘黶會」，「龘黶」字妄造以代天地，伍拉納率按察使戚蓼生赴
> 泉州捕得蘇老等，誅一百五十八人，戍六十九人。

從這長官從屬的關係來看，戚本有可能錄自雁隅（伍拉納）的八十回本石頭，其過錄的時間大概就在乾隆五十四年至五十六年這段期間。以上僅是臆測，尚乏實證，如果合於事實真象，則戚蓼生這時大約已有五十八歲到六十歲的人了〔註13〕。所以他所作的序文使周汝昌先生也感嘆著說：「莫怪有『悟』語，非復淺薄少年流連光景的見識了。」

　　自此以後，戚本又經那些人收藏過呢？根據一粟先生「書錄」的介紹：

〔註11〕同註8，第100～101頁。

〔註12〕伊藤漱平，「『程偉元刊「新鐫全部繡像紅樓夢」小考』餘說——關於高鶚與程偉元的檢討札記」（「東方學」第五十三輯）第216頁，註54也說：「從庚戌秋以前較近的鄉試來說，有四十八年癸卯科，五十一年丙午科，五十三年戊申科及五十四年的己酉恩科等。根據『清史稿』總督年表可以知道那幾年間中秋的時候，在任的閩浙總督有富勒渾、常青（兼署）、李侍堯及伍拉納等人，都無法確認誰有雁隅的字號。」

〔註13〕同上，註55說：「覺羅伍拉納，字季數，出宗室，屬正黃旗。『清史稿』有傳（列傳一二六）。乾隆五十四年正月遷，授閩浙總督。乾隆五十六年，戚蓼生來任按察使。翌年，他佐伍拉納平定泉州之亂。是年冬，因勞悴卒官。六十年五月，伍拉納以貪污而被處極刑，子孫俱謫適伊犁，嘉慶四年赦還。長子舒坤稱作舒四爺，是與紅樓夢因緣不淺的人物，著有『批本隨園詩話』（參見周汝昌『新證』「戚蓼生考」及吳恩裕『有關曹雪芹十種』「考稗小記」第四一則。一粟『紅樓夢卷』裏把次子舒敦充當舒四爺。同書356頁等）。如果伍拉納是八十回、百二十回二種鈔本的愛藏者的話，除了戚氏的序外，所謂戚本八十回是在五十六年來任後，戚氏向前者借來鈔成的也未可知。

此本俞明震舊藏，後歸狄葆賢，據以石印，原物係手抄正楷，面用
黃綾，末有「劬堪眼福」印，存上海時報社，1921 年毀於火。俞明
震，字恪士，號觚菴，山陰人，生於咸豐十年（1860），卒於民國 7
年（1918），甘肅提學使，肅政使，著有「觚菴集」。〔註14〕

同時還有一種不同的說法在「記夏別士」裡流傳著：

有正書局景印戚本紅樓夢，狄平子以百金得之別士。題曰：「國初原
本」，有意欺人耳。〔註15〕

這兩種說法到底誰是誰非呢？由於上海書店找到當年有正書局付印的底本，
上面所押的是桐城張開模的藏書印記，已經可以確定現在的傳本出自張氏所
藏，而且整理過丈人遺著的羅振常，其女兒的回憶裏，張開模在光緒三十四
年戊申（1908）十月死于淮安後，其妻始售給狄平子。〔註 16〕那麼，以上兩
種說法又完全落空，不可盡信。尤其一粟的記載更因「毀於火」的說法不攻
自破，連帶的使傳自俞家的說法益趨動搖。

　　事實上，如果檢討這些說法的蛛絲馬跡，不難發現「記夏別士」一文，
最為牽強，既不合現在底本上發現的一些特徵，也不合張開模外孫女的回憶，
更與俞家親朋的說法完全衝突（說詳下），可是一粟的說法卻非空穴來風，因
為俞大綱先生曾經說過：

我的家庭，和紅樓夢一書還有一段淵源。有正書局印行戚蓼生本，
是我的伯父俞恪士先生的藏本，民國初年送給狄楚青先生，狄先生
主持有正書局業務時付印，大約有正書局為了爭取銷路，才題上「國
初抄本」四字。這一小故事，我們兄弟一直並沒有告訴過研究「紅
樓夢」版本的胡適之先生，我們和胡先生見面，並不談「紅樓夢」。
一直到胡先生去世前兩個月，我和我的八姐大綵到南港去看他；由
於我在清史中發現戚蓼生一條史料，我才談起這事。〔註17〕

因為俞先生的年紀追憶不上當年印書時的情況，沒有說明其伯父藏本上的一
些特徵，使人懷疑這種可靠性是否僅是人云亦云而已。所以我們必需再提出
底下兩種較為確實的說法，即其外甥輩中國學界的大師陳寅恪先生的說法：

〔註14〕田于，「敘錄」，第 13 頁。
〔註15〕「記夏別士」，「藝林叢論」（臺北：文馨出版社，民國 65 年，3 月）。
〔註16〕同註 2。
〔註17〕俞大綱，「紅樓夢中的戲劇史料」，「專刊」第十二輯，第 33 頁。

> 寅恪少時家居江寧頭條巷……伯舅山陰俞觚庵先生明震同寓頭條
> 巷，兩家衡宇相望，往來便近。俞先生藏書不富而頗有精本。如四
> 十年前有正書局在印戚蓼生抄八十回石頭記，其原本即先生官翰林
> 日，以三十金得之於京師海王村書肆者也。〔註18〕

另外一條即是當過其家教席的王伯沆先生也說：

> 俞恪士所裁原書抄寫甚精，大本黃綾裝，余曾見之，後恪士以贈狄
> 楚青（葆賢），遂印行。〔註19〕

儘管這裡所說的「大本黃綾裝」和今日發現的底本封面略不相同，但是今日
看到的張氏藏本封面和裝訂線已經呈現較新的顏色，似乎不難說明這「大本
黃綾裝」跟隨著有正書局當年的拆散石印而改易了。並且在 67 年 4 月間，本
人曾隨潘師石禪參加俞先生主持的紅樓夢討論會，在台灣大學文學院研究圖
書館的休息室中，聆聽俞先生對潘師的疑難作了如下的解釋：

> 當年伯父任甘肅授學使後，回京師，購得戚序本，後贈予狄楚青先
> 生而付印。雖然底本的版式行款特徵已經不記得了，但是，書印成
> 後，狄先生曾經送給我家的紅樓夢印本，足足堆滿房間的一大角落。

從俞家親朋大小的說法中，已經可以確定現在所看到戚本無疑是俞明震的藏
本，而且其中發生衝突的地方大概是在羅振常的女兒聽到發現這椿事實之
後，雖然對於賣出的對象及過程並非一清二楚，但因遭到訪問，就順口承認
人家告訴的已知事實而已罷。

　　如果這種說法成立，可以知道戚本落到桐城張氏手上時，曾經加押幾個
印記，直到光緒三十四年（1908）十月死于准安後，始由其妻售出，流落到
琉璃廠（海王村），恰巧俞恪士官翰林日購得，清末宣統三年前送給狄平子，
隨即影印刊行，出版了前四十回，民國元年，全書始告出齊，這恐怕是事實
的真象，也和現在發現的底本及傳言較為一致的推理。

〔註18〕陳寅恪，「柳如是別傳緣起」，中央日報，文史第三八期。

〔註19〕同註8，第 978 頁。又據「新證」第 1182 頁，周汝昌先生的跋語追記說：「根
　　　　據王灝（伯沆）所記，與陶洙先生見告所聞于狄葆賢的話，我疑心俞本（精
　　　　鈔黃綾裝大冊）也已歸入狄手，但他付印時卻只是張本。」狄葆賢告訴過陶
　　　　洙的話雖然沒有明引出來，但是從文意里大概可以知道俞明震送過狄氏「鈔
　　　　本石頭記」誠非虛語。

貳、批語研究

戚本的批語，凡分雙行批註、眉批及回前、回末總評四類。眉批為原底本所無，且為近人所加，不足為據。今將其餘三類略說如下：

一、總　評

此本評語一大特色是除第六十七回外，每回均有回前、回末總評，而其總評之文體或散或韻，這類批語所佔份量甚重。但是因為不見於他本，故有疑為後人批者，幸賴蒙古王府本、脂南本之發現，知道除了雙行批為三本共有外，連韻散文體之總評也同出一源。並且從第二回回前總評說：

> 以百回之大文，先以此回作兩大筆以冒之，誠是大觀。世態人情盡盤旋於其間，而一絲不亂，非具龍象力者其孰能哉。

第廿一回回前總評說：

> 按此回之文固妙，然求見後卅回猶不見此之妙，此曰『嬌嗔箴寶玉，軟語救賈璉』，後曰『薛寶釵借詞含諷諫，王熙鳳知命強英雄』。今只從二婢說起，後則直指其主……。

第四十三回回後總評說：

> 寫辦事不獨熙鳳，寫多情不漏亡人，情之所鍾，必讓若輩，此所謂「情情」者也。

凡此足以說明批者見過「百回大文」，「後三十回」及末回的「情榜」，固非脂硯一夥不得下筆。周汝昌先生在看到第四十一回的一條署名的七言絕句：

> 任呼牛馬從來樂，隨分清高方可安。自古世情難意擬，淡妝濃抹有千般。立松軒。

曾經對它下了幾句斷語說：

> 這些絕句，從思想感情、文筆風格來看，都相一致。在能夠提出有力反證以前，我們恐怕可以說：這該都是立松軒的作品，因為不應要求他在每首絕句之下都必定要署上這個別號。」[註20]

並且又說：

> 再進一步，可以把這些絕句的情況和書中原來的「標題詩」比比看。例如：戚本中第五、六、七回各有一首在回目之後，正文之前，標

〔註20〕同註6，第981頁。

明「題曰」的標題詩（其他脂本開卷數回亦多有這樣的標題詩），除
第六四爲五絕，俟後另論而外，兩首七言的如下：

> 春困葳蕤擁繡衾，恍隨仙子別紅塵。
> 問誰幻入華胥境？千古風流造孽人。
> 十二花容色最新，不知誰是惜花人。
> 相逢若問何名氏：家住江南姓本秦。

到第八回，原無「題曰」的標題詩了，卻有回前絕句云：

> 幻情濃處故多嗔，豈獨顰兒愛妒人。
> 莫把心思勞展轉，百年事業總非眞。

同樣情形，回數很多。茲舉數例：

> 幻景無端換境生，玉樓春暖述乖情。鬧中尋靜渾閑事，
> 運得靈機屬鳳卿。（第十一回）
> 生死窮通何處貴，英明難過是精神。微密久藏偏自露，
> 幻中夢裡語驚人。（第十三回切秦可卿之事）
> 欲顯錚錚不避嫌，英雄每入小人緣。鯨卿些子風流事，
> 膽落魂消已可憐。（第十五回，切秦鍾之事）

這些現象，使我開始疑心：回前絕句，莫非即爲陸續補撰的「標題
詩」？〔註21〕

爲了幫助說明問題，周氏曾經列出一個如下的簡表，而我們爲了探求眞象，
也就引述如下：

回數	標題詩	回　　前	回　　後	備　　　　註
1.	（七律）五絕		散	（七律僅見于甲戌本，總冒全書）五絕即「誰解其中味」一首，此在諸本正文中皆有，唯甲戌、夢覺二本脂批指出：「此是第一首標題詩。」蓋實居「楔子」與正文暗接之處。
2.	七絕	散	散、散、七絕	此回標題詩除程本外諸本所同。
3.		曲、詞、散、七絕	散	
4.	△	七律、七絕	散	〔三慶案：「全抄本（楊）有回前標題詩一首，五絕。」〕
5.	七絕	詞	散	七絕亦見楊、蒙、舒本（詞似一剪梅而

回數	標題詩	回　前	回　後	備　　註
				不全）。
6.	五絕	七絕	曲	五絕亦見甲、楊、蒙本。
7.	七絕	詞	散	七絕亦見甲、己、庚、蒙本。
8.	（七絕）	七絕	散	（唯甲戌本有標題詩七絕）
9.		散	散	
10.		七絕	散	
11.		七絕	散	
12.		七絕	散	
13.	△	七絕	散	〔三慶案：甲戌本有「詩云」，無詩文。〕
14.	△	七絕	散	〔三慶案：甲戌本有「詩云」，無詩文。〕
15.	△	七絕	散	〔三慶案：甲戌本有「詩云」，無詩文。〕
16.	△	七絕	散	〔三慶案：甲戌本有「詩云」，無詩文。〕
17.		散、五絕	七絕	回前散、絕，亦見己、庚、蒙本。
18.		七律	散	
19.		七絕	散	
20.		詞	散	（詞似半首）
21.		散、散、散	七絕	
22.		詞	散	（詞似半頁）
23.		五絕	散	
24.		散	曲	
25.		曲	七絕	
26.		曲	曲	
27.		散	七絕、五絕	
28.		散、散	詞曲	
29.		散、散	四言四句詩	
30.		散	四言四句詩	
31.		散	散	
32.		散	七絕、散	回前散文批後引湯顯祖七絕，亦見庚、蒙本。
33.		曲	散	

回數	標題詩	回　　前	回　　後	備　　　　註
34.		散	散	
35.		七絕	散	
36.		七絕	散	
37.		五絕	七言六句詩	
38.		散、散	散	
39.		七絕	散	
40.		七絕	散	
41.		七絕	散	七絕署立松軒
42.		七絕	散	
43.		七絕	聯、散	
44.		詞	七絕	
45.		詞	散	
46.		詞	散	
47.		詞、曲	散	
48.		詞	散	
49.		散	散、散	
50.		散	散、散	
51.		散	散、散、散	
52.		散	散、散、散	
53.		散	散、散	
54.		七絕	散	
55.		散	散	以下參看【附注】

【附注】

一、批語中偶有四六駢句，為數極少，今概以「散」稱不另分類。

二、自第五十五回以後，除第六十四回回前，又兩次出現七絕外，再無他例。

三、自第五十五回以後之其他諸回，前後批語，除第七十九回回前為詞（半首）
　　的形式（第六十四回回後，七絕之後又有曲一首）以外，盡屬散文批。（最
　　後一首七絕，係他人竄入）

四、唯第六十七回前後無任何批語。蓋此回在脂本中原缺，戚本中係後補。

五、紅樓夢原著本為一百一十回，前半寫「盛」，反襯後半之衰，此以第五十四
　　回為分水嶺，前後筆墨迥然不同。韻語是句集中于前五十四回，恰為半部，

此現象似說明，此一工作僅僅完成一半，後半尚未及作。

六、所引湯顯祖七絕，確見玉茗堂詩之九，題爲「江中見月懷達公」。按達公指
　　廬山歸宗寺僧眞可，眞可字達觀，號紫柏。〔註22〕

　　根據以上的調查狀況，「標題詩」一類僅在數回裡出現，而且都是脂本所
共有，證明這類題詩應是早期的遺跡而非後來的杜撰，如曾經在己卯、庚辰
裡佚失的第六十四回，脂列本即存有一條極爲珍貴的題詩，又和甲戌本第一
回裡的七律，也被己卯、庚辰一系改寫，甚至甲戌本第二回裡的題詩底下，
脂硯明白的說著：

> 只此一詩便妙極，此等才情自是雪芹平生所長，余自謂評書，非關
> 評詩也。

可見這些標題詩爲曹雪芹生前的撰擬，其形式可能取法於傳奇中的上場詩。
但是爲何只有這僅存的數回，頗值三思。如果說是刪存，何以又保存這幾回；
既然蓄意保留，何以好幾回都沒有補寫？是否撰寫時遇到困難，或者還有更
重要的原因，以致於不待寫完就撒手人寰，使志願未竟，而在甲戌本上獨有
幾回猶存「詩曰」的格式，不見詩文的下落。

　　另外張愛玲女士對於標題詩也提出它是「舊有」的看法，不過卻還假設
出一道較爲曲折的過程，她說：

> 作者在 X 本廢除標題詩，但是保留舊有的，詩聯期又添寫了第五回
> 的一首。脂評人在詩聯期校訂抽換 X 本第六至第八回，把不符今本
> 情節的第八回的一首也保留了下來——他本都已刪去——湊足三回
> 都有，顯然喜愛標題詩。到了第十三至十六回，又正式恢復標題詩
> 的制度，雖然這四回一首也沒有，每回總批後都有「詩云」或「詩
> 曰」，虛位以待，正如庚本第七十五回回前附葉上的「缺中秋詩俟雪
> 芹」——回內賈蘭作中秋詩，「遞與賈政看時，寫道是：」下留空白；
> 同頁寶玉作詩「呈與賈政，看道是：」下面沒留空白，是抄手疏忽
> （庚本第 1828 頁）——顯然甲戌本這四回也和第六、七、八回是同
> 一脂評人所編。〔註23〕

以上說法並無證據可以支持，而且論斷也不符甲戌本的版本實況。不過上表

〔註22〕同上，第 982～987 頁。
〔註23〕張愛玲，「二詳紅樓夢——甲戌本與庚辰本的年份」，「紅樓夢魘」第 146～147
　　　　頁。

中列舉戚本的回前回後、詩、詞、曲、散文等，不僅形式怪異，而且僅有戚本一系見在，沒有他系可以互證，則其來源不免令人生疑。雖然蒙府、脂南二本的出現，使戚本一系不至於孤孤零零，然而三者到底是爲父子或是兄弟，是同一祖本所原有，還是和脂硯全然無關，目前尚乏可靠的資料可以斷定。因此我們暫將周汝昌先生的意見略引如下：

在戚本中：

一、有回前七絕的計二十回，有回前五絕的計三回，共得二十三首。

一、此二十首七絕中，與戚本原有標題詩並出者只一首，即第六回，而此標題詩原系五絕（即「朝叩富幾門」一首），並不是七絕體的重出。

一、此二十首七絕中，與他本的標題詩七絕體并出者只一首，即第八回。但此標題詩（即「古鼎新烹鳳髓香」一首），僅見于甲戌本，他本皆無之。

一、此三十首七絕，三首五絕，絕大多數獨出，居于回前。少數與曲體、散文體批語并出者，但絕句皆居最後，無一例外。

基于以上幾點，我更增加疑心：這種情形很像是：一、絕大多數是爲尚缺標題詩的諸回補作增入；二、極個別的是初擬標題詩後來覺得不盡如意，更作一首，以備斟酌去取。在脂本及戚本中原有標題詩的，不止一例是先有回前點批式的散文批語，批語完畢，下接一首七絕，再下便是小説正文。戚本獨有的五、七言絕，也正是殿于其他文體的批語之後。情況非常吻合。就中七絕一體，是最主要的形式。

其次也可以考察一下回後的詩體批語：

一、戚本有回後絕句的共有七回。

一、此七回中既有回後絕句又有回前絕句者只一回，即第十七回，而此回之回前五絕乃諸本共有（即「豪華雖足羨」一首）。

一、另有回後四言四句詩者二回，七言六句詩者一回。此三例中唯七言六句者像回前有五絕一首，餘皆無回前絕句。

這種情況，也好像補撰初次、二次標題詩之未備者。

然後再看一個現象：

一、以七絕爲主的回前題詩，大致集中于開卷至第十九回，是爲第

一組。

一、自第三十五回至第四十四回，復見了以回前七絕的形式為主的題詩。是為第二組。

一、以上二組之間的『空白』，則基本表現為以詞曲、四言四句，以及間有五七絕的『混合組』諸題句。

一、自第四十五回起，又出見了連續幾回以詞曲回前批的現象。——從此以後，韻語便不復集中出現了。

上述這種現象，也使我疑心，詞曲的形式，說是舊小說回前常用的，相當于標題詩地位的『開場韻語』，則或許原意是沒有七絕或五絕標題詩的，便以詞曲形式來代替之，亦未可知？」〔註24〕

周汝昌先生將戚系中的韻文批語分作好幾期的補撰，可能是事實的真象，然而沒有明確說出並非脂硯或雪芹等所為或遺留，可能容易讓人誤會。至於這些批語的補撰，也許是在雪芹、脂硯等亡逝以後到戚氏過錄以前的東西，不是極遲的產物，並且偶雜原來脂硯等的批語。又這些批語中，雖然偶有「立松軒」的署名，但是否全為他一人的傑作，我們也無法預知，因此其價值不可輕忽。可是周汝昌先生卻作如下的論斷：

根據上述種種，我逐漸打消了當初的一個蓄疑：即是否戚本中已羼入了戚蓼生的批語？現在認為，蓼生作序，正有署名落款，光明磊落，豈能硬把自己的批混在脂批中而不加任何標誌？再者，戚本中批語有些條就與其它脂本共有；又如第六十七回正文本像雪芹逝後別人（脂硯？）所補作，而戚本此回亦獨無回前回後批。所有這些，都說明一個事實：戚本雖然在諸脂本中出現為略後，但它實際不是像我們過去所想像的那麼晚，依然是一個乾隆舊本。我並相信，在戚蓼生買得此本時，其各種批注的情形就已如此，蓼生作了序，但他並未竄入自己的其他文字（戚本正文中個別的瑣細異文，是否可能出自彼手所改，則可以研究）。所以我的看法是，戚本的價值，一向是偏于低估而非相反。」〔註25〕

二、雙行批

〔註24〕同註6，第 987～989 頁。

〔註25〕同上，第 996 頁。

（一）屬於四閱評本系統

　　有正本雙行批註，據陳慶浩統計，百分之九十以上同於庚辰本。但是如果扣除庚辰本前面十一回的白文本，從第十二到第四十回之間的雙行批比較結果，相同的情況更加明顯，在此廿九回中：

> 庚辰有雙行批註九三七條，其與有正本相同者達九一四條，佔總數百分之九十七點五強。有正本雙行批九二二條，其與庚辰相同者達九一二條，佔總數百分之九十八點九強。兩本雙行批註是如此接近，幾乎可說完全相同，而庚辰本此類批既爲『脂硯齋凡四閱評過』，則有正本亦爲『四閱』批本無疑。〔註26〕

（二）不曾具名

　　此本雙行夾註批，全不具名，其中有些同於庚辰本的批註，庚辰本中署名作「脂硯」、「脂研」、「脂研齋」、「脂硯齋評」、「脂硯齋再筆」，但在此本中，名字盡被刪棄。卻又改塡「奈何」、「者也」、「如見」、「理也」同等量的閑文，掩飾痕跡。陳慶浩先生曾將戚本與庚辰本刪去署名的批語加以統計〔註27〕，列表如下：

署名　　數量　回次	脂　研	脂　硯	指　研	脂硯齋	合計	備　　　考
一　六	九	二			十一	
一　九	二	二	一	一	六	脂硯齋一批批語中轉引它本有再筆一條，有正此條末不署此二字。）
二　四	一				一	
二　六				一	一	名署於批之開頭，名下有「再筆」二字。

　　以上（不計「再筆」一條）共十九條。

　　如刪去署名最多的第十六回，在薛蟠「爲了要香菱不能到手」句下，庚辰批註作：

> 補前文之未到，且其將香菱身分寫出。脂研

戚本雖無「脂研」，卻作「來矣」二字。因此周汝昌先生曾說：

> 這不知是按察大人戚蓼生的短見，還是有正老板狄楚青的高明？或

〔註26〕陳慶浩，「各脂本批語的分期及關係」，「專刊」第六輯，第60頁。
〔註27〕陳慶浩，「脂評概況」，「專刊」，第五輯，第73頁。

竟是最早原鈔手的手筆，亦未可知。〔註28〕

並在「戚蓼生考」一節又說：

他初事康熙朝，雍正繼位後，曾把「先皇帝」的一塊遺研賜他，這塊研傳到他小兒子朝桂手里，因此取了研齋的別號。〔註29〕

但是趙岡教授卻據此而聯想到：

戚蓼生得到脂評本石頭記後，可能覺得「脂硯齋」三字犯了他叔叔的諱，或者是怕別人家誤會，以爲這些私語是他叔叔後加上去的，不得已才把書中全部的脂齋字樣通通刪去。〔註30〕

趙岡教授這個推想，似是而實非，雖有可能，卻乏堅強的證據支持。尤其具有戚序的脂南本，其雙行夾註批也是這種情況；就連沒有戚蓼生序的蒙府本也是同樣被改寫作其他的文字，可見這種刪改署名的原因並非戚氏始作俑者；甚至甲戌本、脂列本也不署名。另外，周氏在「戚蓼生與戚本」一節也說：

更引人注目的是戚本只稱「石頭記」，而不冠以「脂硯齋重評」字樣，所有各脂批原有脂硯的署名的，戚本掃數去淨，絕無遺跡。我覺得這些也分明是此本晚于其他脂本、重經整理過的證據。——這次整理，作此處置，出于誰手？是脂硯後來忽然因故改變了主意，要去掉自己的一切名號，務從韜晦？還是晚于他的人不肯存其痕迹徑爲消滅？這種斷案一時難下，提出來以待專家解決。」〔註31〕

參、回目研究

戚本的回目和蒙府、脂南三本完全相同，只有一兩回因爲抄胥的筆誤外，如第六十七回的差異可說絕無僅有。從這點來看，三者共一祖本已是勿庸煩述了。可是和其他的脂本比較，或同於此，或同於彼，情況也極爲複雜。如：

第三回：「託內兄如海酬訓教，接外甥賈母惜孤女。」

和脂列、晉本、己酉可說一系的衍化，但是和甲戌卻有很大的不同，也異於己卯、庚辰、全抄一系，成爲鼎足的狀況。

〔註28〕周汝昌，「脂批概況」，「新證」，第842頁。
〔註29〕同註4，第945頁。
〔註30〕趙岡，「紅樓夢考證拾遺」（香港，高原出版社，1963）第55頁。又「新編」86～87頁雖經改寫，文義仍同。
〔註31〕同註6，第977～978頁。

第五回：「靈石迷性難解仙機，警幻多情秘垂淫訓。」

蒙府、己酉本並同，己卯、庚辰、全抄又成一系，也與甲戌、晉本各不相同。

第七回：「尤氏女獨請王熙鳳，賈寶玉初會秦鯨卿。」

蒙府、脂南、脂列本並同，和甲戌、己酉一系不同，也與己卯、庚辰、晉本一系有異。

第八回：「攔酒興李奶母討厭，擲茶杯賈公子生嗔。」

蒙府、脂南並同，與甲戌、脂列、己酉本一系差異甚大，也與己卯、庚辰本一系距離很遠，和晉本更是不同。

第十七回、十八回回目由於各本分回的不同，撰擬的回目也各自有異，其詳細情形已具緒論中，在此不多贅論。

第四一回：「賈寶玉品茶櫳翠庵，劉老嫗醉臥怡紅院。」

蒙府、脂南本同，晉本、全抄、己酉諸本略有小異，可是和脂列、庚辰一系差異很多，又和庚辰的回目後批不同，似為較後的改筆。

第四九回：「白雪紅梅園林佳景，割腥啖羶閨閣野趣。」

第六五回：「膏粱子懼內偷娶妾，淫奔女改行自擇夫。」

以上兩回，蒙府、脂南自成一系，和諸本共同的回目有所分別。

第八○回：「懦弱迎春腸迴九曲，姣怯香菱病入膏肓。」

此回脂列未分，庚辰雖分而無回目，戚本一系似在全抄上下聯中，各嵌「弱」、「怯」二字。晉本和己酉又有各自不同的回目。

根據以上比較的結果，戚本、蒙府、脂南自成一系，異於其他抄本回目的，如第十七、十八、四九、六五回等。又有同於此，不同於彼的回目，如第三、五、七、八、四一回等。其中如第三、七回同於脂列，異於他本；或如第三、五回同於己酉，異於他本等。但是和所有抄本共同或個別字的差異的回目外，幾乎全部不同於甲戌一系，也不同於己卯、庚辰一系。這種特殊現象，難道說是當時撰擬回目造成的結果，還是雜有後人的改筆呢？但是比較起來，戚本的回目似乎在甲戌、庚辰一系之後了。

肆、正文研究

戚本的正文，在所有抄本中，最為接近的莫過於脂南本了，而其和蒙府本的差異僅在第六十七回，因此三本來自同一祖本系統，已為不爭的事實。

至於其間的關係是父子，還是兄弟，也非片段的資料可以輕易斷言。不過這一系統的文字和甲戌、庚辰等諸系統的抄本差異極大，而且是蒙府、脂南、戚本間所共有，似可斷定其更動遠在祖本時代已經如此，也是這一系統的特色。因此，我們將這些異同情況略說如下：

一、有意刪改的文字（以下並用全抄本回頁）

1. 第二回一頁下

〔卻說話嬌杏這丫頭，便是那年回顧雨村者，因偶然一顧，便弄出這段事來，亦是自己意料不到之奇緣。誰想他命運兩濟，不承望自到雨村身邊，只一年便生了一子。「因此十分得寵，卻說」（又半載，雨村嫡妻忽染疾下世，雨村便將他扶側作正室夫人了。正是：『偶然一著錯，便為人上人。』原來）雨村……。〕

以上（　）括弧內是諸本共有，戚本刪棄。「　」括號內是戚本增加的文字。（以下倣此）可見戚本改動後，上下的文字仍是十分密合接筍，但也使其間的諷刺性大為減弱。

2. 第九回三頁下

〔金榮只一口咬定說：『方纔明明的撞見他兩個，在後院（子裡親嘴摸屁股。兩個）商議（定了，一對一肏，撅草棍兒抽）「著怎麼」長短，（誰長誰先幹）。』金榮只顧得意亂說，卻不防還有別人。〕

這些改動情形只有戚本如此，其餘諸本大抵同於未改之前的文字，即如稍後程本，其改動還沒有如此的嚴重。可見這些胡言髒話是在戚本預定的刪改方針，因此同回中四上也有相近似的文字，都一一遭到了刪除。

3. 第五十回

〔一語未了，只見寶玉笑欶欶劇了一枝紅梅進來〕

「欶欶劇」三字，戚本改作「嘻嘻背」，似此難字也在改動的原則內，因此本回後頭的另一處：「一語未了忽見鳳姐披著紫絨羯褂笑欶欶的來了」又改作「孜孜的來了」。

4. 第五十回

庚辰、晉本、程本上，李紋的紅梅花詩，戚本改隸李綺，和前面「誰知邢岫烟、李紋、薛寶琴三人都已吟成」不相對應，似乎為戚本的誤筆。

5. 又如第五二回二頁上

「鼻姻」或「汪恰洋炮」都改作「平安散」或「秘製平安散」。

6. 第六十六回二頁上

〔說著，將一根玉簪敲作兩段，『一句不眞，就如這簪子。』說罷，回房去了（眞個竟非禮不動，非禮不言起來。）賈璉沒了法，只得和二姐商議了一回家務。復回家與鳳姐商議起身之事，一面著人問茗烟。茗烟說：『竟不知道，（大約未來；若來了，必是我知道的）。』一面又問他的街坊，也說未來。〕

7. 第七十回四頁上

〔寶玉道：『我還沒放一遭兒呢。』探春笑道：「橫豎是給你放晦氣罷了。」（寶玉道：『也罷，再把那個大螃蟹拿來罷。』）丫頭去了，同了幾個人扛了一個美人並鷰子來，說道：『昨兒把螃蟹給了三爺了。這一個是林大娘纔送來的，放這一個罷。』〕

全抄在「昨兒」上旁加「襲姑娘說」四字，非底本原有，恐因前後語氣上的矛盾而經後人改筆。

8. 第七一回六頁上

〔如今咱們家（里）更好，新出來的這些底下奴字號的奶奶們，（一個個）心滿意足，都不知要怎麼樣纔好，少有不得意，本是背地裡（咬）「嚼」舌（根），就（是）挑三窩四（的。我怕老太太生氣，一點兒也不肯說；不然，我告訴出來，大家別過太平）「不過安靜日子。」〕

9. 第七八回四頁下

戚本祭文一完，即告結束，但是庚辰、全抄、諸本並存，似爲戚本刪去如下的一段文字：

〔讀畢，遂焚帛奠茗，猶依依不捨。小鬟催至再四，方纔回身。忽聽山石之後有一人笑道：『且請留步。』二人聽了，不免一驚。那小鬟回頭一看，卻是個人影從芙蓉花中走出來，他便大叫：「不好，有鬼！晴雯姐姐眞來顯魂了。」唬得寶玉也無所措，──且聽下回分解。〕

10. 第七八回七頁上：

〔這題目名曰姽嫿詞且既有了序，必（是）「要」長篇歌行方合體勢，「或擬溫八叉擊甌歌或擬古詞」或擬白樂天長恨歌（或擬古詞）半

　　　　敘半（咏）「吟」流麗飄逸，始能盡妙〕

　　以上所舉的例子，大抵是較爲突出的有意改文，其增刪一字、二字的異文隨手可拾，我們無法再加以一一列舉。但是從這些改文中，我們可看出其改動的文字是在使紅樓夢中的文字更加文雅，減少尖刻的諷刺性。因此，從另外一個角度去看，反而失去了這書所負的時代任務，距離原貌愈遠，其中得失難以斷言。

二、無意識的脫文

（一）戚本脫文諸本共存例

　　1. 戚本脫文，甲戌、己卯、庚辰、全抄、程甲、乙六本共存例四條。

　　2. 戚本脫文，己卯、庚辰、晉、全抄、程甲、乙六本共存例五條。

　　3. 戚本脫文，己卯、庚辰、晉本、程甲、乙五本共存例（全抄佚失）二條。

　　4. 戚本脫文，己卯、庚辰、全抄、程甲、乙五本共存例四條。

　　5. 戚本脫文，庚辰、晉、全抄、程甲、乙五本共存例七條。

　　6. 戚本脫文，庚辰、晉、程甲、乙四本共存（全抄佚失）例五條。

　　7. 戚本脫文，庚辰、全抄、程甲、乙四本共存例八條。

　　8. 戚本脫文，庚辰、程甲、乙三本共存例（全抄佚失）二條。

（二）戚本和諸本共脫例

　　1. 戚本、甲戌並脫，己卯、庚辰、全抄、程甲、乙五本共存例一條。

　　2. 戚、蒙府本並脫，庚辰、全抄、程乙、晉共存例一條。

　　3. 戚、全抄二本並脫，己卯、庚辰、程甲、乙四本共存例四條。

　　4. 戚、全抄二本並脫，庚辰、晉、程甲、乙四本共存例二條。

　　5. 戚本和庚辰、己卯並脫，全抄、程甲、乙三本共存例一條。

　　以上戚本獨脫三十七條，和諸本並脫九條，共四十六條，其文字和論述具見庚辰本「無意識」的脫文一節，在此不再煩述。

三、有正書局出版時的刪改

　　戚本異於諸抄本、刻本的文字，如果能在蒙府、脂南找到對應，則是祖本的自成一系。至於是否增刪過程中曹氏的另一系文字，還是祖本的臆改，

在沒有充分證據之前，還是採取保留的態度較爲妥當。然而既爲蒙府、脂南的異文，雖無破綻的筆迹可尋，就該劃入戚本過錄時的改動，如蒙府本第六十四回論述中的賈政即屬此類。最後一種的改筆則爲有正書局狄楚青付印前的文字改動，這種改動往往有若干的破綻可以查考，如第六十八回第二頁，第三頁上，一大片的塗抹和旁加字，則是眾所周知的改筆。小部分的改筆除因影印底本的發現而被報導的「宜人」、「彌陀佛」外，我們也可以再從影本上找出很多的地方。如：

（1）第十七回回首目錄作「探深幽」，總目錄、脂南本則作「探曲折」。

（2）第一回：「曾爲歌場」，蒙府、脂南本同，戚本則據刻本改作「曾爲歌舞場」。

（3）第二回：「不想次年又生了一位公子」，諸抄本同，戚本「次年」改作「後來」。（參見書影第廿五）

（4）第十三回：「彼時合家皆知，無不納嘆，都有些疑心。」（參見書影第廿六）諸抄本同，唯獨戚本根據程乙本故作「傷心」。

（5）第廿七回：「鳳姐等並巧姐大姐香菱」，諸抄本同，戚本「巧姐」故作「同了」。（參見書影第廿七）

這些文字雖經貼改影印，難以發現其貼改的痕迹，可是如果仔細比對，仍然可以自字距和字形的大小筆法等疑點找出答案，證明有正書局影印時的確經過幾處大小的改動。尤其後三條常常被紅學家拿來作爲論述時的引例，因而誤認戚本的正文是在較後的過錄，如果知道那是付印時的貼改，對於戚本的價值也就不敢低估了。

第六章 脂南本研究

南京圖書館藏「戚蓼生序本石頭記」，簡稱「脂南本」，或「脂寧本」。它的發現及流傳，歷來未見報導，後因浦鎮毛國瑤先生的透露，周汝昌先生方纔知悉，並親自查訪，且於「新證」的「鈔本雜說」一節作了報導，而附加二頁的書影。此外文雷先生的「紅樓夢版本淺談」第六小節「脂寧本」一項，也曾約略的談到。今以周氏報導爲主，間插文雷意見，略作如下的概述：

南京本的存在，多承浦鎮毛國先生的好意，才得知道，又承他花費力量代爲校錄若干我所願知的異文，此本與蒙府本不同，也有戚蓼生的序，所以可能和有正石印本底本是同文本。後又親自獲見此本，看見紙墨，恐怕是道咸間舊抄，白紙，無豎欄，二十冊，抄手不一，但都十分工整。二十冊大小、紙張、封面、裝釘，幾乎全然一致，但稍一細審，便可發現許多不同之處。例如：

（一）書根寫明「石頭記」及冊次的，有第一、二、三冊。

（二）書根無書名而有冊次的，有第五、六、七、八冊。餘冊書根俱無字。

（三）中縫書名、卷、回、頁數俱齊的，有第七、八、九、十一、十二、十三、十五、十六、十八、二十諸冊。

（四）中縫有字而諸項或有或無的，如第七冊內一頁只有回、頁數；第十冊只有頁數；第十四冊只有前半齊全，自第五十五回第十五頁缺書名；第十七冊、十九冊只有回、頁數。

（五）蛀痕有無及大小皆不一，如第一、五、九、十七、十八等冊有蛀蝕；第九冊蛀較甚，第六冊只有微蛀。

（六）從書根切口看紙色，似乎第一至三、四至七、八至十二，諸
　　冊紙色各自一致。第三冊紙色似較白較新。第十三至二十冊，切本
　　微微大一些。」〔註1〕

以上六點現象，周汝昌未解何故，並疑：「難道是同時有幾部戚本的傳抄本，
都經散落，而恰又爲一位，後來藏書者集配爲一整部的？這樣奇巧的事，也
是難以想像的。」〔註2〕由於關係如此的密切，因此周氏肯定二本乃爲同父。
而文雷亦說：「經初步校讀，發現有正書局付印時改過的地方，在這個本子中
都保存了戚本的本來面目。看來，脂寧本和俞藏本蓋出于同一祖本，是兄弟
關係，不是父子。」〔註3〕

　　雖說結論如此，可是民國65年，上海書店整理庫存書籍，就曾發現一部
前四十回的抄本，經過版本專家鑑定，證實原爲有正書局影印的上半部「底
本」，且「恭人」、「如來佛」已遭挖改爲「宜人」（三慶案：此避光緒諱「恭」
而改）「彌陀佛」等，而所用的紙張墨色大約是「乾嘉」時物，用流行的「館
閣體」抄成。〔註4〕如果這一鑑定可予置信，那麼周、文二人的結論不免令人
生疑。因爲戚本和脂南本的裝幀行款，如此的近似，起訖文字也極爲一致。
加以周氏所附的「校字簡表」〔註5〕（以下備註則爲本人案語）如：

回　次	有　正　本	南　京　本	備　　註
序	嘻異矣	噫異矣	
總目七十六回	悲寂寞	悲寂莫	戚本「寞」字疑經後人改動。
分目十二回	王熙鳳毒設相思局	王熙風毒設相思局	戚本「鳳」原作「風」，經後人改動。
分目十七回	探探幽	探曲折	「深幽」原作「曲折」，與總目同，戚本經人貼改。
一	請入小齋一談	請入小齊一談	「齋」原作「齊」，戚本經人增筆。
一	黃道黑道	「黑」字系粘改	作「黑道」是。
一	曾爲歌舞場	曾爲歌場（蒙）	「歌場」戚本經後人改作「歌舞場」。

〔註1〕周汝昌，「鈔本雜說」，「新證」第1039～1040頁。
〔註2〕同上，第1040頁。
〔註3〕文雷，「紅樓夢版本淺談」，「資料」第267頁。
〔註4〕上海書店，「舊鈔戚蓼生序本石頭記的發現」，「曹雪芹與紅樓夢」（香港：中
　　　正書局，1977年12月）第106～110頁。
〔註5〕同註1，第1041～1042頁。

五	探鄉聲口如聞	探卿聲口如開	
七	用畫家三五聚法	周畫家三五聚法	「用」脂南本誤作「周」。
十三	英明難遏是精神	英雄難遏……（另筆改「雄」為明）。	
十三	賈門秦氏宜人之喪	恭人（餘字皆同，下三條仿此）。	戚本「宜」字原作「恭」經人挖改。
十三	天朝誥授賈秦氏宜人之靈位	恭人。	同上。
十四	賈門秦氏宜人之靈位。	恭人。	同上。
廿五	我笑彌陀佛比人還忙	如來佛	「如來佛」戚本挖改作「彌陀佛」。
廿七	鳳姐等並同了大姐香菱	並巧姐大姐香菱	「同了」原作「巧姐」，戚本挖改。
三十	但又無去就他之理	無法就他之理	「去」脂南本誤作「法」。
四九	也在園子裡住下	也住園子裡住下	「在」脂南本誤作「住」。
四九	現成的典雅為他這……	現成的典，難為他這……	「難」戚本誤作「雅」，疑經後人改動。
五十	卻出色寫湘雲	卻出包寫湘雲。……	「色」脂南本誤作「包」。
五三	首敘院宇區對	道敘院宇區對	「道」脂南本誤作「首」。
五三	最高妙是神主看不真切	反高妙……	「反」戚本經後人改筆作「最」。
六八	字字皆鋒	字字皆錄	「鋒」脂南本誤作「錄」。
七十	的是幹才	的是幹不	「才」脂南本誤作「不」。

　　除第十三回「宜人」二條，第廿五回，第十四回各一條，第一回的「歌舞場」，分目第十七回、第廿七回「同了」等處，戚本已經後人挖改，第四十九回「雅」字是戚本的誤字外，其餘部分都是脂南本過錄時的別字。那麼，戚本應該是脂南本的底本。其過錄之時，脂南本曾據文義改正戚本的譌文，卻又造成了不少的誤字。戚本在清末即將出版的時候，因遭到有正書局動了一些手術，以致造成和脂南本一些無法解釋的異文。如果我們校讀戚本已發現的前半部底本，或細心研判影本的字跡，偶或可找出這些矛盾的原因，並且更進一程的可以確定脂南本是根據「有正本」據以影印的底本過錄，二者應為父子而非兄弟。

第七章　列寧格勒藏本石頭記研究

　　蘇聯亞洲人民研究院列寧格勒分院（Leningrad Branch of the Institute of the People of Asia）所藏抄本紅樓夢，自民國五十三年（1964）莫斯科出版「亞洲人民」雜誌 DARODY AZII I AFRIKI 第五期頁 121～128 刊載孟西科夫 L. N. Menshikov 及李福親 B. L. Riftin 兩氏合撰的「新發現的石頭記抄本」（Neizuestniyi spisok romana Son V Krasnon tereme）一文以來，這個抄本即受廣泛的重視，翌年日本小野理子女士即以日文據此譯載於大阪市立大學文學部中國學研究室所編的「清末文學言語研究會會報」（油印本）第七號。此抄本除小川環樹教授在「大安」（書店刊物）稍加論列外，澳洲柳存仁教授在民國 61 年（1972）也以中文譯出其中重要部份的文字，並加評述。然而二者並據孟、李二氏的文章加以述評論列，未能親睹原本，因此，潘石禪先生即於翌年八月八日親訪列寧格勒東方研究院，獲睹原抄本石頭記，雖經倉促披閱，然針對這個抄本研究的篇章先後有：

　　（1）讀列寧格勒紅樓夢抄本記
　　（2）論列寧格勒藏抄本紅樓夢的批語
　　（3）列寧格勒藏抄本紅樓夢中的雙行批
　　（4）紅樓夢的纂成目錄分出章回

　　此外還有「列寧格勒十日記」、「我國在列寧格勒的國寶」、「紅樓夢抄本和孟列夫」等文章。近日，更綜合以上諸篇文章，撰成「列寧格勒藏抄本紅樓夢考索」一文，這是本國紅學研究專家中，第一個親睹後撰寫這部抄本的報導研究論文，其重要性遠非孟、李二氏之撰文所可比擬。自後，凡涉及列藏本的研究並取資於這些篇章，如陳慶浩先生的「列藏本石頭記初探」即是

根據以上篇章整理者。可惜這部抄本至今未曾影印刊行，無緣獲睹，只能從第三回第九、十頁及第五十七回末頁下半面，及第五十八回首頁上半面的三頁書影，及間接的資料加以論述。

壹、概　況

一、抄本冊數回數頁數之統計

　　孟氏云：「此抄本並無書前題頁，似可懷疑或有包括序引、目錄之第一冊業已遺失。每面之頁碼亦不見。每冊所包回數及該回頁數（見括弧內數字）記錄如下：第一冊，第一回（52）、第二回（42）；第二冊，第三回（60）、第四回（40）；第三冊，第七回（49）、第八回（43）；第四冊，第九回（35）、第十回（34）、第十一回（39）；第五冊，第十二回（27）、第十三回（35）、第十四回（37）；第六冊，第十五回（34）、第十六回（49）；第七冊，第十七回（50）、第十八回（56）；第八冊，第十九回（61）、第二十回（35）；第九冊，第二十一回（38）、第二十二回（42）；第十冊，第二十三回（37）、第二十四回（54）；第十一冊，第二十五回（54），第二十六回（46）；第十二冊，第二十七回（43）、第二十八回（63）；第十三冊，第二十九回（56）、第三十回（38）；第十四冊，第三十一回（47），第三十二回（39）、第十五冊，第三十三回（32），第三十四回（48）；第十六冊，第三十五回（52），第三十六回（45）；第十七冊，第三十七回（60）、第三十八回（38）；第十八冊，第三十九回（42）、第四十回（60）；第十九冊，第四十一回（33）、第四十二回（38）；第二十冊，第四十三回（34）、第四十四回（33）、第四十五回（39）；第二十一冊，第四十六回（54）、第四十七回（48）；第二十二冊，第四十八回（44）、第四十九回（40）；第二十三冊，第五十回（43）、第五十一回（36）、第五十二回（52）；第二十四冊，第五十三回（54）、第五十四回（54）；第二十五冊，第五十五回（51）、第五十六回（58）；第二十六冊，第五十七回（56）、第五十八回（46）、第五十九回（33）；第二十七冊，第六十回（48）、第六十一回（35）；第二十八冊，第

六十二回（62）、第六十三回（52）；第二十九冊，第六十四回（52）、
第六十五回（pp.1～6）、第六十六回（26）；第三十冊，第六十七回
（68）、又第六十五四（pp.7～33）；第三十一冊，第六十八回（41）、
第六十九回（47）、第七十回（33）、又第六十五回（p.34）；第三十
二冊，第七十一回（47）、第七十二回（38）、第七十三回（39）；第
三十三冊，第七十四回（59）、第七十五回（45）；第三十四冊，第
七十六回（328）、第七十七回（39）；第三十五冊，第七十八回（55）、
第七十九回（61）。」〔註1〕柳存仁教授評云：「此處孟、李兩氏論
文之推測嫌全稿第一冊遺失者，或者未必。如兩氏文中下文所言，『此
抄本第五回及第六回遺失，此兩回顯然係裝成一冊，應排在現存第
二冊及第三冊之間。』實較第一冊遺失之說爲合理也。」〔註2〕

二、流傳經過

此抄本共八十回，三十五冊，係帕夫露、庫連濟夫 Pavel Kurliandstov
於 1832 年（道光十二年）由北京攜返俄國者。庫氏於距此兩年之前
赴北京，在俄國希臘正教會學習漢文，故此抄本被帶到俄國之來源，
不難探明。抄本到俄國後，均保存在或稱亞洲人民研究院列寧格勒分
院。（據孟氏稱：庫氏帶回紅樓夢，留存於外交部圖書館，後即移交
列寧格勒分院圖書館。）〔註3〕
因此，在這抄本第一頁的背面，「有庫連濟夫 P. Kurliandtsev 墨水淡褪之名字，
並有兩字迹拙劣之漢字『洪』，其義不明。Kurliandtsev 即前文所言自北京攜
帶此抄本至俄國之人。孟李兩氏以爲此『洪』字係庫氏華名，恐實不然。」
〔註4〕但潘師石禪先生親訪列寧格勒後始得孟西科夫親述：「原論文指『洪』
字乃庫氏自定之中國姓，俄國漢學家往往喜自定中國姓云。」〔註5〕

〔註1〕孟西科夫（L. N. Menshikov）、李福親（B. L. Riftin），「新發現的石頭記抄本」
（Neizuestniyi spisok romana Son V Krasnom tereme），「亞非人民」雜誌
（DARODY AZII I AFRIKI）第五期，第 124～128 頁。此處譯文採用柳存仁，
「讀『紅樓夢研究專刊』第一至第八輯」，「專刊」第十輯第 34～35 頁。
〔註2〕柳存仁，「讀『紅樓夢研究專刊』第一至第八輯」，『專刊』第十輯第 35 頁。
〔註3〕潘師石禪，「讀列寧格勒紅樓夢抄本記」，「六十年」第 16 頁。
〔註4〕同註2，第 37 頁。
〔註5〕同註3，第 20 頁。

三、抄寫用紙

根據報導：

> 此一抄本像抄在若干「清高宗御製詩」原有各葉間之襯紙上者。御製詩每面九行，每行十七字，但每兩面皆夾有空白襯紙，抄紅樓夢者即利用該項襯紙爲稿紙，而反以御製詩襯此紅樓夢之初本。清高宗（乾隆）之御製詩嘗刻六集，前四集有提要，在四庫總目卷一七三。此抄本像用第四集及第五集之書葉拆開，就襯紙上抄寫著。案乾隆御製詩第四集刻於四十八年癸卯（1783），第五集刻於乾隆六十年乙卯（1795）。癸卯適爲所謂脂評甲辰本之前一年，乙卯已在程本風行後三年矣。〔註6〕

然而經過潘先生鑑定的結果，與事實頗不相符：

> 我仔細觀察此抄本，是用竹紙墨筆抄寫的，紙實很薄，並非御製詩集的襯紙。想來原抄本久經閱讀，每葉中縫均已離披裂開，很不便翻揭，因此必須重加裝釘。重裝時，偏用當朝皇帝的御製詩集反摺起來做襯紙，這眞是犯下了藐視朝廷的滔天大罪。現在檢閱每葉裂開的中縫，它的邊緣均粘貼在襯紙上，翻揭起來，便和新書同樣方便。此一事實和抄寫時期有密切的關係。因爲抄本如用御製詩襯葉做稿紙，則抄寫時期必不能在乾隆六十年（1795，御製詩五集印成的時間）以前，當然也不會在道光十二年（1832，庫連濟夫帶抄本回俄的時間）以後。現在判明此一事實，知道此抄本，在乾隆六十年至道光十二年（1795～1832）期間，曾經重加裝釘。至於抄寫時間，因無題署或鈐印年月，自然無法指出它的確鑿年份。我和孟西科夫教授論及此一問題，孟氏完全同意我的看法。孟氏並說，潘科夫 B. I. Pankratov 教授曾指出此抄本並非用御製襯葉做稿紙，在 1964 年撰文時，僅將潘科夫教授意見採入附註中，現在應該加以修正。」〔註7〕

因此知道這本在御製詩第五集出版後（乾隆六十年）庫氏帶回（1832 年）之前，曾經重裝過，而其中縫碎裂，也有一段時間，過錄時間當或更早，其底本更是一個較早期的本子。

〔註6〕同註2，第34頁。
〔註7〕同註3，第25～26頁。

四、以紅樓夢爲書名

　　蘇聯抄本沒有書前題頁，各回所題的書名作「石頭記」。但第十回回首標題作「紅樓夢第十回」；第六十三回、六十四回、七十二回的回末則題爲「紅樓夢卷六十三回終」、「紅樓夢卷六十四回終」、「紅樓夢卷七十二回終」，這又是紅樓夢版本史上的一樁大事。一般紅學家因爲甲戌、己卯、庚辰諸本都題作「脂硯齋重評石頭記」，有正戚本單署「石頭記」，故都認爲從程高刻本纔署名爲「紅樓夢」。陳仲箎「談己卯脂硯齋重評石頭記」一文中提出他對紅樓夢書名出現的意見説：

　　易石頭記書名爲紅樓夢，一般地認爲這是曹雪芹卒後的事。但據甲戌本第一回有這樣一段話：「（空空道人）遂改爲情僧，改石頭記爲情僧錄，至吳玉峯題曰紅樓夢，東魯孔梅溪則題曰風月寶鑑。後因曹雪芹于悼紅軒中披閲十載，增刪五次，纂成目錄，分出章回，則題曰金陵十二釵，……至脂硯齋甲戌抄閲再評，仍用石頭記。」這是曹雪芹自述的創作過程。照這説法，至少有四個人評閲過這部著作，每評閲一次他便增刪纂修一次，並改一次書名，最後從脂硯齋的意見，仍定名爲石頭記。由此甲戌本、己卯本、庚辰本、戚本都以石頭記爲名。其全用紅樓夢爲名者，只有甲辰本一本。從時間上講，甲辰本用紅樓夢爲名雖早於程偉元、高鶚兩次排印本，但距曹雪芹之卒已隔二十一年。曹雪芹生前是否以「紅樓夢」名書？是的。如他自述説至「吳玉峯題曰紅樓夢」，又如甲戌本獨有的凡例，開宗明義第一條即是紅樓夢旨義，他説：「此書題名極多，紅樓夢是總其全部之名也。」這是曹雪芹生前的話，應該承認這是事實。不過「至吳玉峯題曰紅樓夢」這句話，還有甲戌本中凡例的這段文字，在己卯本和庚辰本中因被刪去，此後各本相沿不見，遂使讀者忽略了曹雪芹生前以紅樓夢名書的問題。但是，曹雪芹生前的紅樓夢名書，在上舉自述之外，有沒有佐證？有。這個佐證就存於己卯本之中，在過去若干年隨著原書屬於私藏，故一直沒有被發現。己卯本，在每回卷端標題「脂硯齋重評石頭記」，在回末有的僅標某回終，或甚麼記載也沒有，這不足爲奇。奇的是在第三十四回回末緊接正文突出了兩行字，其一行曰：「紅樓夢第三十四回終。」這是在脂

本石頭記裏第一個出現的「紅樓夢」的標名；是己卯本獨有的，也是唯一的例證。它證實了曹雪芹生前確曾一度用紅樓夢作爲全部書的總名。由於這個事實，引導我們對上舉甲戌本那兩段話，有了進一步的了解。他的話確是言之有據，且非故弄玄虛。同時也啓發我們聯想到在甲戌本和庚辰本的某些眉批中，嘗有紅樓夢如何如何的批語。這類的批語和第三十四回終卷的標題，無疑同是曹雪芹在全書題爲紅樓夢的遺痕。

我們看了陳仲笘氏舉出己卯本回末一個標題，現在蘇聯抄本又發見有三回回末和第十回回首都標出了「紅樓夢」的書名，證明在曹雪芹生前用「紅樓夢」做書名，是毫無疑問的了。己卯本和蘇聯抄本是兩個早期的脂本，這時「纂目錄」、「分章回」的工作尚未十分完成，原書的書名還有刪改未盡的痕跡，由此也可看出蘇聯抄本有些地方是早過庚辰本的。還有，我們知道影印庚辰本原缺第六十四回，是用己卯本的補抄本來塡補的。現在蘇聯抄本的第六十四回，回目「幽淑女悲題五美吟，浪蕩子情遺九龍佩」後有題詩曰：「深閨有奇女，絕世空珠翠，情痴苦淚多，未惜顏憔悴，哀哉千秋魂，薄命無二致，嗟彼桑間人，好醜非其類。」回末作「正是：只爲同枝貪色慾，致教連理起戈矛。」這種回首回末的類型，乃是早期紅樓夢的形象，以後纔逐漸被刪改淨盡。〔註8〕

這種說法馮其庸先生雖然在「論庚辰本」中表示反對，卻不曾加以深論，而陳慶浩先生也說：

列藏本缺書前題頁，各回所題書名皆作「石頭記」。但第十回回首作「紅樓夢第十回」，第六十三、六十四、七十二回末分題：「紅樓夢卷六十三回終、」、「紅樓夢卷六十四回終」、「紅樓夢卷七十二回終」。據我們研究，標題作「紅樓夢」，就脂硯齋本來說，是較後的事，就這一項來看，列藏本要比有正本還後。〔註9〕

但是潘師反對這種說法，認爲早期脂本曾經以「紅樓夢」作爲書名：

這一問題，俞平伯「紅樓夢研究」中，曾有紅樓夢大名，石頭記小名

〔註 8〕 同上，第 32～34 頁。

〔註 9〕 陳慶浩，「列藏本石頭記初探」，「中國古典小說研究專集1」（臺北：聯經出版事業公司，民國 68 年 8 月）。

之說。認爲石頭記好比個小圈子，紅樓夢好比個大圈子，小圈包括在大圈之內。陳仲笘「談己卯脂硯齋重評石頭記」一文，也有「曹雪芹生前確曾一度用紅樓夢作爲全部書的總名」之說。雖然研究紅樓夢的人尚有不同的見解，但庚辰本第四十八回署名脂硯齋的雙行批說：

> 一部大書，起是夢，寶玉情是夢，賈瑞淫又是夢，秦之
> 家計長策又是夢，今作詩也是夢，一並風月（鑑）亦從
> 夢中所有，故紅（樓）夢也。余今批評亦在夢中，特爲
> 夢中之人特作此一大夢也。脂硯齋。

這是脂硯齋明明稱所批之書爲紅樓夢。又庚辰本第廿五回回目「紅樓夢通靈遇雙眞」，也是稱書名爲「紅樓夢」的證據。脂評本中己卯本的第三十四回回末，有「紅樓夢第三十四回終」字樣；鄭西諦藏本書名作石頭記，但騎縫標作紅樓夢，這都是早期脂本標題作紅樓夢的證據。我們不能説己卯本、庚辰本後於有正本，同樣也不能説列藏本後於有正本。〔註10〕

五、抄寫人

此一抄本之抄寫人，據孟、李兩氏所報告，共四人，俱無名氏。稿紙每半葉九行，行十六字至二十四字不等，視回數及抄寫人而異。此抄本之板式，兩氏之文更詳記之云：「每頁（均每半葉）九行。第一至第四十回，第四十六至四十八回，第五十二至第五十六回，第五十八至六十回，係每行十六字，而正文爲 12.5×17cm。第四十一至第四十五回，第四十九至第五十一回，第五十七回，第六十一回至七十九回，則以抄寫人之字體稍小，每行爲二十字，而正文仍爲12.5×17cm。四位抄寫人中之 A 君，寫字常超逾此限制，故每行可有十八至二十四字之上落，但其他三位則甚爲謹飭。抄本中改正之處甚多，尤以抄寫人 B、D 兩君爲甚，而 A 君所抄，則改正及其加標記之處甚少。改正文字之處多數用墨筆，寫在被修改之一行右邊，然亦有用硃墨者（如第十回，頁 22 及頁 25），有時抄寫者（B、C 兩君常爲之，A、D 兩君較少）用漿糊將誤書處重黏，而在貼補之

處改書。貼補通常以二至四字爲多，有時（例如第四十六回第二十三頁）全行貼去，在補紙上重書。」〔註11〕

潘師曾經加以補充說明：

> 孟氏稱此抄本四個抄手爲 A 君、B 君、C 君、D 君，我審閱 A 君的筆迹，書法頗佳，有趙孟頫、董其昌的筆意。B、C、D 三君只是普通抄手，書法沒有什麼帖意。三人所抄部份，有錯誤處，改正的文字，往往是 A 君的筆迹。如第二十二回：「交給他置酒」，「置」字點去，旁改爲「治」字，「治」字便是 A 君的筆迹，當是 A 君所校改。由此看來，此抄本可能是屬於 A 君的。全書數十萬字，A 君自抄一部份，其餘分請 B、C、D 三君抄寫。至於全部眉夾批則皆 A 君一人的手筆；不過 A 君抄寫正文較楷正，而批語則用行草，雖然字體不同，仍看得出是同人的筆迹。〔註12〕

又正文中的改文也是 A 君所爲，大概抄完後其又重新加批。

貳、評語概況

一、評語分布

> 「據孟氏的說明：第一回有三眉批及十四夾批；第二回有八眉批（重規案：余所見只有七眉批）及二十二夾批；第三回有四十七眉批及二十夾批（規案：余所見只十九夾批，又有一雙行批。）；第四回有五眉批、六夾批及四雙行批（規案：實非雙行批，）；第七回有一雙行批（規案：抄本正文作「比賈薔_蓉兩個強遠了」，非雙行批）；第十六回有一眉批（規案：有一雙行批，在正文中註出。又第六十三回有二雙行批，七十五回有一雙行批，皆抄在正文中，但註出）；第十七回有四夾批（規案：有五夾批）；第十八回有六眉批及十一雙行批（規案：只四雙行批）；第十九回有一眉批及三十四雙行批（規案：實三十六雙行批）；第二十回有一雙行批；第二十二回有五眉批及四雙行批（規案：有五雙行批）；第二十三回有二眉批及一夾批（規案：

〔註11〕 同註3，第 18～19 頁。
〔註12〕 同註10，第 6 頁。

無夾批）；第二十四回有三眉批；第二十五回有二眉批；第二十六回有二眉批；第二十八回有八眉批；第二十九回有三眉批；第三十回有三眉批；第三十四回有一雙行批；第三十六回有五夾批；第三十八回有五雙行批（規案：怡紅公子賈寶玉等五條非雙行批）；第四十一回有一眉批；第四十二回有二眉批：第四十四回有二眉批；第四十九回有一雙行批；第五十回有二夾批及四雙行批（規案：僅有一雙行批；得紅字等三條，非雙行批）；第五十一回有二雙行批（規案：交趾懷古等二條非雙行批）；第五十二回有二眉批；第五十三回有一眉批；第五十六回有一眉批；第六十一回有一眉批；第六十二回有八眉批（規案：實無）；第七十四回有一雙行批；第七十六回有六雙行批（規案：有七雙行批）；第七十七回有一雙行批；第七十九回有十一雙行批。」〔註13〕

以上是潘師親訪後，略正報導的錯誤外，另一大發現即是其為脂評本的確定。

二、雙行批與脂本相同

「我披閱孟氏論文中開列此抄本的評語，有眉批一百十一條，夾批八十二條，雙行批八十八條。經核對後，將近二百條的眉夾批，和脂評相同的竟沒有一條（眉夾批是何種性質的評語，當另為文討論）；但雙行批幾乎全部與庚辰本相同。這是此抄本屬於脂評本的確證。查此抄本雙行批八十八條，經我核閱，有二十一條並非雙行批（例如第四回護官符四條，形似雙行批，實是正文。）第十九回漏算兩條，第廿二回漏算一條，總共有雙行批七十條。這七十條雙行批只有三條是此本獨有的：

第七回：只見惜春正同水月菴，雙行批：即饅頭菴。

第七十七回：索性如此也不過這樣了，雙行批：晴雯此舉勝襲人多矣，真一字一哭也。又何必魚水相得而後為情哉！

第七十九回：便把金桂忘在腦後，雙行批：妙！所謂天理還報不爽。

〔註13〕同上，第7～8頁。

其餘六十七條均與諸脂本全同或略同：

第十八回，有四條與庚辰、己卯、有正、甲辰同。

第十九回，有三十六條與庚辰、己卯、有正同。

第二十回，有一條與庚辰、己卯、有正略同。

第三十二回，有二條與庚辰、有正略同；有三條與庚辰、
有正、甲辰略同。

第三十四回，有一條與庚辰、己卯、有正略同。

第四十九回，有一條與庚辰略同。

第五十回，有一條與庚辰全同。

第七十四回，有一條與庚辰略同。

第七十六回，有七條與庚辰同。

第七十九回，有十條與庚辰同。

概括說來，此抄本的雙行批，除三條獨有外，其餘六十七條全部和
庚辰本共有，四十七條和有正本共有，四十二條和己卯本（只存四
十回）共有，七條和甲辰本共有，可見此抄本和庚辰本特別接近」
〔註14〕

三、雙行批文字的優勝

　　陳慶浩先生曾據潘師的「讀列寧格勒紅樓夢抄本記」中論及雙行批文字
的優勝處增補爲「列藏本批語可校其他各本」，所舉皆是此本特佳之處，潘師
後又轉錄在「考索」中，今述引如下：

列藏本雙行批文字較己卯、庚辰、有正爲佳。陳慶浩君「列藏本石
頭記初探」，文中有「列藏本批語可校其他各本」一節，所舉皆是此
本特佳之處，現轉錄如後：

第十九回　以賜賈政及各椒房等員　庚辰 403　補還一
句，細，方見省親不獨賈家一門也。（己卯無「細」字。
有正 659）列藏「補還一句」作「補這一句」，無「也」
字。「還」作「這」，意思較他們清楚。或各本抄誤而此
本不誤。

第十九回　叫他們聽著甚麼意思。庚辰 411 想見二人來日情常。（己卯同。有正 673 來日情常作往日情長。）列藏想見二人素日情分。

第十九回　只見晴雯淌（躺）在牀上不動。庚辰 415 嬌態已慣。己卯、有正 678 同。列藏嬌態憨已慣。

第七十六回　半日方知賈母傷感，纔忙轉身陪笑發語解釋。列藏：轉身妙，畫出對月吹笛如癡如呆，不覺尊上在上之形景矣。

庚辰 1870 雙行批注作 轉身妙畫出對月聽笛如癡如呆　呆不覺尊長在上之形景矣

若依通行雙行批，先讀右邊一行，再接左邊則不可懂。若自對字畫一分界線，先讀右上邊，再讀左上截，接讀下半截，則除來作矣，其它與列藏同。大概庚辰過錄本所據底本此批分兩行抄錄，上右、上左半截恰好剛到行末，另提一行抄下右下半截，抄書人墨守原書格式，雖然此處批語已在行中間，他還是先將兩截的右邊抄入右邊一行，左邊又另外抄出。今有列藏本作樣式，更可證明過去假定的讀法不錯。

第八十回　焉得這樣情性，可為奇怪之至。庚辰 1997 別書中形容妬婦，必曰黃髮鼇面，豈不可笑。列藏，發作髮。

第八十回　王一貼心有所動。庚辰 2000 四字好。萬生端於心，心邪則意射則在於邪。列藏，四字好。萬端生於心，心邪則意在於財。按寶玉向王一貼討藥，庚辰本是這樣寫的：

……寶玉道：我不信一張膏藥就治這些病。我且問你，到有一種病，可也貼的好麼？」王一貼道：「百病千災，無不立效；若不見效，哥兒只管撣著鬍子打我這老臉，拆我這廟何如。只說出病源來。」寶主笑道：「你猜？若你猜的著，便貼的好了。」王一貼聽了，尋思一會，笑道：「這到難猜，只怕膏藥有些不靈了。」寶玉命李貴等：「你們且出去散散，這屋裡人多，越發蒸臭了。」李貴

等聽說，且都出去自便，只留下茗烟一人。這茗烟手內點著了一枝夢甜香。寶玉命他坐在身旁，卻倚在他身上。王一貼心有所動，便笑嘻嘻走近前來，悄悄的說道：「我可猜著了，想是哥兒如今有了房中的事情，要滋助的藥，可是不是？」話猶來（未）完，茗烟先喝道：「該死，打嘴。」寶玉猶未解，忙問：「他說些甚麼？」茗烟道：「信他胡說。」唬的王一貼不敢再回，只說：「哥兒明說了吧。」寶玉道：「我問你可有貼女人的妬病方子。」……

寶玉要妬病方子，吞吞吐吐不明說，就命李貴等出去，又倚在茗烟身上，才使「王一貼心有所動」，以爲寶玉要「滋助的藥」。批者指王一貼「心邪則意在於邪」。列藏本作「意在於財」，財爲邪形近之誤。其他文字則可校正庚辰本。

第八十回　吃過一百歲，人橫豎是要死的，死了還妬甚麼，那時就見效了。庚辰 2001 此科諢一收，才有奇趣之至。列藏「此」作「如此」。

第八十回　我有眞藥，我還吃了作神仙呢，有眞的，跑到這裏來混。庚辰 2002 寓意深遠在此數目。列藏「目」作「語」。

第八十回　叫沒的叫人看著趨勢利似的。庚辰 2003 不可通笑，遁辭如開。列藏「開」作「聞」。

以上陳文所舉列本，皆較庚辰本爲佳。又陳文中有「列藏本批語之謬誤」一節，指出列藏本劣處，計第十九回五條，第卅四回一條，第八十回一條。這七條當中，第十九回的「激」作「譤」，「妙」作「炒」，「智」作「志」，「諷」作「訊」，第八十回「特」作「時」，這五個字，可能是抄手偶然的筆誤，與底本優劣無關。至於第十九回庚辰雙行批：「是必有之神理，非特故作頓挫。」列藏本「非」作「飛」，「挫」作「擺」，陳君認爲是明顯的錯誤。其實，「非」、「飛」二字均是象鳥飛之形，在說文裡說明是同字；只不過文章中沿襲習慣，分別使用。列藏本加眉、夾批兼抄寫人，在我所見到的石頭記抄本中，書法可稱第一（詳拙文「讀列寧格勒紅樓夢抄本記」）。由他的眉、夾批的文筆，

也可看出他是個有相當素養的文人。他寫「非」爲「飛」，似乎不是誤字，而是故意賣弄學問，我們看第一回世人都曉神仙好的眉批：「罵世語固痛快，但飛和尚語氣也。」也把「非」寫成「飛」，可資證明。「頓挫」作「頓擺」，猶言頓挫搖擺，搖擺有搖曳生姿的意思，並不是誤字。試看，第五回：「開闢鴻濛，誰爲情種。」甲戌夾批云：「故作頓挫搖擺」，有正雙行批作「故作頓挫之筆」，可見頓擺是頓挫搖擺的意思。頓即頓挫，擺即搖擺，此處文筆兼具頓挫搖擺的姿態，庚辰、有正作頓挫，反倒是誤改甲戌批語。脂批中也有單言「頓挫」或「頓」處，文勢與頓擺不同。因此，列藏本不但不誤，而且可以正諸本之誤。又第卅四回庚辰雙行批：「前文晴雯放肆，原有把柄所恃也」，列藏「恃」作「持」，倚恃把柄，執持把柄，都說得通，不能說「所持」定是誤字。從上舉七條批語看來，只有五條是抄手筆誤，比起甲戌、庚辰抄手的謬誤百出，眞是微不足道。至於「陳文」所謂顯然錯誤的，不但不是錯誤，而且可正庚辰、有正的錯誤。由此可知，列藏本在諸抄本中，實在是較優較早的抄本。〔註15〕

四、雙行批較各本爲少

此抄本的雙行批，遠較各本爲少。第十八回，庚辰本有一百零五條（己卯一○四，有正一○三），此本只有四條；第十九回，庚辰本有一百八十四條（己卯一八五、有正一八六），此本只有三十六條；第二十回，庚辰本有十五條（己卯、有正同），此本只有一條；第二十二回，庚辰本有八十七條（有正八五），此本只有五條；第三十四回，庚辰本有一條（己卯、有正同），此本也有一條；第四十九回，庚辰本有七條，此本只有一條；第五十回，庚辰本有七條，此本只有一條，第七十四回，庚辰本有三十五條，此本只有一條；第七十六回，庚辰本有十六條，此本只有七條；第七十七回，庚辰本有十八條，此本只有一條；第七十九回、第八十回，庚辰本共有五十條，此本只有十一條。照一般批書的情況，先有正文，然後纔有批語，初期的批語必然以眉批或行間夾批的形式出現。除非經過

整理謄錄，方能將眉批夾批，改成雙行批注，繫於適當的正文之下。他們又可能在整理謄清的批本上再加批語，新的批語又以眉批、夾批的形式出現。如是再經整理，又將眉批夾批改成雙行批注。因此整理次數愈多，雙行批注的數量自然愈增。由此客觀事實看來，蘇聯抄本的雙行批和庚辰諸本相同，而條數卻較庚辰諸本少得多，證明此抄本的底本確是脂評本，甚至是較早的脂評本。〔註16〕

五、雙行批無署名

蘇聯抄本雙行批均無署名，而庚辰諸本的雙行批，與此本共有的，卻偶有署名。如：

第十九曰：回去我定告訴嫫嫫們打你。庚辰雙行批：該說，說的更是。指研（己卯作脂研）。

同前：又忙倒好茶。庚辰雙行批：連用三「又」字，上文一個「百般」，神理活現。脂硯（己卯作脂研．）。

第四十九回：鶴勢螂形。庚辰雙行批：今四字無出處，卻寫盡矣。脂硯齋評。

以上三條，此抄本批語雖同，但均無署名。照通常情況，同一批語，在不同本子，有署名的，可能較沒有署名的為早。但是脂硯齋整理的甲戌本，雙行批就都不署名，因此單憑此一事實？不能確定抄本時代的先後。〔註17〕

據潘師的推論，脂列本的雙行批可能錄自甲戌本，自然承襲其不加署名的慣例，從這個推論看來，甲戌本上三百十七條的雙行批到了脂列本僅存九條的事實，脂列本應該刪去甲戌本上相當多的雙行批，而四閱評本卻仍然保有甲戌再評時大量的雙行批，其保有的雙行批自然也就多於脂列本了。

六、批語混入正文

孟氏文中謂此抄本有時批語混在正文之內，而於批語之前用方匡標出，批語之末加一「註」字。此類情形，如第十六回、第六十三回及七十五回皆有之。重規案：此抄本係批語之首加一「註」字，如：

〔註16〕同註3，第28～29頁。
〔註17〕同上，第29～30頁。

第十六回：怕他也無益〔此註章無非笑趨勢之人〕

第六十三回：忽見岫煙顫巍巍的〔四註個俗字寫出一個活跳美人，轉覺別出中若干蓮步香塵纖腰玉體字樣，無味之甚。〕

同前：只得將未出嫁的小女帶來，一並起居才放心〔原註爲放心而來，終是放心而去，妙甚。〕

第七十五回：尤氏笑道：我們家上下大小人只會講外面假體面，究竟作出來的事，都勾使的了〔如註此說，便知他已知昨夜之事。〕

此四條批語，抄寫時雜然混入正文，但已經校正括出，應該算是此本的雙行批。這四條批語，第三條和庚辰、己卯的雙行批完全相同。第一條和己酉本相同，但己酉本混在正文中。據俞平伯先生讀紅樓夢隨筆中節引此段文字，尚未發現此處像雙行批。經我看見此抄本，纔能確認此條是批語，可見此抄本確是很早的脂評本。〔註18〕

事實上這種加註的批語可以確認其原底本上爲雙行批，由於過錄者一時的疏忽而誤抄爲正文，隨因發現而加註於旁，以示與正文有所分別。

參、回目概況

此抄本的回目和諸本間的關係已分述於甲戌本和庚辰本中，然而不論個別字的異同或差異較大的回目，我們從附錄的簡表裏，可以看出與甲戌對應的十六回，其回目恰介於甲戌和蒙戚二系之間，遠於己卯、庚辰一系。其餘十六回外的回目則近於己庚一系，如有不同，則往往和蒙戚一系發生對應。從這種回目異文的情形看來，脂列本應該早於蒙戚一系。

肆、正文概況

一、分回概況

己卯、庚辰本第十七、十八回尚未分開，第十九回雖然已分，卻未撰擬回目，而脂列本除已擬出第十九回的回目外，並將第十七、十八回的聯體分開。據此看來，脂列本應較己庚一系爲晚。可是事實並非如此簡單，列藏本

〔註18〕同註10，第8～9頁。

最特別的是最後兩回，第七十九和八十回，合而為一，文氣一貫，其間並無
分回之處，回目則作「薛文龍悔娶河東獅　賈迎春悞嫁中山狼」，和庚辰本相
同。至於其兩回文字銜接處作「連我們姨老爺時常還誇呢！金桂听了，將脖
項一扭。」語氣續而不斷，庚辰則在「呢」字下加「欲明後事，且見下回」
兩句套語，又在「金桂」上加了「話說」二字，這樣便將兩回分開。從這種
情形看來，脂列本則又早於庚辰本。還有第廿二回，列藏本止於回末元迎探
惜四個謎語，和庚辰本相同，但沒有庚辰本在四個謎語之下文句較繁的雙行
批，也沒有惜春謎上「此後破失，俟再補」的眉批，而庚辰本在回末還有「暫
記寶釵製謎及丁亥夏畸笏叟此回未成而芹逝矣嘆嘆」的批語。

二、正文與諸本的不同及優勝處

我在列寧格勒校讀此抄本批語時，限於時間，不能把相關的正文一
一照錄下來。只有少數特別的正文，如第五十二回，「那一日不把寶
玉兩字念九百遍」，眉批云：「說得痛快」；正文「九百遍」，和庚辰、
有正作「二百遍」均不相同，纔特別記明。其他或有錄列本正文的，
因未加分別，恐記憶不真，未敢舉出。尚有其他情況，我從此抄本
記錄下來的，如第十六回末：

怕他也無益〔此章註無非笑趨勢之人〕，陽人豈能將勢壓
陰府麼？然判官雖肯，但眾鬼使不依，這也沒法。秦鍾
不能醒轉了。再講寶玉連叫數聲不應，又等了一回，此
時天色將及晚了，李貴茗煙再三催促回家。寶玉無奈，
只得出來，上車回去。不知後面如何，且看下面分解。

據俞平伯先生讀紅樓夢隨筆所載吳藏本，在「寶玉連叫數聲不應」
與「又等了一回」之間；多了一節文字：

定睛細看，只見他淚如秋露，氣若遊絲，望眼上翻，欲
有所言，已是口內說不出來了。但聽見喉內痰響若上若
下，忽把嘴張了一張，便身歸那世了。寶玉見此光景，
又是害怕，又是心疼感傷，不覺放聲大哭了一場。看著
裝裹完畢，又到床前哭了一場。

又第十二回回末「完了此事」下，此本作「家中很可度日。再講這
年冬底，兩淮林如海的書信寄來，卻為身染重疾，寫書」，此後空白，

顯是未完。眉端似有一籤條脫去，賸「俟再」二字。第十四回回末止「不知近看時又是怎樣且聽下」，以後缺半葉。第五十四回末止黛玉謎，脫去半葉。第七十五回回末「要知端的」下脫去半葉。又此本第二十一回末「且听下回分解」，「回」字點去，改爲「冊」，第二十三回、第二十七回、第二十八回、第二十九回、第三十回、第三十二回、第三十三回、第三十四回、第三十五回、第三十六回、第三十七回、第三十八回諸回回末皆同。

還有，此抄本異文，較他本爲優的文字也頗不少。如第二回敍述元春、寶玉的出生，諸本互異：

> 不想次年又生了一位公子（脂本）
>
> 不想後來又生了一位公子（戚本，三慶案：「後來」二字爲狄氏等貼改。）
>
> 不想隔了十幾年又生了一位公子（程乙本）

俞平伯先生「紅樓夢研究」（頁 260～261）論抄本的優劣短長，曾舉上述的異文作例，他說：「從唯理的觀點看，從後到前，一個比一個合理。事實上恰恰相反，一個比一個遠於眞實。」俞先生的論斷非常正確。在我看來，近於眞實的本子，也未嘗不合理。因爲「不想次年又生了一位公子」這句話，只是古董行冷子興慢飲閒談的話，並不是作者正式的敍述，作者任意揮灑，原不必十分拘泥；即使太史公敍事，年份不符史實的，也不勝列舉。所以這樣的脂本，不但較早，也可能較好。列藏本正和甲戌、庚辰同樣作「不想次年又生了一位公子」，可見列藏本也是較近眞的脂本。

又第五十六回程乙本有一段話：「你這樣一個通人，竟沒看見姬子書，當日姬子有云：「登利祿之場，處運籌之界者，窮堯舜之詞，背孔孟之道。」這段話錯誤到講不通。此抄本作：

> 你這樣一個通人，竟沒見子書！當日姬子有云：「登利祿之場，處運籌之界（庚辰「界」下有「者」字），左竊堯舜之詞（庚辰無「左」字），右背孔孟之道」（庚辰無「右」字。）

比較起來，列藏本和庚辰本文義可通，而程乙本不可通。這類的情況和前一例不同。我們不能說不通的近原本，通的是改本。我們只

能說這一條列藏本和庚辰本是較優的本子。又第五十三回，程乙本
有一段文字：

> 賈珍命人拉起他來，笑說：「你還硬朗！」烏進孝笑道，：
> 「不瞞爺說！小的們走慣了，本來也悶的慌。他們可都
> 不是願意來見見天子腳下世面。他們到底年輕，怕路上
> 有閃失，再過幾年就可以放心了。」

此抄本和庚辰本作：

> 賈珍命人拉他起來，笑說：「你還硬朗！」烏進孝笑曰：
> 「托爺的福，還能走得動。」賈珍道：「你兒子也大了，
> 該叫他走走也罷了。」烏進孝笑道：「不瞞爺說，小的們
> 走慣了，不來也悶的慌。他們可不是願意來見見天子腳
> 下世面，他們到底年輕，怕路上有失，再過幾年就可以
> 放心了。」

上面「你還硬朗」以下幾句話，程乙本脫落，列藏本和庚辰本都不
脫落。如果沒有這幾句話，便缺少了烏進孝對賈珍的答覆，也缺少
賈珍提到烏進孝兒子的話，前後文便成爲所問非所答了。由此可見
列藏本是一個較好的本子。全部列藏本的優點想來還很多，可惜數
日匆匆，無法將正文瀏覽一遍，只能算是「管中窺豹、略見一斑」
罷了。〔註19〕

三、第六十四回

列本第六十四回文字形式，現轉錄如後：

第六十四回

　　幽淑女悲題五美吟　　浪蕩子情遺九龍珮

此一回緊結賈敬靈柩進城，原當補敘寧府喪儀之盛。但上回秦氏病
故，鳳姐理喪，已描寫殆盡，若仍極力寫去，不過加倍熱鬧而已，
故書中於迎靈送殯極忙亂處，卻只閒閒數筆帶過，忽插入釵玉評詩
璉尤贈珮一段閒雅風流文字來，正所謂急脈緩受也

　　題　深閨有奇女　　絕世空珠翠　　情癡苦淚多

〔註19〕同上，第13～16頁。

　　　　　未惜顏憔悴　　哀哉千秋魂　　薄命無二致

　　　曰　　嗟彼桑間人　　好醜非其類

　　話說賈蓉見家中……未知如何，下回分解，正是

　　　　　只爲同枝貪色慾　　致教連理起戈矛

　　　　　紅樓夢卷六十四回終〔註20〕

················

潘師在「讀列寧格勒紅樓夢抄本記」一文裏說：

　　站在蘇聯抄本的第六十四回，回目「幽淑女悲題五美吟，浪蕩子情遺
　　九龍珮」後有題詩曰：「深閨有奇女，絕世空珠翠，情癡苦淚多，未
　　惜顏憔悴，哀哉千秋魂，薄命無二致。嗟彼桑間人，好醜非其類。」
　　回末作「正是：『只爲同枝貪色慾，致教連理起戈矛。』」這種回首回
　　末的類型，乃是早期紅樓夢的形象，以後纔被逐漸刪改淨盡。可見蘇
　　聯此回抄本是較現存各抄本爲早的。蘇聯此回開首還有一段文字，和
　　正文一樣寫出，云：「此一回緊結賈敬靈柩進城，原當補敍寧府喪儀
　　之戚，但上回秦氏病故，鳳姐理喪，已描寫殆盡，若仍極力寫去，不
　　過加倍熱鬧而已。故書中於迎靈送殯極忙亂處，均只閑閑數筆帶過，
　　忽插入釵玉評詩，璉尤贈珮一段閑雅風流文字來，正所謂急脈緩受
　　也。」這一段文字本見於庚辰、己卯本；有正本抄在回末正文之外，
　　失去原來的位置。這一段文字的語氣，出見的位置形式，都和庚辰、
　　己卯兩本第一回、第二回以正文姿態出現的總評完全一樣。如第一回
　　云：「此開卷第一回也。……」第二回云：「此回亦非正文本旨，只在
　　冷子興一人，即俗語所謂冷中出熱，無中生有也。……」蘇聯抄本也
　　有第一回、第二回以正文形式出現的一兩段總評文字，但第六十四回
　　這段總評則是各本所無，或失去原來位置形式。足見蘇聯此回抄本保
　　存更接近紅樓夢原稿的文字，而接近原稿的紅樓夢，是用紅樓夢做書
　　名的。〔註21〕

最近，因陳慶浩先生提出不同的見解，潘師又重作如下的檢討：

　　現在我再加深入考覈我舊有的看法。己卯、庚辰兩本是後人補抄，
　　暫不比較。蒙古王府、有正本均有第六十四回，同列藏本頗爲接近。

〔註20〕同上，第24～25頁。
〔註21〕同註3，第34～35頁。

但回目後沒有列本的題詩，回目後的總評，也已另紙寫出，而且兩本的文字完全相同，如「插入」均誤作「揮入」。列藏本「忽插入釵玉評詩璉尤贈珮一段閑雅風流文字來」，兩本閑雅下均脫去「風流」二字。「插入」、「揮入」可能是一時筆誤。「風流」指「璉尤贈珮」，「閑雅」指「釵玉評詩」，脫去「風流」二字，文義便大大不妥。（回末戈矛，王府本同列本，有正作干戈。）可見列藏本比王府、有正二本要好得多。至於首題「深閨有奇女」一詩，各本皆無。王府、有正另抄總評詩：「五首新詩何所居，顰兒應自日欷歔，柔腸一段千般結，豈是尋常望雁魚。」與列藏本題詩相比，優劣相距何止千里。而列本題詩和第一、第三、第六等回題詩，文筆不相上下。大抵紅樓夢第一回、第二回及此回題下總批，皆是早期緊接回目後的批語，與有正一般回前總批，性質均有不同。「陳文」說：「回前總批之混入正文由來已久，除第一、二回已混入正文的總批外，其它的回前總批，均在該回之前另紙錄出的。……列藏本這一批語之混入正文，論理應比有正遲些，自不能據此得出『足見蘇聯此回抄本保存更接近紅樓夢原稿文字』的結論。」我們把列藏本和有正本仔細比較之後，就文字而言，列藏本優於有正、王府本。就總批題詩的款式而言，列藏本第六十四回，與甲戌、庚辰第一回、第二回，甲戌第六回等早期的形式最為接近。而且只有回目內的總批容易混入正文，另紙錄出的總批是不可能混入正文的。所以我說列本第六十四回是紅樓夢早期的本子。「陳文」又說：

> 列藏本錢書前題頁，各回所題書名皆作「石頭記」。但第十四回回首作「紅樓夢第十回」，第六十三、六十四、七十二回末分題：「紅樓夢卷六十三回終」、「紅樓夢卷六十四回終」、「紅樓夢卷七十二回終」。據我們研究，標題作「紅樓夢」，就脂硯齋本來說，是較後的事，就這一項來看，列藏本要比有正本還後。

這一問題，俞平伯「紅樓夢研究」中，曾有紅樓夢大名，石頭記小名之說。認為石頭記好比個小圈子，紅樓夢好比個大圈子，小圈包括在大圈之內。陳仲箎「談己卯脂硯齋重評石頭記」一文，也有「曹雪芹生前確曾一度用紅樓夢作為全部書的總名」之說。雖然研究紅

樓夢的人尚有不同的見解。但庚辰本第四十八回署名脂硯齋的雙行
批說：

> 一部大書，起是夢，寶玉情是夢，賈瑞淫又是夢，秦之
> 家計長策又是夢，今作詩也是夢，一並風月（鑑）亦從
> 夢中所有，故紅（樓）夢也。余今批評亦在夢中，特爲
> 夢中之人特作此一大夢也。脂硯齋。

這是脂硯齋明明稱所批之書爲紅樓夢。又庚辰本第廿五回回目「紅樓
夢通靈遇雙眞」，也是指稱書名爲「紅樓夢」的證據。脂評本中己卯
本的第三十四回回末，有「紅樓夢第三十四回終」字樣；鄭西諦藏本
書名作石頭記，但騎縫標作紅樓夢，這都是早期脂本標題作紅樓夢的
證據。我們不能說己卯本、庚辰本後於有正本，同樣也不能說列藏本
後於有正本。〔註22〕

四、第六十七回

　　列藏本的回目作「餽土物顰卿念故里，訊家童鳳姐蓄陰謀」異於全抄蒙
府程本等，和戚晉則僅「思」「念」一字之異，再從報導看來，共有六十八頁，
每頁九行，每行二十字，共計一萬二千字左右，和全抄蒙府程本不過八千字
略有不同。尤其開頭一段列藏本作：

> 話說尤三姐自戕之後，尤老娘以及尤二姐、賈環、尤氏並賈蓉、賈
> 璉等聞之俱各不勝悲慟傷感自不必說

有正本作：

> 話說尤三姐自戕之後，尤老娘以及尤二姐、尤氏並賈珍賈蓉賈璉等
> 聞之俱各不勝悲傷

全抄蒙府程本等作：

> 話說尤三姐自盡之後尤老娘和二姐（兒賈珍）賈璉等俱不勝悲痛自
> 不必說

以上從回目、頁數和部分正文比較的結果，應該可以確定脂列本的第六十七
回完全和戚、晉諸本屬於同一系統，爲現存的抄本中，最具早本形式者。（詳
見蒙府本第六十七回論述）

〔註22〕同註10，第26～27頁。

伍、結　論

　　根據以上報導的分析結果，脂列本應該早於戚本，而和庚辰本各有早晚的部份特徵，因此，它的價值不但高於戚本，直可和庚辰本相互媲美，並駕齊驅。所以潘師最近在「列藏抄本先後問題」一節，仍然堅持他的一貫看法說：

　　　列藏本問題非常複雜，此一抄本出現的先後，很難輕易下一斷語，我在論列藏本幾篇文章中，曾略有提及。最近陳慶浩君論文有專章探討，他的結論說：

　　　　以上分從批語、正文、凡例、分回、缺回及書名方面來比較列藏本和其它各脂本的關係。我們大概可以得出結論：列藏本後於甲戌、己卯、庚辰本，大致相當於有正本的時代。

　　　　我們再回到列藏本的批語問題：既然列藏本在版本方面不可能早於甲戌本（這是無可否認的事實），則它所附的批語，是否可能比甲戌本的批語更早呢？我們上面已證明列藏本，在甲戌本之後，故列藏本的批註即不可能早於甲戌本的批註。理論上說，列藏本應包含甲戌本所有的批註，但甲戌本有極大量的批註在列藏本已有刪批的現象。由於列藏的批幾乎全和己卯本相同，己卯本就是四閱評本系統，我們說，列藏本也是屬於這一系統的。但上面已證明過，列藏本在版本上來說大致比己卯、庚辰還要後，則在理論上它應包含四閱評本與正文一道抄錄的批。但己卯庚辰本大量的批語在此本中只存下小量，又有簡化、混入正文的現象，則列藏本批語在四閱評過的基礎上經過大量的刪削和小量的增加整理的過程是很明顯的。結合正文批語，我們可以對列藏本有一個大概的界定：列藏本正文版本和批語，均在「脂硯齋凡四閱評過」版本的正文和批語的基礎上加以整理而形成的本子，就是說，在版本系統上它後於甲戌、己卯、庚辰，這本子可能有拼湊的現象，我們並不排斥它的某些回（如七十九、八十回）有早於四閱評本的可能性。

　　以上陳君的結論，在他的全文中，有詳細說明，讀者可以檢閱。

我的看法，與陳君頗有不同。我認爲列藏本的底本不比己卯、庚辰
爲晚。最有力的證據是正文第七十九、八十兩回混然一氣，完全沒
有分開，這種情況最能顯示出紅樓夢原稿的眞象。第一回說：「後因
曹雪芹於悼紅軒中披閱十載，增刪五次，纂成目錄，分出章回。」
可見沒有分回和沒有回目的紅樓夢，乃是最接近原稿的紅樓夢。此
抄本第七十九回回目是「薛文龍悔娶河東獅，賈迎春誤嫁中山狼」，
和庚辰本相同，根本無第八十回回目。在分回間的文字作「連我們
姨老爺還時常誇呢！金桂聽了，將脖項一扭」，語氣銜接緊湊。庚辰
本只在一「姨老爺時常還誇呢」下加「欲明後事，且見下回」兩句
套語。又在「金桂聽了」上加「話說」二字，這樣便將兩回分開，
紅樓夢這類未分回的原稿，和分開回目蛻變的痕迹是最清楚不過
的。我們沒有理由，懷疑列本是根據己卯、庚辰本的基礎上，加以
整理，而將已分開的七十九、八十兩回，卻合拼抄成一整回。按照
這兩回分合的情狀，很顯然列藏本是早過己卯、庚辰本的底本的。
還有第二十二回，列藏本止於回末元迎探惜四個謎語：第一個謎語
（能使妖魔膽盡摧……）註云：「此是元春之作」；第二個謎語（天
運人功理不窮……）註云：「此是迎春之作」；第三個謎語（階下兒
童仰面時……）註云：「此是探春之作」；第四個謎語（前身色相總
無成）註云：「此是惜春之作」。既沒有庚辰本四個謎語下文句較繁
的雙行批（如「此元春之謎，纔得僥倖，奈壽不長！可悲哉！」等；
也沒有惜春謎上「此後破夫，俟再補」的眉批。列藏本和庚辰本在
回末另一葉有「暫記寶釵製謎」及丁亥夏畸笏叟「此回未成而芹逝
矣，嘆嘆」的批語。由此看來，列藏本可能略早於庚辰本。因爲，「丁
亥夏畸笏叟」的批語固然很晚，即雙行批，列藏本較簡，也應該早
於庚辰本。「陳文」說：

列藏本這一回正文，跟庚辰本一樣，寫到惜春詩謎即戛然而止。己
卯、庚辰、有正諸本批註大致相同，甲辰本雖較簡單，但都點出詩
謎的暗示，列藏四條批語，只是點出作謎者。但這段之前，正文有
這麼幾句話：

　　……賈母因說：「你瞧瞧那屏上均是他姐妹們做的，再猜

　　　一猜我聽。」賈政答應起身，走至屏前，只見頭一個寫道：

能使妖魔膽盡摧，身如束帛氣如雷。

一聲震得人方恐，回首相看已化灰。

賈政道：「這是炮竹，吓？」寶玉答道：「是。」賈政又

看道：

天運人功理不窮，有功無運也難逢。

因何鎮日紛紛亂，只爲陰陽數不同。

賈政道：「是算盤？」迎春笑道：「是。」又往下看是：

階下兒童仰面時，清明粧點最堪宜。

游絲一斷渾無力，莫向東風怨別離。

賈政道：「這是風箏？」探春笑道：「是。」又看道是：

前身色相總無成，不聽菱歌聽佛經。

莫道此生沈黑海，性中自有大光明。

這裏讀者應毫無困難地了解到各謎的作者。元春不在，

由寶玉代答，其餘次序是迎春、探春、惜春，迎、探兩

人自己揭曉，此段未完，惜春還沒露面，但最後一謎是

她作的，應不成問題。因此，列藏這四條比甲辰還要簡

化的批語未見特色，只取己卯、庚辰、有正的頭一句。

「陳文」的意思，以爲元迎探惜四個謎是很自然很順序的安排，所以說「讀者應毫無困難地了解到各謎的作者」，因此認爲簡單的列批較後於較繁的脂批，而推測列批「只取己卯、庚辰、有正批的頭一句。」但我們如果設想「此回未成」、「此回破失」的一回小說，存在著四個謎語，沒有一個表白出謎語的作者，除中間兩個謎語，迎春、探春笑道應「是」，可以說是作者的暗示外，照此類推，其他第一個謎的作者也可能是寶玉，如果說元春不在，由寶玉代答，而文中只說「寶玉答道：是。」卻沒有說「寶玉代答道」，這已很難不使讀者心中納悶。況且原書寫到第四個謎，更不知道是誰作的，因此批書者讀到此處，橫亙胸中的第一個念頭，便是「這四個謎的作者是誰？」批書者爲了解答這個提問，便清楚說明，「此是元春之作」、「此是迎春之作」、「此是探春之作」、「此是惜春之作」，這該是著筆最早的批語。肯定作者的問題後，纔有闡發作者身世與謎語印證的批語。所以我認爲列藏本的批語不但早於有正、甲辰，

也早於庚辰、己卯。試看甲辰本、全抄本、程乙本把佛前海燈一謎刪去，而有正本狄葆賢加上的眉批說：「惜春一謎是書中要旨，今本刪去，謬極。」恐怕也是因為「此後破失」之故。至於程乙本增加了寶玉、寶釵兩個謎語，又把庚辰本暫記的寶釵謎語，改屬黛玉，這都是因「此回破失」，沒有明白點出謎語的作者，以及引起種種的增刪和改動。我們不能拿現在的眼光心理，斷言那時的讀者「應毫無困難地了解到各謎的作者」。由後出種種改本的紛歧，可以證明批者指出謎語作者確有其必要。我們不應該疑心是刪削後出的批語，並且是摘取後出各批語的頭一句而成的。

「陳文」又舉第十八回雙行批，證明列藏本刪削批語，故列藏本後於己卯、庚辰、有正諸本。陳文說：

> 第十八回：第四齣離魂（有正齣作齣）
>
> 有正 650 牡丹亭中伏黛玉死。所點之戲劇伏四事，乃通部書之大過節、大關鍵。（己卯「牡丹亭中伏黛玉死」作「伏黛玉之死牡丹亭中」。）
>
> 甲辰：伏黛玉之死牡丹亭。
>
> 庚辰此批在行末作「之大過節大關鍵 第四齣離魂 ^{伏代玉死所點之}^{戲劇伏四事乃} ^{牡丹亭中}通部書。若依正常情形讀下去，即先請第一行右截，再讀左半截，接讀第二行，意思可懂，但文字不通。根據己卯批語，我們可以推測此段原書是這樣的：
>
> 第四齣離魂 ^{伏黛玉牡丹亭中所點之戲劇伏}^{四事乃通部書之大過節大關鍵}
>
> 由於過錄的人不小心，先抄第一行右半截，接抄第二行右半截，又抄第一行左半截，再接抄第二行左半截，就變成現在的樣子，原批還應跟己卯本一樣的。列藏本此處批注作：「牡丹亭中伏黛玉死。」如甲辰般已簡化了己卯、庚辰、有正的批。甲辰批取己卯庚辰之首句，列藏批則為有正之首句。這對我們了解各本批語之來源或有幫助。

以上「陳文」推測庚辰批語致誤的原因，頗為近似，但「離魂」下批語，實像兩段，陳文誤為一段。馮其庸「論庚辰本」云：

> 己卯本十七、十八回末尾元春點戲一段，在正文「第四

齣離魂」句下，有雙行小字批，抄寫的格式是：「伏代玉死」然後轉行與這一行并列寫牡丹亭中，這段批語即到此結束。然後在「伏代玉死」的死字下面，緊接寫另一條批語：「所點之戲劇伏四事，乃」，然後再轉行緊接上一段批「牡丹亭中」的中字下面，接寫「通部書之大過節，大關鍵」，在己卯本是「伏代玉死」云云和「所點之戲」云云，這完全是各爲起迄的兩段批語，在兩段分界處還畫一了一個圓圈以示區別。但庚辰本的抄者沒有注意這個符號，也沒有看出這是兩段不同的批，竟從形式事依直行一逕抄了下來，變成了這樣一段離奇古怪的文字：「伏代玉死，所點之戲劇伏四事，乃牡丹亭中通部書之大過節，大關鍵」。讀庚辰本的這段文字是無論如何讀不通的，一查己卯本，問題就十分清楚，連庚辰本所以抄錯的原因也一目了然。這一特殊的錯誤，也有力地說明庚辰本確是據己卯本抄的。

我們看見了己卯、庚辰本的眞相後，知道這四齣戲，每一齣戲下有一條雙行批，另外又有總論四齣戲之一的一條批。「陳文」把第四齣戲的一條批和總論四齣戲的一條批，誤捏合在一起，這是不符眞相的。「陳文」又根據誤捏合的批語，認爲列藏本少去一句、一段。其實總論四齣戲的一條批，列藏本根本沒有。而且「離魂」一批已決不是取有正的首句。列藏本四齣戲的批語作：「一棒雪中似賈家敗」，「長生殿中伏元妃死」，「邯鄲夢中伏甄寶玉送玉」，「牡丹亭中伏黛玉死」；每一批語的首句，「一棒雪中」、「長生殿中」、「邯鄲夢中」、「牡丹亭中」，句法排列自然而整齊，顯然是本來行文的形式。不但不是取有正的首來拼湊，甚至可以校正己卯本的誤倒。己卯本批語也應該作「牡丹亭中伏黛玉死」，纔與前三批行文一律。如果作「伏黛玉死牡丹亭中」，文意變成黛玉死在牡丹亭中，無論牡丹亭指的是書名，抑或是亭名，簡直都不成話説。所以列藏本這四條批語，不會在己卯、庚辰本之後，更不會在有正本之後。

至於第四回的護官符，下面皆註著始祖官爵並房次，甲戌、有正諸本，或作夾批，或作雙行批，皆誤正文爲批語，只有列藏本作正文

不誤，可見列藏本的底本是一個較好和較早的本子。總括來說，列藏本從正文、批語各方面來觀察，列藏本的底本，不後於庚辰，必先於有正。〔註23〕

第八章 「夢覺主人序本」研究

　　「甲辰菊月中浣」夢覺主人序舊鈔本紅樓夢，簡稱「夢覺主人序本」、「夢本」、「甲辰本」，民國43年在山西省發現，又簡稱「晉本」。現藏北京圖書館。由於尚未影印發行，研究篇章並不多見，僅有周祐昌先生「夢覺主人序本」的報導文章，一粟先生「書錄」的介紹，俞平伯先生「紅樓夢八十回校本」及陳慶浩先生「新編石頭記脂硯齋評語輯校」二書援引的片言隻語，今就本書體例，略加貫串，推究如下：

壹、概　　況

　　此本用朱絲欄紙，工楷精抄，字劃美好。八十回、書缺末頁。分裝八函，函五冊，冊二回，頁十八行，行廿一字。卷首有夢覺主人序說：

　　　『辭傳閨秀而涉於幻者，故是書以夢名也。夫夢日紅樓，乃巨家大室兒女之情，事有真不真耳。紅樓富女，詩證香山；悟幻莊周，夢歸蝴蝶；作是書者藉以命名，為之「紅樓夢」焉。嘗思上古之書，有三墳、五典、八索、九邱，其次有「春秋」、「尚書」、志乘、檮杌，其事則聖賢齊治，世道興衰，述者逼真直筆，讀者有益身心。至於才子之書，釋老之言，以及演義傳奇，外篇野史，其事則竊古假名，人情好惡，編者託詞譏諷，觀者徒娛耳目。今夫「紅樓夢」之書，立意以賈氏為主，甄姓為賓，明矣真少而假多也。假多即幻，幻即是夢，書之奚究其真假，惟取乎事之近理，詞無妄誕，說夢豈無荒誕，乃幻中有情，情中有幻是也。賈寶玉之頑石異生，應知琢磨成

器，無乃溺於閨閣，幸而關雎之風尚在；林黛玉之仙草臨胎，逆料良緣會合，豈意摧殘蘭蕙，惜乎標梅之歎猶存。似而不似，恍然若夢，斯情幻之變互矣。天地鍾靈之氣，實鍾於女子，詠絮丸熊，工容兼美者，不一而足，貞淑薛妹爲最，鬌婢嬝嬝，秀穎如此，列隊紅妝，敘成十二，猶有寶玉之癡情，未免風月浮貶，此則不然。天地乾道爲剛，本秉於男子，簪纓華胄，垂紳執笏者，代不乏人，方正賈老居尊，子侄蹻蹻，英年如此，世代朱衣，恩隆九五，〔此處當漏七字〕，不難功業華褒，此則亦不然。是則書之似眞而又幻乎？此作者之闢舊套，開生面之謂也。至於日用事物之間，婚喪喜慶之類，儼然大家體統，事有重出，詞無再犯，其吟詠詩詞，自屬清新，不落小說故套；言語動作之間，飲食起居之事，竟是庭闈形表，語謂因人，詞多徹性，其詼諧戲謔，筆端生活，未墜村編俗俚。此作者工於敘事，善寫性骨也。夫木槿大局，轉瞬興亡，警世醒而益醒；太虛演曲，預定榮枯，乃是夢中說夢。說夢者誰？或言彼，或云此。既云夢者，宜乎虛無縹緲中出是書也。書之傳述未終，餘怢杳不可得；既云夢者，宜乎留其有餘不盡，猶人之夢方覺，兀坐追思，置懷抱於永永也。甲辰歲菊月中浣夢覺主人識。』

這篇文章與戚蓼生、舒元煒等序文，同爲紅樓夢鈔本史上的幾篇重要文獻。據周祜昌先生說：

> 序文兩葉下腳，紙有破爛和橫縫，計行尾缺一字或二字的有十多處，此等缺字，在一粟先生的紅樓夢書錄中則并無殘短，如果是據當年原本未損時所錄存的則十分可貴，惟書錄「世代朱衣，恩隆九五」句下有方框空格七，而檢討原書原文，此處文字一體連貫，并無缺蝕之迹。此種現象，不知何故？一時尚想不出合理的解釋來。」〔註1〕

但是書錄再版時，已改正作括弧夾註說：「（此處當漏七字）。」〔註2〕

又夢覺主人何許人，未詳。周汝昌發現李斗揚州畫舫錄卷五「國朝傳奇」條，著錄清人傳奇劇本，有鴛鴦簪合一種，題爲「夢覺道人作」，二者關係若何，姑存備考。〔註3〕

〔註1〕 周祜昌，「夢覺主人序本紅樓夢的特點」，「資料」第239頁。
〔註2〕 「敘錄」第8頁。
〔註3〕 周汝昌，「新證」第1035～1036頁。

又序後有目錄，第十九回且有回目後評說：「此回寫出寶玉閑闖書房，偷看襲人，筆意隨機跳脫。復又襲人將欲贖身，揣情諷諫，以及寶玉在黛玉房中尋香嘲笑，文字新奇，傳奇之中殊所罕見。原本評注過多，未免旁雜，反擾正文，今刪去，以俟觀者凝思入妙，愈顯作者之靈機耳。」

貳、特　點

一、全書題名「紅樓夢」

根據甲戌本「凡例」說「紅樓夢」為是書之總名，可是我們今日所見的早期抄本，都稱「石頭記」，僅在己卯本第卅四回尾題「紅樓夢第卅四回終」，蘇聯抄本第六三、六四、七二回等四回末，並署有「紅樓夢卷××回終」，全抄本前八十回中，第一、第六十七回則作「紅樓夢第×回」，後四十回則除一一一回外，餘並以「紅樓夢第×回」為名，至於此本「凡目錄之前，每回前後，每葉中縫都明標『紅樓夢』三字，是與各脂本最顯著的區別之一，從前以為從程本才全書正署『紅樓夢』，有了夢本知道還是淵源有自了。」〔註4〕

二、冒頭與煞尾

所謂冒頭實即回目後批，晉本第一、二回還保留此種批語，「文字雖不與甲戌本盡同，卻如甲戌本降低二格之例，也低一格寫，保留了『總批』的形式。從這種地方看來，夢本所據底本與庚辰、戚序二本不同，比較接近甲戌本。」〔註5〕

至於煞尾即如傳奇戲曲中的下場詩方式，在每回末則以詩聯作結，晉本的煞尾形式和諸脂本比較的結果，可得如下：

（一）有四回相同

（1）第六回：正是「得意濃時易接濟，受恩深處勝親朋。」（甲戌、戚、全抄同，庚辰「易」作「是」）

（2）第七回：正是「不因俊俏難為友，正為風流始讀書」（甲戌、庚辰、戚本同，全抄上聯「難為友」作「為朋友」，脂列作「得意濃時易

〔註4〕同註1，第240頁。
〔註5〕同上，第240～241頁。

接濟，受恩深處勝親朋。」）

（3）第八回：正是「早知日後閑爭氣，豈肯今朝錯讀書。」（脂列「肯」作「有」，餘同。）

（4）第六十四回：正是「只為同枝貪色欲，致叫連理起戈矛。」（蒙同，戚本「戈矛」作「干戈」。）

（二）有一回不同

（1）第五回：正是「一覺黃梁猶未熟，百年富貴已成空。」（甲戌無，全抄作「夢同誰訴離愁恨，千古情人獨我知。」庚辰作「一場幽夢同誰近，千古情人獨我癡。」，戚本除「場」作「枕」，「近」作「訴」外，餘同庚辰。）

（三）有三回為晉本所無

（1）第十三回：正是「金紫萬千誰治國，裙釵一二可齊家。」（甲戌、脂列、庚、戚、全抄本同）

（2）第廿一回：正是「淑女從來多抱怨，嬌妻自古便含酸。」（脂列、戚本「從」、「自」二字，與庚辰上下聯中的位置對調。）

（3）第廿三回：正是「粧晨綉夜心無矣，對月臨風恨有之。」（庚辰、戚同，脂列「矣」作「意」）

（四）有四回為晉本所獨有

（1）第四回：正是「漸入鮑魚肆，反惡芝蘭香」。

（2）第九回：正是「忍得一時念，終身無惱悶」。

（3）第十八回：正是「暖入金溝細浪添，津橋楊柳綠纖纖，賣花聲動天街曉，幾處春風揭綉帘」。）

（4）第十九回：正是「戲謔主人調笑仆，相合姊妹合歡親」。

根據以上比較結果，晉本缺少三回的詩聯，其故未明，何況此本既不可能早於甲戌，難道說是後來的刪棄？可是從第四類獨有的詩聯，也可證明絕非刪棄，尤其這類獨有的煞尾回末詩聯。竟有第四、九兩回都是五言，聯語形式極為奇特，而第十八回也以七言絕句作為煞尾，真是聞所未聞，「且開全書之特例」。縱使第十九回以七言的普通詩聯作結，但是用語也和他回不類，雖然不敢疑為後人增補，也必讓人覺得殊有探討需要，可惜資料未全，不敢深論。

　　不過這種以「下回分解」或煞尾的「回末詩聯」作爲每回的結束方式，可說各有歷史傳承。前者是章回小說的顯明特徵，後者則爲戲曲傳奇中下場詩的流裔。如果以歷史文獻出現的時代而言，後者遠居回末套語以前；可是以紅樓夢的時代來說，就很難認定了。因爲這些必定是在纂成目錄，分出章回時的早期遺跡（從早期遺失的第六十四回格式可以知道），然而依據其進化的形式，既無套語，也無詩聯，應是最早期的格式。其後，可能想要脫離當時的結語舊套，襲取傳奇中的格式，所以別出心裁，創立新的風氣，並表現自己的一點才華，卻因撰聯時遭遇到種種的困難，更因從正文以至於回目等都還待補的階段，因此，不如選取簡便的「下回分解」以作結束。甚至幾回在套語下文有詩聯（如甲戌、戚本的第七回）有些又僅有「正是」二字，而需待加詩聯的種種格式，如庚辰本第六九回等。凡此聯語的複雜情形，是先是後，或有或無的原因，探討極爲不易，因此張愛玲女士的意見說：

　　此書各回絕大多數均有回末套語，也有些在套語後再加一副詩聯。庚本有四回末尾只有『正是』二字，下缺詩聯，（內中第七回另人補抄詩聯，附記在一回本的『卷末』。）可見有一個時期每一回都以詩聯作結，即使詩聯尚缺，也還是加上『正是』，提醒待補。各種不同的回末形式，顯然並不是一時心血來潮，換換花樣，而是有系統的改制。

　　第五回回末起初一無所有，然後在改寫中添出一副詩聯。可見回末毫無形式的時期在詩聯期之先。

　　有幾回詩聯在『且聽下回分解』句下。不管詩聯是否後加的，反正不可能早於回末套語。

　　至於回末套語與回末一無所有，是哪一種在先——如果本來沒有回末套語，後來才加上，那麼第五回加詩聯之前勢必先加個『下回分解』，就不會有這一類只有詩聯的幾回，也不會有幾回仍舊一無所有，因爲在回末空白上添個『下回分解』比刪容易得多，刪去這句勢必塗抹，需要重抄。顯然此書原有回末套語，然後廢除，不過有若干回未觸及，到了詩聯期又在套語下加詩聯。〔註6〕

〔註 6〕張愛玲，「二詳紅樓夢——甲戌本與庚辰本的年份」，「紅樓夢魘」，第121～122頁。

三、第廿二回末尾文字特色

脂列本第廿二回截至惜春謎中斷，庚辰本則在元迎探惜四個謎語之下，多出文句較繁的雙行批，也無「此後破失，俟再補」的眉批，並在另頁記明：

> 「暫記寶釵製謎云：
>
> 朝罷誰攜兩袖烟，琴邊衾裡總無緣。
>
> 曉籌不用人雞報，五夜無煩侍女添。
>
> 焦首朝朝還暮暮，煎心日日復年年。
>
> 光陰荏苒須當惜，風雨陰暗任變遷。
>
> 此回未（補）成而芹逝矣，嘆嘆。丁亥夏，畸笏叟。」

但是戚本則在惜春謎後，寶釵謎前多出這麼一段文字：

> 賈政道：「這是佛前海燈嗄？」惜春笑答道：「是海燈。」賈政心內沈思道：「娘娘所作爆竹，此乃一響而散之物。迎春所作算盤，是打動亂如麻。探春所作風箏，乃飄飄浮蕩之物。惜春所作海燈，益發清淨孤獨。今乃上元佳節，如何皆用此不祥之物爲戲耶？」心內愈思愈悶，因在賈母之前，不敢形於色，只得仍勉強往下看去。只見後面寫著七言律詩一首，卻是寶釵所作，隨念道：

又在寶釵謎後有：

> 賈政看完，心內自忖道：「此物還到有限。只是小小之人，作此詩句，更覺不祥，皆非永遠福壽之輩。」想到此處，愈覺煩悶，大有悲戚之狀，同而將適纔的精神減去十之八、九，只垂頭沈思。賈母見賈政如此光景，想到或是他身體勞乏亦未可定，又兼恐拘束了眾姊妹不得高興頑耍，即對賈政云：「你竟不必猜了，去安歇罷。讓我們再坐一會，也好散了。」賈政一聞此言，連忙答應幾個是字，又勉強勸了賈母一回酒，方纔退出去了。回至房中，只是思索，番來復去，竟難成寐，不由傷悲感慨，不在話下。且說賈母見賈政去了，便道：「你們可自在樂一樂罷。」一言未了，早見寶玉跑至圍屏燈前，指手畫腳，滿口批評，這個這一句不好，那一個做的不恰當。如同開了籠的猴子一般。寶釵便道：「還像適纔坐著，大家說說笑笑，豈不斯文些兒。」鳳姐自裡間忙出來插口道：「你這個人，就該老爺每日令你寸步不離方好，適纔我忘了，爲什麼不當著老爺攛掇，叫你也作詩謎兒。若如此，怕不得這會子正出汗呢。」說的寶玉急了，拉

> 著鳳姐兒，扭股兒糖似的只是廝纏，賈母又與李宮裁并眾姐妹説笑
> 了一會，也覺有些困倦起來。聽了聽，已是漏下四鼓，命將食物撤
> 去，賞散與眾人，隨起身道：「我們安歇罷。明日還是節下，該當早
> 起。明日晚間再頑罷。」且聽下回分解。

但是晉本卻無惜春一謎，探春謎後即接原屬寶釵的謎語，並改隸黛玉，另撰寶玉、寶釵二謎，然後以極爲簡短的文字作結說：

> 賈政看到此謎，明知是竹夫人，今值元宵，語句不吉，便佯作不知，
> 不往下看了。于是夜闌，杯盤狼籍，席散各寢。後事下回分解。

從上看來，戚、晉二本似乎在閉門造車的情形下，各自縫補這回的文字，以致形成不能合轍的兩種結尾文字。至於全抄這回的文字和程乙本僅有十餘個異文，可是和程甲的差異卻高達三、四百字。說明全抄若非程乙的底本即是根據乙本過錄，但是後者機會不大（其說詳見全抄本論述）。儘管全抄、程甲、乙還有這些的差異，然而若和戚本、晉本相較，還是各有同異，似乎介於二系之間。因此，周祜昌先生曾針對此點加以懷疑：

> 這種情況應如何解釋？莫非是戚本自補闕文，夢覺本也自補闕文，
> 各不相謀？但是爲何程本的謎語既從夢覺本，而收尾文字卻接近戚
> 本？這些都是有待研究的重要題目。〔註7〕

其實程偉元、高鶚當年既集諸抄本「詳加校閱」，知道第六十七回「此有彼無，題同文異，燕石莫辨」，則對第廿二回的未完之作，也必見過，並且曾經看到這兩種補法。因此，兼採二系的文字，將「朝罷」一謎歸諸黛玉，後面加入寶玉、寶釵二謎，如同晉本的補法；其後又如戚本的收尾方式，以致縫補的文字，恰是二者的綜合身影。並非諸本間毫無因果關係，而又具有如此的共同特徵。

參、批語概況

一、刪存的雙行夾註批

夢本無眉批及行間夾批，僅有雙行批語，其數量也較脂本爲少，據俞、周二氏所輯，又有不同，今列表如下：

〔註7〕同上，第243頁。

回數	1	2	3	4	5	6	8	9	12	13	14	15	16	18	19	20	21	22	23	24	30	32	37	64	共
俞平伯	79	19	7	3	9	10	21	1	5	3	1	1	4	9	1	1	4	8	4	3	1	1	1	1	197
周祜昌	88	18	15	8	17	9	24	0	6	4	0	2	3	9	2	1	4	8	4	4	1	3	1	1	232

二、分布不均勻的現象

「全書二百三十多條批，主要分布在前四十回。第一回最多，佔總
數的三分之一以上。後四十回中只有一條批——和戚本相近。

就批語最多的第一回說，甲戌本原批約一百七十條左右，其中與夢
本、戚本共同的佔五十條，單獨與夢本共同的佔四十條，單獨與戚
本共同的只有一條，下剩甲戌本獨有的八十條，戚本獨有的三條。

又可見夢本底本存批還比戚本多，比較接近甲戌本。可惜已經刪節，
若不是遭這一番毀棄，其總數量固當十分可觀，而且一定還會有別
本所無的批語。

下面各舉數例。第一回「按那石上書云」下有批云：

　　　　以下係石上所記之文。（戚本）

　　　　以石上所記之文。（甲戌本）

　　　　以□□石上□記之文。（夢本）

同回『最是紅塵中一二等富貴風流之地』下批：

　　　　妙極！走石頭口氣。惜米顛不遇此石。（甲戌本）

　　　　妙極！□石頭的口氣。惜米顛不遇此石。（夢本）

　　　　妙極！是石頭口氣。（戚本）

這是三本共有的。像這樣的第一回約有五十條。同回『且又縮成扇
墜大小的可佩可拿』下批：

　　　　奇詭險怪之文，有如韓蘇石鐘赤壁用幻處。（甲戌本）

　　　　奇詭險怪之文，有如韓蘇石鐘赤壁用約處。（夢本）

這一條是甲、夢共同而戚本所無的。像這樣的第一回約有四十條。

以夢本和甲戌本對看，甲戌本眉上、行間諸硃批，凡是與夢本共

同的，在夢本中都已歸入雙行夾注批。如好了歌後『陋室空堂』一般，甲戌本的眉批、行間批就很多，且爲他脂本所無。夢本卻有，而且都入夾批，各按部位，眉目一清。這是經過清抄的確據。〔註8〕

三、各脂本批語混入正文的情況

還有批語混入正文，得夢本而分疏清楚的情況。如第三回「黛玉方拜見了外祖母」句下：

> 此即冷子興所云之史氏太君也，乃賈赦、賈政之母。（據夢本。甲戌本、戚本無「乃」字。庚辰本「也」字移「母」字下。）

這兩句，脂本都作正文。夢本獨作夾批，顯然合理。到程本便沒有了，然而也正可印證，原是批語混入正文。

第二十二回「朝罷誰攜兩烟……打一物」下批：此黛玉一生愁緒之意。

後面「……象喜亦喜，打一物」下批：此寶玉之鏡花水月。

再下面「……恩愛夫妻不到冬。打一物」下批：此寶釵金玉成空。

這三條批語爲夢覺本所獨有。此回結尾補謎的問題已略見上文所述。夢覺本的補法不同，所以批語也連帶而發生新情況。這種批應出誰手？照我們的看法，把寶釵的謎硬行改派在黛玉身上，本不對頭；用「象憂亦憂，象喜亦喜」這種四書裡的話頭強按在寶玉頭上，也令人覺得十分奇怪。此種改補法應未必即如戚本的補法爲可靠，因此這三條批語的價值，恐怕也就不能和眞脂批相提並論了。〔註9〕

四、刪去署名及日期

此本完全沒有直接署名或日期批，但在第二十四回，寶玉和賈蘭賈環到邢夫人處，給賈赦請安，邢夫人單留下寶玉和姐妹晚飯一段，在「不在話下」句下，庚辰批注：

> 一段爲五鬼壓魔法引。脂硯。

〔註8〕同註1，「新證」第 1033～1034 頁。
〔註9〕同上，第 1034～1035 頁。

甲辰批註「法」作「作」，無署名。可知原批爲署名而被刪去的。故知甲辰批語，原爲脂批系統，不成疑問。因爲此書批語甚少，可供比對的署名批，除此之外，並沒發現。而日期批，更是一條亦沒有。大概亦都是被刪去了。」〔註10〕

肆、回目概況

晉本八十個回目和程甲本相較的結果，除了幾回一兩個字的差異，大體相同，這是現存的所有抄本裏和程甲本回目最爲密切的一本。難道說程本的回目完全襲自晉本，這種特殊現象如果再能輔以正文，也許論證程本前八十回的底本，及全抄本上的改文和後四十回的性質時，更有助益。至於和抄本間的回目，有些卻有很大的不同，如：

一、獨具的類型

第五回：「賈寶玉神遊太虛境，警幻仙曲演紅樓夢。」
第八回：「賈寶玉奇緣識金鎖，薛寶釵巧合認通靈。」
第九回：「訓劣子李貴承申飭，嗔頑童茗烟鬧書房。」
第十八回：「皇恩重元妃省父母，天倫樂寶玉逞才藻。」

二、同於此不同於彼的文字

第三回：「托內兄如海酬訓教，接外孫賈母惜孤女。」（蒙、戚、脂列本完全相同，己酉本略有小異。和甲戌、庚辰二系差異甚大。）
第六回：「賈寶玉初試雨雲情，劉姥姥一進榮國府。」
第七回：「送宮花周瑞嘆英蓮，談肄業秦鐘結寶玉。」（以上兩回全同己卯、庚辰，和甲戌本、蒙、戚不同。）
第四九回：「琉璃世界白雪紅梅，脂粉香娃割腥啖羶。」（同於己卯、庚辰、脂列本，遠於蒙、戚一系。）
其餘回目大抵相同或僅有個別字的差異。根據這種現象來看，其回目有些倒是近於己卯、庚辰這一系的文字，也有和脂列相同的，有些則是自己所獨具的類型。

〔註10〕陳慶浩，「紅樓夢脂評之研究」，「專刊」第六輯，第28頁。

伍、正文概況

一、刻意的刪改

　　以第二回爲例，脂、夢、程各本互校，異文總數多達四百條左右。其中屬夢、程二本特有，兩相一致的異文約二百條，夢、程二本不一致的異文約五十條。前者就是脂本經夢本纂改，程本相從的所在，後者的一部分就是夢本保留脂本原樣，程本又加再次纂改的所在。這個數字每回當然不會一樣，出入很大，但僅由上舉一例以窺其概況，就可見一斑了。

　　舉具體的例來看，第二回寫嬌杏自歸雨村「一步登天」成爲正室夫人，有一聯道是：

> 偶因一著錯，便爲人上人。（脂本）
> 偶因一回顧，便爲人上人。（夢本、程本）

這「一著錯」三字，是諷語，包含著作者的微詞感慨。到夢本「一著錯」改成了「一回顧」，程本相從，作者這份用心和文字上的曲折，就不容易看得出來了，話也變成極平庸無味的淡話了。……再引一段比較長些的看：

> 「雨村正值偶感風寒，病在旅店，將一月光景方漸愈。一因身體勞倦，二因盤費不繼，正欲尋個合式之處，暫且歇下。幸有兩個舊友，亦在此境居住，因聞得塩政欲聘一西賓，雨村便相托友力，謀了進去，且作安身之計。妙在只一個女學生，且兩個伴讀丫環。這女學生年又極小，身體又極怯弱，功課不限多寡，故十分省力。」（脂本）

> 「雨村在旅店偶感風寒，愈後又因盤費不濟，正欲得一居停之所，以爲息肩之地。偶遇兩個舊友，認得新塩政，知他正要請一西席教訓女兒，遂將雨村薦進衙門去。這女學生，年紀幼小，身體又弱，功課不限多寡，其餘不過兩個伴讀丫環，故雨村十分省力，正好養病。」（夢本、程本）

這又是夢本動手，程本相從的一例。這樣逐字逐句的改寫「工程」實在不小。但是爲何要如此費事改？改後效果如何？得失何在？似成爲問題。這也是我們應當全面加以研究的。

除了許多零星字句上的改動（如：「先上玉人樓」改「先上玉人頭」，「金雞彝」改「螯金彝」，「杏犀盃」改「點犀盃」，「冷月葬花魂」改「冷月葬詩魂」等等，不能備舉），第三回尾刪去「上頭有現成的穿眼」的玉形描寫，第四十八回看畫刪去香菱的指點和話語，第五十七回薛姨媽説起寶黛親事刪去婆子們湊趣的話，第六十三回刪去芳官改名「耶律雄奴」大段，第七十回放風箏的描寫刪簡……。

以上所舉，都是夢本動手，程本相從的改筆。〔註11〕

二、較程本保留不少脂本的原狀

但夢本在巨量刪改的同時，比起程本來，均仍保留了不少脂本原狀。如「赤瑕」非「赤霞」；「伏几少憩』非「伏几眈睡」；「誰知此石自經鍛鍊之後，靈性已通」之下沒有「自去自來，可大可小」八個字；「出處既明，且看石上是何故事？看官請聽」；風月鑒不曾空中飛出；「水溶」非「世榮」；「蔣玉菡」非「蔣玉函」；「花魂默默無情緒」非「花魂點點無情緒」；「女兒翠袖詩懷冷」非「女奴翠袖詩懷冷」；「嬌喘共細言皆絕」非「嬌喘共細腰俱絕」；待書（據脂本；夢本程本改「侍書」）對王善保家的話比程本簡；烏進孝和賈珍的對話比程本多一問一答；湘雲醉眠後不曾露天洗驗，是到紅香圃「用水」；晴雯的指甲是用剪刀剪，且非用口咬；六十二回香菱解裙後沒有那兩次「臉紅」，和要説不説的情態；六十七回文字和戚本近似；尤三姐是先淫亂而後改邪歸正，不是程本那樣由始至終保持正派，成為「完人」；七十七回柳五兒已死，不像程本留她到一百九回還要「候芳魂五兒承錯愛」；……

這樣舉例似乎太簡，來不及分析比較，不過再一申説話便太長。最後舉一個夢本保留，程本刪削的實例作為比較：

> 那道人道：「果是罕聞，實未聞有還淚之説，想來這一段故事，比歷來風月事故更加瑣碎細膩了！」那僧道：「歷來幾個風流人物，不過傳其大概，以及詩詞篇章而已。至家庭閨閣中一飲一食！總未述記。再者大半風月故

〔註11〕 同註1，第 243～245 頁。

事，不過偷香竊玉、暗約私奔而已，並不曾將兒女眞情
發泄一二。想這一干人入世，其情痴色鬼、賢愚不肖者，
悉與前人傳述不同矣！」那道人道：「趁此你我何不也去
下世度脫幾個，豈不是一場功德？」

這一段僧道一問一答，夢本尚存，到程本便不見了，只剩下道人的
話：

那道人道：「果是好笑！從來不聞有還淚之說。趁此你我
何不也下世度脫幾個，豈不是一場功德？」」〔註12〕

三、獨出的異文

除卻刪改和保留，夢本還有獨出的異文。如「班姑」作「班家」，「小
才微善」作「小才微技」，「閑情詩詞」作「閨情詩詞」，「倩誰記去
作奇傳」作「倩誰記取作奇傳」等，用字與諸本不同，不知這是所
據底本有異，還是出于點竄。〔註13〕

四、近於甲戌的文字

至於與諸本不同，而單與甲戌本相同的，如「石頭聽了，喜不能禁」
（庚辰本作「石頭聽了，喜不能盡」，戚本作「石頭聽了，喜之不盡」，
程本作「石頭聽了大喜」）「私訂偷盟」（庚、戚作「私討偷盟」），均
可以說明夢本底本與庚辰、戚序二本不同，比較接近甲戌本。甲、
夢、程三本相同或類似的地方更多，如：「本湖州人氏」（庚本「湖」
作「胡」，戚本無「氏」字），「他皆念作密字」（庚本無「他」字，
戚本「密」作「蜜」），「排場費用」（庚本「費」作「廢」，戚本無「費
用」二字），「匾上寫著斗大三個字」（戚本無「匾」字），都是庚、
戚兩歧，甲、夢、程一致的例子。所以説在歷來讀者熟悉的程本之
中，固然夾雜著夢、程二家的雙重改筆，但也保留了許多甲、夢一
系較爲優越的異文，足以爲庚、戚二系的訛文誤字提供校訂上的參
助。這是「紅樓夢」版本史上的「異數」，也可以説是「不幸中之幸」
了。

〔註12〕同上，第245～246頁。
〔註13〕同上，第246頁。

這一點似乎還很少人著重提出，故略爲揭舉。」〔註14〕

五、無意識的脫文

在我們例舉的百多條抄胥等無意間脫漏的文字，根據八十回校本的引文加以比較，可得如下的情況：

（一）諸本脫去，晉本存在例

（1）庚本脫去，晉本與己卯、戚、全抄、程甲、乙本共存例凡得四條，已具「論庚辰本」脫文一節。

（2）庚本脫去，晉本與戚、全抄、程甲、乙四本共存例凡得七條，已具「論庚辰本」脫文一節。

（3）庚本脫去，晉本與戚、程甲、乙三本共存例凡得一條。

（4）蒙戚本並脫而全抄、己、晉、程甲、乙並存例一條。

（5）戚本脫去，晉本與己、庚、全抄、程甲、乙五本共存例五條。

（6）戚本脫去，晉本與己、庚、程甲、乙四本共存例二條。

（7）戚本脫去，晉本與庚、全抄、程甲、乙四本共存例七條。

（8）戚本脫去，晉本與庚、程甲、乙三本共存例四條。

（9）全抄三本並脫，而晉本與庚、程甲、乙共存例二條。

（10）全抄脫去，晉本與甲戌、己、庚、戚、程甲、乙六本共存例一條。

（11）全抄脫去，晉本與己、庚、蒙、戚、程甲、乙六本共存例一條。

（12）全抄脫去，晉本與己、庚、戚、程甲、乙五本共存例二條。

（13）全抄脫去，晉本與庚、戚、程甲、乙四本共存例六條。

（14）程甲、乙底本脫去，而晉本與甲戌、己、庚、戚、全抄五本共存例一條。

（15）程甲、乙底本脫去，而晉本與庚、戚、全抄三本共存例三條。

以上共計四十七條爲晉本較其他脂本刻本略優之文字。

（二）晉本與諸本共脫例

（1）庚晉並脫，而戚、全抄、程甲、乙四本共存例一條。

這條文字在第七十一回裏，因此晉本和庚本這回的文字來源似有同源之嫌，所以陳慶浩先生在比較批語以後說：

〔註14〕同上，第 246～247 頁。

另外，甲辰本批註，有一條，和庚辰本的硃筆夾批相同，見於第十六回中，這表明：甲辰本批註中，亦雜有庚辰硃筆批的成分的。其所以數量如此少的原因是，庚辰在第十二至第二十八回間方有此類硃筆批，而甲辰此十七回的批語已是很少了，可資比較的機會並不多。相信甲辰本批註若不經一番減刪，或者庚辰眉夾批不只此十七回，則此甲辰批註與庚辰硃筆批相同的，當會更多。這是可以自第十一回前，甲辰與甲戌批夾批相同批語的數量，得到先例的。〔註15〕

這個結論與這條脫文可說不謀而合，而戚、全抄、程甲、乙四本不脫，則較二本爲遠。以上並具論於甲戌、庚辰、蒙府本脫文例，在此不多贅述。

陸、結　論

據周氏結論說：

> 夢本的這些特點證明：脂本，特別是甲戌本一系，是夢本的祖先；夢本又是程本的祖本。有了夢本，可以看出來從脂本到程本，當中經過怎樣一個過渡過程，可以分辨出那些是夢本（或更早）竄改，那些是程本竄改，關係很大。因此，這個本子在『紅樓夢』版本史上具有揭示各種眞相的重要作用，値得加以注意。〔註16〕

陳慶浩先生在比較甲戌本的批語後，也下如此的結論：

> 先討論甲辰本和甲戌本。由統計顯示，此二本相同批語最多。我們知道，甲戌本現只存第一至第八回，第十三至第十六回，第二十五回至第二十八回共十六回書。此十六回中，甲辰本計有批語一五八條，其中，相同於甲戌本的計一百四十七條，最多是甲戌行間夾批計九十八條，其次眉批二十一條，雙行批註十七條。雙行批註不必說，甲戌本的行間夾批和眉批在甲辰本中已成了雙行批註。故在這一點上看來，甲辰本批語在形式方面，自較甲戌本爲遲，乃是甲戌本的整理本後又經刪去批語的本子。但因爲二本相同批語如此多，可證甲辰本的批語，是屬於甲戌本系統的。」〔註17〕

〔註15〕同註10，第28頁。

〔註16〕同註1，「新證」第1035頁。

〔註17〕同註10，第27頁。

　　因此就晉本的諸點特徵來看，其遠祖應源自甲戌本一系，但是已開刪削
批語及正文的先河，恰好介於脂抄本及程刻本間的過渡，成為程本的祖本。
可惜至今尚未公開發行，否則詳細校對，一一分辨，則各種真象不難揭曉，
其價值更易評定。

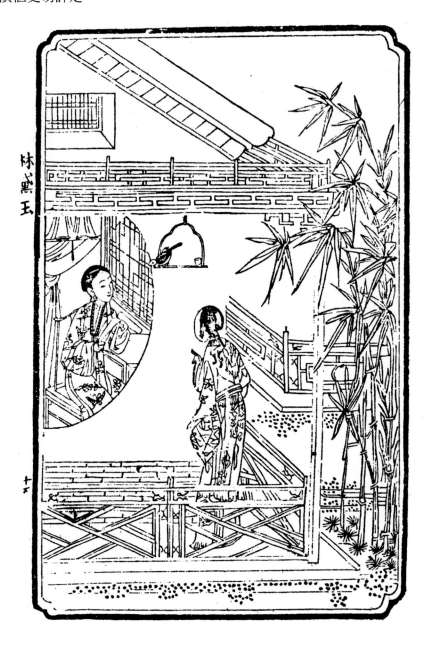

第九章　己酉本研究

　　吳曉鈴先生藏殘鈔本「紅樓夢」，以首有「乾隆五十四年」己酉（1789）舒元煒序，簡稱「己酉本」或「脂舒本」，由於未曾影印，研究篇章並不多見，至今僅有一栗先生的「書錄」版本項的介紹，俞平伯先生「讀紅樓夢隨筆」第卅四、卅五兩小節的論述，及文雷先生「紅樓夢版本淺談」第十小節五十四字的簡單說明，今綜合一栗及俞氏之文，略述如下：

壹、概　況

　　此本原爲八十回本，今存第一至四十回。首舒元煒序。次其弟舒元炳題沁園春詞。次目錄，因第四一至八十回的遺失而被撕去三頁，存第一至卅九及第八十回，共四十個回目。目錄及正文前均題「紅樓夢」。正文每面八行，行廿四字，無批語，只有第五回回首詩與戚本同。舒元煒根據俞氏考得的結果，證明是杭州人，字董園，他和弟弟舒元炳同來北京趕考，而應人作序，故自稱客，稱原藏者爲「筠圃主人」。其序文說：

> 登高能賦，大都肖物爲工；窮力追新，只是陳言務去，惜乎「紅樓夢」之觀止於八十回也。全冊未定，悵神龍之無尾；闕疑不少，隱斑豹之全身。然而以此始，以此終，知人尙論者，固當顚末之悉備；若夫觀其文，觀其竅，閑情偶適者，復何爛斷之爲嫌。刼乃篇篇魚貫，幅幅蟬聯，漫云用十而得五，業已有二於三分。從此合豐城之劍，完美無難；豈其探赤水之珠，虛無莫叩。爰夫譜莘胄之興衰，列名媛之動止，匠心獨運，信手拈來，情生乎文，言立有體，風光居然細膩，波瀾但

欠老成，則是書之大略也。董園子偕弟澹游方隨計吏之暇，憩紹衣之堂，維時潦暑蒸，時雨霈，苔衣封壁，兼□□問字之賓；盡簡生春，搜笈得臥游之具。迹其錦心繡口，聯編則柳絮團空；洎乎譎波詭云，四座亦冠纓索絕。處處淳于炙輠，行行安石碎金。□□斷香零粉，忽尋聲而獲爨下之桐；雖多玄□□□，□□□□□□□□□。筠園主人瞿然謂客曰：客亦知升沉顯晦之緣，離合悲歡之故，有如是書也夫？吾悟矣，二子其為我贊成之可矣。於是搖毫擲簡，口誦手批。就現在之五十三篇，特加讎校；借鄰家之二十七卷，合付鈔胥。核全函於斯部，數尚缺夫秦關；返故物於君家，璧已完乎趙舍。（君先與當廉使並錄者，此八十卷也。）觀其天室永絲蘿之締，宗功肅霜露之晨，乘朱輪者奚止十人，珥金貂者儼然七葉。庭前舞彩，膝下含飴，大母則宜仙宜佛，郎君乃如醉如癡。御潘岳之板輿，閑園暇日；承華歆之家法，密室朝儀。劉氏三妹，謝家群從，雅有荀香之癖，時移徐淑之書。林下風清，山中雪滿，珠合於浦，星聚於堂。絳蠟筵前，分曹射覆；青綾帳裏，索笑聯唫。王茂宏之犢車，頗傳悠謬；鄭康成之家婢，綽有風華。耳目為之一新，富貴斯能不朽。至其指事類情，即物呈巧，皎皎靈台，空空妙伎。鎔金刻木，則曼衍魚龍；範水模山，則觸地邱壑。儼昌黎之記畫，雜曼倩之答賓，善戲謔矣。姑謀樂也。代白丁兮入地，祓墨吏兮燃犀。歡娛席上，幻出清淨道場；脂粉行中，參以風流裙屐。放屠刀而成佛，血濺天桃；借冷眼以觀時，風寒落葉。凡茲種種，吾欲云云，足以破悶懷，足以供清玩。主人曰：自我失之，復自我得之，是書成而升沉顯晦之必有緣，離合悲歡之必有故，吾滋悟矣。鹿鹿塵寰，茫茫大地。色空幻境，作者增好了之悲；哀樂中年，我亦墮酸辛之淚。昔曾聚於物之好，今仍得於力之強。然而黃壚回首，邈若山河（痛當廉使也）；燕市題襟，雨分新舊。辨酸鹹於味外，公等洵是妙人；感物理之無常，我亦曾經滄海。羊叔子峴首之嗟，於斯為盛；蓋次公仰屋之嘆，良不偶然。斗筲可飲千鍾，且與醉花前之酒；黃粱熟於俄頃，姑樂遊壺內之天。客曰善。於是乎序。乾隆五十四年歲次屠維作噩且月上浣虎林董園氏舒元煒序並書於金臺客舍。

從這篇序文裏透露的消息，我們知道如下數點：

一、筠園所藏原是其先人與當廉使並錄的八十卷本，傳到他手上時，僅

存五十三篇，後向鄰家借來廿七卷，使己酉本成為拼抄的八十回本，從「第五回抄寫的筆跡亦跟第一回至第四回的迥別，尤為明證。」〔註1〕而且可以證明前面四回似乎裝訂成冊，近於甲戌、戚本的形式。

　　二、紅樓夢這時已有百廿回的傳說，而筠圃所藏僅是二于三分」「數尚闕夫秦關」，因此，「惜乎紅樓夢之觀止於八十回也，全冊未窺，悵神龍之無尾；闕疑不少，隱斑豹之全身。」俞平伯先生根據此序，即作如下的推論：

　　　　乾隆末年雖有紅樓夢百二十回的傳說，我們以前的說法不必因之推翻，卻需要一些修正和說明。可以有下列三種不同的揣想：

　　　　（1）百二十回即百十回的傳訛，因相差不過十回而已。（2）曹雪芹可能有過百二十回的計劃，後來才有這樣的傳說。以石頭記之洋洋大文，用三十回來結束全書，的確也忽促了些。（3）從雪芹身後（1763）到程本初行（1791）這十八年之中，有人續作四十回合於前回，冒稱原著，卻被程偉元高鶚給找著了。程序所謂：

　　　　　　爰為竭力搜羅，自藏書家甚至故紙堆中，無不留心。數年以來僅積有廿餘卷，一日偶於鼓擔上得十餘卷。遂重價購之，欣然繙閱，見其前後起伏尚屬接筍，然漶漫殆不可收拾。」

　　　　也非慌言，可能是事實，不過他買了個「銃貨」罷了。這樣便動搖了高續四十回的著作權，而高的妹夫張船山云云，不過為蘭墅誇大其詞耳。程偉元所云：

　　　　　　乃同友人細加釐剔，截長補短，抄成全部。

　　　　當然指的是高鶚。但他究竟寫了多少，現在無法知道。以上所云也不過是我的懸想，尚留待海內學人論定。〔註2〕

這篇序文和戚蓼生、夢覺主人的序成為鼎立之局，同是紅樓夢版本史上極為重要的序言之一。

貳、回　目

　　己酉本存有四十一個回目，從這些回目中，和諸本除了個別文字的異同

〔註1〕俞平伯，「讀紅樓夢隨筆」，「專刊」第四輯，第48頁。
〔註2〕同上，第46～47頁。

外，有些差異較大的回目，今略說如下：

第三回：「托內兄如海酬閨師，接外孫賈母憐孫女」和諸本都有不同。既不同於甲戌，也遠離己卯、庚辰，和脂列、晉本、蒙、戚雖有貌似之處，卻又不完全相同。

第五回：「靈石迷性難解仙機，警幻多情秘垂淫訓」獨自成為一類，和甲戌、己、庚、晉本三類又完全不同。

第六回：「賈寶玉初試雲雨情，劉姥姥一進榮國府。」

第七回：「送宮花周瑞嘆英蓮，談肄業秦鍾結寶玉。」

第八回：「薛寶釵小宴梨花院，賈寶玉逞醉絳雲軒。」（第八回「小宴」總目作「小羔」，「逞」總目作「大」。）

以上三回回目同於甲戌，第六回回目和諸本微有不同，第七、八回則和己卯、庚辰或蒙府、脂列、戚本二系差異較大。

第廿五回：「魘魔法叔嫂逢五鬼，通靈玉蒙蔽遇雙仙」（「叔嫂」庚辰、蒙、戚即作「姊弟」。）

第廿六回：「蜂腰橋目送傳密語，瀟湘館春困發幽情」（「密語」甲戌、庚辰、晉本、蒙、戚即作「密意」、「蜂腰橋」脂列、全抄作「蘅蕪院」）

第七十九、八十回，脂列本合而為一；庚辰雖然分開，未撰回目；而這本第八十回已有回目，可見正文早已分開。回目也和諸本不同，自成一系，作：

夏金桂計用奪寵餌，王道士戲述療妒羹。

此外如第十七、十八回詳見正文論述，在此暫不多談。

根據以上回目的比較結果，有此本獨特的回目，如第三、五、八十回等。有和諸本稍有不同的回目，如第廿五、廿六回等。但是第六、七、八等三回回目全同甲戌，和己庚一系或蒙府、脂列、戚本一系差異甚大，說明其有部分底本可能來自甲戌本一系。尤其近三十個回目全同脂本，足以證明己酉本的確是一個刪批的脂本無疑。

參、正　文

一、第十七、十八回已分回——但是既有別於刻本，也與戚本不同，
更與全抄有異，其「第十七回特別的長，直敘到元春回家，石頭大

發感慨為止，故目錄下句——有『賜歸寧』之文，第十八回從元春
進園開始，遂有『隔珠簾父女勉忠勤』之說。總括地說，這三種本
子的目錄都相當地配合了本文，很難說那一個最好。不過殘本分回
自成一格，可見這本確在程高排印以前，與戚本相先後，其時石頭
記尚在傳抄中，未有固定的面貌，可以自由改動的。——雖然有些
地方是妄改。」〔註3〕

二、第一回記甄士隱看見太虛幻境的牌坊，上有七言對聯，看紅樓
夢的大概都記得，即「假作真時真亦假，無為有處有還無。」卻不
道這本偏是五言：

　　　　色色空空地，真真假假天。

有人說大約從城隍廟裏的「是是非非地，明明白白天」偷來的，殆
非石頭原作。這且不去說他。尤特別的到第五回上賈寶玉游太虛幻
境，看見對聯，又改回七言的原詞，難道幻境換了楹帖嗎，當然不
是的。〔註4〕

可見因為二本的拼湊，一本尚留原貌，一本則改得過於失真，留下如此的矛
盾。

三、第十三回記秦可卿的死，本有個老問題，即「無不納罕都有些
疑心」，脂本程甲本都作「疑心」，而程乙本以來改作傷心，這問題
算已解決了。這本不但作「疑心」，在下面還多出一句話來：

　　　　彼時合家無不納罕，都有些疑心，說他不該死。

這不見得是作者的手筆。但強調這「疑心」兩字，說秦可卿決不是
病死的，卻不失作意。這又證明妄改作「傷心」，時間比較晚，大約
從程乙本開始（1792）。有正本作「傷心」，疑亦非戚本之舊，可能
近人根據刻本改的。後來的嘉慶道光本並非作「傷心」。但這傷心兩
字並沒有能夠統一起來，到光緒間石印金玉緣本又作「疑心」，且附
一條很好的夾注（見紅樓夢研究177頁）。從這裏看出，晚近的本子
反而回頭有些地方跟原本接近，可見紅樓夢的板本流傳，無論在前
半部或後半部，其情形均是非常複雜的。

此外這第十三回還有一個特點，古怪且近荒謬的異文特別多。這個

本子原近戚本但在這回差得很多，姑錄數段，以供談助，不再多費筆墨了。

如太監戴權來祭秦氏，賈珍趁勢花一千二百兩銀子給賈蓉搞了一個五品龍禁尉，戴權走時，賈珍送他。

戴權在轎內躬身笑道：「你我通家之好，這也是令郎他有福氣造化，偏偏遇的這門巧。」

在轎內躬身：說賈家與太監通家之好；賈蓉才死了媳婦，而反說他有造化；這都是奇怪的。

又如賈珍求鳳姐協理寧府這一大段，文字很特別，又添了許多，而且不見好。

賈珍笑道：「嬸嬸意思姪兒猜著了，是怕大妹子勞苦了。若說料理不來，我保管必料理的來。他料理的便是錯一點兒，別人看看還是不錯的。……嬸嬸不看姪兒，也別看姪兒媳婦現在病著，只看死了的分上罷。況且姪兒素日也聽見說他們娘兒兩個很好，又很疼姪兒媳婦的。」

（鳳姐）便向王夫人道：「大哥哥說的這們懇切，太太就依了罷，省的大哥只是著急。」王夫人悄悄的問道：「你可能麼？」鳳姐道：「有什麼不能的，學著辦罷咧。外面的大事大哥哥已經料理清了，不過裏頭照管照管，便是我有不知道的，再請示太太就是了，難道太太不賞我主意麼。」王夫人聽他說的有理，又兼著寶玉在傍邊替賈珍說了幾句，王夫人便不則聲。

王夫人又說：「我方才不是不肯叫你大妹妹管理事件，但恐他年輕不懂事的原故。豈有一家子有事反不張羅，必定還等你再三求嗎。你心裏到別不好思想。」賈珍道：「姪兒知道，嬸嬸的算計週到。」便向袖中取了寧國府的對牌出來，命寶玉送於鳳姐。

這些文字與今本差異很多，讀也亦必一目了然罷。〔註5〕

四、又如第十六回的結尾「秦鍾之死」，通行刻本與有正本不同，我在「紅樓夢研究」上（86、87頁）曾說過。程排以下各刻本只寫眾小鬼抱怨都判膽怯為止，下邊接一句「畢竟秦鍾死活如何」，就算完了。到第十七回開場，秦鍾已死了，也就是說他始終沒有醒過來。有正戚本在眾鬼抱怨都判以後卻多了一段：

〔註5〕同上，第48～50頁。

都判道：「放屁，俗語說的好，天下官管天下民，陰陽並無二理，別管他陰，也別管他陽，沒有錯的了。」眾鬼聽說，只得將他魂放回，哼了一聲，從開雙目，見寶玉在側，乃勉強嘆道：「怎麼不早來，再遲一步也不能見了。」寶玉攜手垂淚道：「有什麼話，留下兩句。」秦鍾道：「並無別話，以前你我見識自爲高過世人，我今日才知自誤了。以後還該立志功名，以榮耀顯達爲是。」說畢，便長嘆一聲，蕭然長逝了。

後來知道這也就是脂本的原文。看這殘本第十六回的結束，眾鬼埋怨都判，也有下文，既不同刻本；而文字很特別，又不同脂戚本。引錄如下：

> 「……他是陽，我是陰，怕他也無益。」此章無非笑趨勢之人，陽間豈能將勢利壓陰府麼。然判官雖肯，但眾鬼便不依，這也沒法，秦鍾不能醒轉了。再講寶玉連叫數聲不應，定睛細看，只見他淚如秋露，氣若遊絲，眼望上翻，欲有所言，已是口內說不出來了，但聽見喉內痰響若上若下，忽把嘴張了一張，便身歸那世了。寶玉見此光景，又是害怕，又是心疼傷感，不覺放聲大哭了一場。看著裝裹完畢，又到床前哭了一場，又等了一回，此時天色將晚了，李貴茗烟再三催促回家，寶玉無奈，只得出來上車回去。

這樣看來，本回記秦鍾的最後，便有了三種格式：（一）沒有下文，次回說他已死，當然不曾醒過來（刻本）。（二）雖有下文，都判卻拗不過眾鬼，也不曾醒過來（吳藏殘本）。（三）眾鬼服從都判，放秦鍾還陽，還跟寶玉說了一些話（脂本戚本）。自當以脂本爲正，程本妄刪，殘本卻是妄改而已。〔註6〕

此外，尚有零星妄改、誤脫、譌錯之例，俞氏也都摘要記於第卅五節中，不再煩舉。然而已經可以看出其妄改一斑，至於其底本無疑是個脂本，

> 如上言回目不同，也可以看出。即如脂本本來矛盾的地方，它也沒改，尤爲顯證。鳳姐本有一女叫大姐兒，後來在四十二回，劉老老命名爲巧姐兒，誰都知道，原不成問題的，但脂本前回偏說她有兩

〔註6〕同上，第50～51頁。

個女兒，一個叫巧姐兒，一個叫大姐兒，而且說了不止一遍，兩見本書。(第二十七、二十九回)。這本亦同。可見它的底本，的確也是個脂本。〔註7〕

肆、結　論

根據以上諸點的論述，己酉本的確是經過竄改正文，而且刪去批語的脂本，從全書題作「紅樓夢」之名，及有「百廿回」的傳言，這書必是乾隆四十九年夢覺主人序本之後至舒元煒在乾隆五十四年作序之前的一個過錄本。

〔註7〕同上，第51頁。

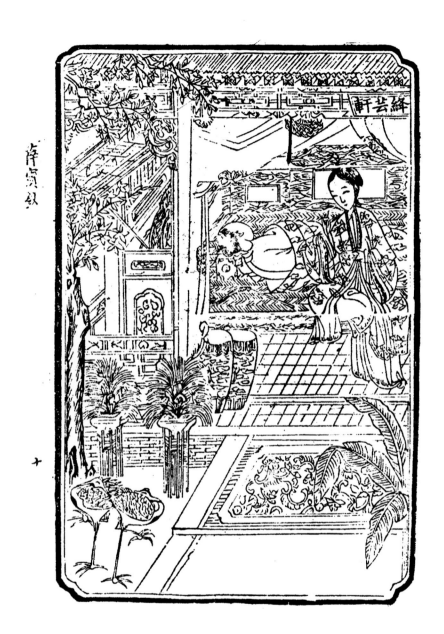

第十章　脂鄭本研究

　　鄭振鐸先生原藏的殘抄本「石頭記」，一般簡稱「脂鄭本」，鄭氏歿後已歸科學院文學研究所收藏。由於僅存一冊兩回，且未見影印，因此不受重視，研究篇章也少，只有俞平伯先生曾經稍加研討，並在八十回校本中附有部分的校文。此外，文雷先生的「紅樓夢版本淺談」第十一節「脂鄭本」部分也作了三行四十字的介紹，可是無足輕重，今藉俞氏一文概括介紹如下：

壹、概　況

　　原本回數不詳，或亦八十回本，今存一冊，第廿三回有十二頁，第廿四回有十九頁，共計三十一頁。可見此本每二回裝訂成冊。又每回題名「石頭記××回」，然而每頁中縫俱書「紅樓夢」，每半頁八行，行約廿四、五字。用木刻印就的烏絲欄紙抄寫，字跡工整，首有「皙庵」白文圖記，皙庵不詳何人名號？或為鄭氏收藏前的一位藏書人，二回全無脂評，但是可以確定屬於脂評系統。

貳、特　色

　　從異文比較的結果，可有四點特徵：

（一）書中人名的不同

　　這不必有什麼關係，有些似乎不很好，但差異總是非常顯著的。如賈薔作賈義，（二十三回一頁上）賈芹母周氏作袁氏（同頁下）花兒

匠方椿作方春，（二十四回十五頁下，按「方椿」本是「方春」的諧音，這兒直把謎底給揭穿了。）秋紋作秋雯，（十六頁上）檀雲作紅檀，書只有兩回，名字卻已不同了五個。

（二）名雖無異，而用法非常特別：

如茗烟焙茗。原來紅樓夢裡，一個人叫茗烟又叫焙茗，雖極小事，卻引起許多的麻煩。大體講來，二十三回以前叫茗烟，二十四回起便叫焙茗。（七）從脂評抄本這系列來說，二十三回尚是茗烟，到了二十四回便沒頭沒腦地變成焙茗。我認爲這是曹雪芹稿本的情形。程高覺得不大好，要替他圓全。所以就刻本這系列來說，程甲本二十四回上明寫著「只視茗烟改名焙茗的」（九頁），以後各本均沿用此文。無論從抄本刻本，均可以分明看得出作者的原本確是二十三回叫茗烟，二十四回叫焙茗。

這抄本雖只賸了兩回，恰好正是這兩回，可謂巧遇。查這本兩回書一體作焙茗，壓根不見茗烟。我想這是程高以外，或程高以前對原稿的另一種修正統一之法。就新發現的甲辰本看，又俱作茗烟，不見焙茗，雖似極端的相反，其修改方法實是同一的，均出程高『改名法』以外，可能都比程高時代稍前。因假如改名之說通行以後，便可說得圓，並無須硬取消一名，獨用一名了。

（三）關於小紅（紅玉）的出場敘述，頗有不同，也分幾點來說

（1）有正本第二十四回說：（賈芸）「只聽門前嬌聲嫩語的叫了一聲哥哥。賈芸往外瞧時，卻是一個十六、七歲的丫頭……」（各本大略相同）我從前看到這裡總不大明白，小紅親切地「叫了一聲哥哥」的不知是誰，下文又絕不見提起。在這殘本便作「只聽門外嬌聲嫩語叫焙茗哥」（二十四回，十三頁上），說明了叫的是誰，比禿頭哥哥，似比較明白些。是否合作者之意，卻另一說。

（2）小紅出場時的姓名，各本都用作者的口氣來敘述的。如有正本說：「原來這小紅本姓林，小名紅玉，只因玉字犯了林黛玉寶玉，便都把這個字隱起來，便叫他小紅。」但這殘本，卻是在小紅嘴裡直接向寶玉報了名的，下文便也不再用作者的口氣來敘了——「那丫頭聽說，便冷笑一聲道：爺不認得的也多，豈止我一個。我姓林，原名喚紅玉，改名喚小紅……」（二十四回十七頁）。最特別的是二

十四回的結尾一段。殘本文字簡短，又跟各本大不相同。如有正本『原來這小紅本姓林』以下至結尾，約有三百七十字，這本卻短得多，只有一百四十字，茲抄錄於下：

原來這小紅方才被秋雯碧痕兩人說的羞羞慚慚，粉面通紅，悶悶的去了；回到房中無精打彩，把向上要強的心灰了一半，朦朧睡去。夢見賈芸隔窗叫他，說：「小紅，你的手帕子我拾在這裡。」小紅忙走出來問：「二爺，那裡拾著的？」賈芸就上來拉他。小紅夢中（此處脫去一字）羞，迴身一跑，卻被門檻絆倒。驚醒時，卻是一夢。細尋手帕，不見踪跡，不知何處失落，心內又驚又疑。下回分解。（二十四回，十八頁下至十九頁）

這個寫法跟各本大不相同。特別是結尾很好，描寫她夢後境界猶在，以爲帕子有了，細細去找；這彷彿蘇東坡的「後赤壁賦」結尾的「開戶視之，不見其處，」似乎極愚，卻極能傳神。從心理方面說，把白天意識下的意中人在夢中活現了；又暗示後文手帕確在賈芸處，過渡得巧好。我認爲這樣寫法善狀兒女心情，不僅表示夢境恍惚而已。若一般的本子，如有正本：

那紅玉急回身一跑，卻被門檻絆倒唬醒，方知是夢。要知端的，下回分解。

便是照例文章，比較的平庸了。

（四）零零碎碎的異文，當然不能列舉，略引三條：

1. 繡鳳一把拉開金釧，嘆道：「人家心裡正不自在，你還奚落他，趁這會子喜歡，快進去吧。」（二三回四頁至五頁）這個拉開金釧的人，各本俱作彩雲，不作繡鳳。

2. 春夜即事云：「露綃雲幄任鋪陳，隔岸蠶更聽未眞。」（同回，七頁下）「露綃」各本俱作「霞綃」；但「露綃」可能是錯字。「隔岸蠶更」，脂庚有正俱作「隔巷暮更」。甲辰本作「隔巷暮聲」，程甲本作「隔巷蛙聲」。（慶案：二「暮」或爲「蟇」之誤，戚、庚、全抄並作「蟇」即「蟆」字。）這當然也有些好壞，在這兒不能詳辨了。

3. 那丫頭穿著幾件半新不舊的衣裳，到是一頭鬖鬖的好頭髮，（二十四回，十六頁下）黑鬖鬖，脂庚作「黑眞眞」，有正作「黑鬒鬒」，

甲辰程甲並作「黑鴉鴉」。〔註1〕

　　以上四點是俞先生列舉的異文及對這些異文所作的解釋，然而卻還有可議之處，因為以第三點的兩小節而論，足以證明脂鄭本正文已經刪節改動。如第一小節各脂本均作「叫了一聲哥哥」，未曾指名道姓，固然禿頭；而此本逕作「焙茗哥」，雖說明白，卻大失雪芹改定稿後的無窮韻味。另以第二小節，若據庚、戚、晉、全抄、程刻甲、乙各本，在上引的「那丫頭聽說便冷笑一聲道，爺不認得的也多，豈止我一個」下，說出自己因受排擠，未能做那眼面前的事，以致寶玉當然不會認得，並回昨日賈芸來訪之事，底下又穿插一段秋紋碧痕二人進院，看見小紅和寶玉二人的獨處，因不分青紅皂白，即給予一場惡意譏諷的搶白。最後才以第三者的口吻，說明小紅的來歷。但在那惡意譏諷前，除脂鄭一本外，諸本都還近似。可是作者說明一節諸本有很大的不同，最簡短者莫若「全抄」，僅得五十七字，脂鄭本也只有一百四十字，庚、戚、晉、甲、乙各本雖然略有不同，卻都長達三百七十字。在此相較下，應以全抄文字最早，也最簡短，以致其結尾未能銜接，說明全抄這兩回似非根據同一底本過錄，因此後來不得不再根據諸本補加三百十字左右的附條。可是脂鄭本情形則有不同。原來諸本以作者敘述小紅改名之由，到「不想今兒纔有些消息」一段約二百字，已被刪去，並在小紅揶揄寶玉說：「爺不認得的也多，豈止我一個」之下，附寫「我姓林，原名喚紅玉改名喚小紅。」數句，雖然更能表示小紅的攀高心志，卻使上段的文氣失去了光彩，一得一失，不見得有幾許的助益。且將「又遭秋紋等一場惡意」的結尾，改寫如以上的引文，雖善如蘇子後赤壁賦的傳神，仍須改動第廿五回的過門一段，否則必留破綻，無奈脂鄭本這回已佚，不知如何改法。可是一旦改動，則離原作愈遠，失真更甚。

參、結　論

　　俞氏為本書作結論時說：

> 從上面說的看來，這飄零的殘葉，只賸了薄薄的一本，短短的兩回，卻有它鮮明的異彩。它是另一式的抄本，可能從作者某一個稿本輾轉傳抄出來的，非但跟刻本不同，就跟一般的脂評本系統也不相同

〔註 1〕俞平伯，「讀紅樓夢隨筆」，「專刊」第三輯，第 70～72 頁。

　（甲辰本雖不題脂評，實際上也是的）。這是此本最特別之點。書既
　零落，原來有多少章回當然不知道，卻不妨武斷爲八十回本。再者，
　書名「石頭記」，又稱紅樓夢，這也是舊抄本的普通格式。書無題記，
　年代也不能確知。其原底必在1791程偉元排印本以前，也似乎不成
　問題了。〔註2〕

然而，從題名「石頭記」和近於抄本的正文來說：固然異於刻本；就其刪節
和更動脂本的原文，認爲跟一般的脂評本系統不同，也可成立；但是斷定作：
「它是另一式的抄本，可能從作者某一個稿本輾轉傳抄出來的。」則令人難
予首肯，因爲以上論述的幾處大段異文，在在足以說明後人就脂本刪節而成，
何況兩回全無脂評的白文本，及其中縫每頁俱書「紅樓夢」三字，使我們可
以推測其年代大概已在晉本之後，程刻本前，感染刪批、改文及全書題名「紅
樓夢」時一個失眞的過錄抄本。

第十一章　靖藏本研究

　　揚州靖應鵾先生家藏石頭記抄本，一般簡稱「脂靖本」或「靖本」，民國四十八年在南京出現。毛國瑤先生曾輯錄一百五十條與戚本不同的批語，名爲「脂靖本石頭記殘批選輯」〔註1〕。但在未及校錄正文異同之前，偶值靖氏外出，書被其家人售與鼓擔，而告迷失。民國五十四年毛氏曾把這些批語抄寄給吳恩裕、吳世昌、周汝昌等，其後，吳恩裕先生曾撰「夕葵書屋抄本石頭記」〔註2〕一文，周氏在「紅樓夢及曹雪芹有關文物敘錄一束」〔註3〕的「板本」項中，也詳細介紹，今就此數篇，略述如下：

壹、概　況

　　此本未標書名，無序，僅存前八十回。內缺廿八、廿九兩回及卅回末三頁，實存七十八回，分訂成十厚冊，然從書中之藍紙封皮及「拙生藏書」、「明遠堂」二顆篆文圖章所處的地位看來，抄寫頗精，並且原由十九小分冊合裝而成。「拙生」未詳何人名號，據毛氏說：「明遠堂爲靖氏堂名」，則改裝當在靖氏收藏之後。又書已十分敝舊，書頁中縫折處多已斷裂，字迹也時有蠹損及磨失之處。

　　此外，第一冊封面下粘有「丙申三月□錄」的「曹寅題張見陽所繪棟亭夜話圖詩句」長方形附條。民國五十三年，原藏者靖氏又發現同一式樣紙條，

〔註1〕「資料」第291～313頁。
〔註2〕「考稗小記」第67～68頁。
〔註3〕「文史論叢」第三輯（香港，中華書局，1964年），第357～387頁。

所書為針對「滿紙荒唐言」一詩的批語。首行題「夕葵書屋石頭記卷一」，吳、周二氏曾考「夕葵書屋」是清乾隆間全椒吳鼐字山尊的齋名，為詩文書畫俱能的名士，晚居揚州。富收藏，精校勘，又是八旗詩匯「熙朝雅頌集」的主要編纂者，因此其收藏的「石頭記」，恐非凡本。靖氏的先人原為八旗某氏，因罪由京遷揚州，並且可能和鼐有所交游，因此借來其書過錄部分批語。

貳、批　語

毛氏在民國四十八年所錄的批語，在五十四年曾經抄寄給吳恩裕、吳世昌、周汝昌等，民國六十三年被發表於南京師院的「文教資料簡報」總第廿一──廿二合刊上，但因為這是原本迷失以後，根據靖氏後人再向毛氏回抄的批語，因此略有譌誤出入的地方，其所以譌誤的主要原因是毛氏當年錄得的底本在五十三年時，又經人「用硃筆塗寫」過，造成靖氏後人的誤錄。因此毛氏又重新核校底本，再次發表於「資料」一書，形成先後二種批語，本文的論據乃以後者為準。

一、分布情形

全書七十八回中，第十一、十九至廿一、廿五至廿七、卅一至卅六、卅八至四十、四四至四六、五一至五二、五五至六二、六八至七七諸回，共計三十五回全無批語。其餘的四十三回則散佈著眉批、行間夾批、句下雙行批、回前回後批，硃墨雜陳。

二、批語範圍

靖本收錄的批語較己卯本一系的四閱評本為多，除收入甲戌、庚辰本等較後期的批語外，也多於各脂本的批語，而且和各本相同的批語內容又更為詳盡。

三、文字錯亂譌脫

靖本批語的錯亂譌脫現象異於一般的脂本，而且毫無規律可尋，如第七十六回四條批語，竟無一完整，但是凡屬重要的異文，卻大抵清楚明順。

四、眉批、夾行批錄自他本

據毛氏說：

> 第八十回最後幾條批實際上是二十七和二十八回的批語。本書缺二
> 十八、二十九兩回，我懷疑這兩回書失去較早，後來從他本抄批，
> 乃抄在第八十回後。此本眉批及行間批錄自他本，于此又得一證。」
>
> 〔註4〕

五、批語極爲突出重要

其他脂本具有的重要批語，在此本多有極爲重要的異文，如「西帆樓」、「遺簪」、「更衣」諸文字，而且時常道及後卅回事，甚至有些批語每具微言大義，如抄錄庚子山的「哀江南賦」等。

六、批語署名或提及其他人名及日期者較之他本爲多

即以人名而論，有「芹、芹溪、脂、脂硯、杏齋、畸笏叟」，日期就有「丁巳春日、丁丑仲春、壬午季春、壬午孟夏、壬午除夕、甲申八月、丁亥夏、辛卯冬日」等，其中丁巳、丁丑、甲申、辛卯四處，竟爲他本所無，又是此書批語特色。

七、轉錄夕葵書屋石頭記卷一的批語

據靖氏記憶：這本書的封面後，原貼有一紙殘頁，抗日戰爭前曾在抄本中見過，後來脫落，夾在別的書本內。因此民國四十九年毛氏閱讀這書的時候，並沒看到這紙附條，直到五十三年靖氏在袁中郎集裏找到。〔註5〕今將這條批語抄錄如下（參見書影三八）

夕葵書屋石頭記卷一

此是第一首標題詩，能解者方有辛酸之淚哭成此書。壬午除夕書未成，芹爲淚盡而逝。余常哭芹，淚亦待盡。每思覓青埂峯，再問石兄，奈不遇癩頭和尚何，悵悵。今而後願造化主再出一脂一芹，是

〔註4〕毛國瑤，「脂靖本石頭記殘批選輯」，「資料」第313頁。

〔註5〕俞平伯，「記夕葵書屋石頭記卷一的批語」，「紅樓夢研究集刊」第一輯（上海古籍出版社，1979年），第205～206頁。

書有幸，余二人亦大快遂心于九原矣。甲申八月淚筆。

卷二

俞平伯先生根據這條批語，得出如下的結論：

（一）可以解決甲戌本上「原批開首」、「批語中間」及「批語結末」諸問題。如甲戌本的批語以「能解者方有辛酸之淚哭成此書」作爲開頭，不免有些突兀，並且甲戌本將「能解者」及「淚筆」兩段分置於書眉，無法和正文中的文字對應。如果我們看到靖本上兩條匯合爲一的格式，就會找出甲戌本上的矛盾，及批語原來應有的格式和位置。假如我們再進一步的追查造成甲戌本上的矛盾的原因，更會聯想到甲戌本上「滿紙荒唐言」五絕詩的下面，因爲留白有限，所以在抄完「此是第一首標題詩」後，只好把「能解者」及「淚筆」分別置於書眉，形成今日甲戌本上的種種矛盾。

（二）可以校正甲戌本上的部分文字，如「獺頭」當作「賴頭」，「一芹一脂」或作「一脂一芹」。

（三）可以知悉還有「夕葵書屋」的藏本石頭記。根據開首題作「卷一」，其下始接一條批語，下文另起「卷二」兩字，已經殘缺，可以知道這紙是爲靖本藏者的抄補，而非夕葵本之舊。〔註6〕

參、正　文

據說此本「正文也有獨特的異文」，可是未曾詳細校錄之前，即已迷失，僅得如下數點：

一、第十三回，回前有一長批云：此回可卿夢阿鳳，作者大有深意，惜已爲末世，奈何奈何。賈珍雖奢淫，豈能逆父哉！因敬老不管，然後恣意，足爲世家之戒。秦可卿淫喪天香樓，作者用史筆也，老朽因有魂托鳳姐、賈家後事二件，豈是安富尊榮坐享人能想得到者，其言其意令人悲切感服，姑赦之，因命芹溪刪去遺簪更衣諸文，是以此回只十頁，刪去天香樓一節，少去四五頁也，一步行來錯，回頭已百年，請觀風月鑑，多少泣黃泉。」

根據這條批語的形式，這回的文字內容似乎近於甲戌本，而且早於庚辰

〔註 6〕同上，第 206～214 頁。

本。

二、「第十七、十八回在庚辰本原為相連的一個『長回』，此本已經
分斷，但分法與戚本不同，這一點和其他地方的一、二處痕跡，似
乎能夠證明此本的年代又比庚辰本略晚，而早于戚本。」〔註7〕

三、第廿二回的結尾文字，根據批語的推斷，應該如同庚辰本的未
完形式。

四、第六十四、六十七回俱在，並有批語，而且從批語所針對的正
文，第六十七回當屬戚本一系。（詳見蒙府本第六十七回論述）

肆、結　論

陳慶浩先生將靖本批語與他本作出比較表後，曾說：

表中第七項，靖藏本合甲戌一眉批一回末批為回前總批，第八項，
靖藏本的一雙行批註是甲戌本的眉批使我們知道，靖藏本批文的形
式比甲戌本要後些，換句話說，他是在甲戌的基礎上加添了批語，
經過再整理而成現存的面貌的。第九項、第十一項合二批為一批，
或變眉批為回前總批，都顯示靖藏較庚辰為後。〔註8〕

但是庚辰本的眉批已經確定自他本過錄，當然不能據此論斷其必晚於庚辰
本。不過周汝昌先生也說：

其間有三十五回全無批語，緣故未易遽斷，或者可能是有所集抄拼配
的一個本了。就它十七、十八兩回部分而言，說「比庚辰本略晚」，
蓋是；但又有比庚辰本為早的個別迹象。這些矛盾現象，或係因配抄
而產生。」〔註9〕

根據陳、周二位先生的研究結果看來，當是在甲戌本的基礎上，整理添加批
語的一本極為重要的過錄本子。

〔註7〕周汝昌，「靖本傳聞錄」，「新證」第 1050 頁。
〔註8〕陳慶浩，「脂評概況」，「專刊」第六輯，第 31 頁。
〔註9〕同註7，第 1050～1051 頁。

中篇　「乾隆抄本百廿回紅樓夢稿」

壹、概　論

　　民國四十八年三月，在北平文苑齋書店發現的「乾隆抄本百廿回紅樓夢稿」，爲目前發現的抄本中，唯一具有早期後四十回的抄本，故簡稱「全抄本」。由於原本封面題作「紅樓夢稿本」，所以又稱「紅樓夢稿」，其七十八回題有「蘭墅閱過」，故又稱「高閱本」，今藏科學院，又稱爲「科文本」，以上或就特徵，或以藏地爲名，今求行文方便，並簡稱爲「全抄本」。

　　這書在民國五十二年一月，曾經中華書局按原本影印，其後鼎文書局、聯經出版文化公司、廣文書局等又加翻版，因此市面上不難買到。

　　此本發現後，經過多位學者專家的研究鑒定，發表了不少的篇章，如：
　　（1）高鶚手定紅樓夢稿的發現　未署名
　　（2）談高鶚手定「紅樓夢」稿本　范寧
　　（3）關於紅樓夢一百二十回稿本底發現　嚴明
　　（4）乾隆抄本百廿回紅樓夢稿跋　范寧
　　（5）高鶚手定本述疑　廖斐雯
　　（6）最近由中華書局影印出版的乾隆抄本百廿回紅樓夢稿　束甫
　　（7）紅樓夢稿的成分及其年代　吳世昌
　　（8）關於高鶚續紅樓夢及其他　范寧
　　（9）談新刊乾隆抄本百廿回紅樓夢稿　俞平伯
　　（10）論乾隆抄本百廿回紅樓夢稿　趙岡
　　（11）讀乾隆抄本百廿回紅樓夢稿　潘師重規

（12）評紅樓夢稿本　宗德崗

（13）續談新刊乾隆抄本百廿回紅樓夢稿　潘師重規

（14）說高鶚手訂紅樓夢稿　林語堂

（15）論林語堂紅樓翻案　嚴明

（16）乾隆抄本百廿回紅樓夢稿題簽商榷　潘師重規

（17）論林語堂所謂曹雪芹手訂本紅樓夢之眞相　嚴明

（18）紅樓夢出自曹雪芹手筆　林語堂

（19）評林語堂對「紅樓夢的新發現」　葛建時、嚴冬陽

（20）論林語堂先生的「董董重訂本紅樓夢稿」　趙岡

（21）再論紅樓夢百廿回本——答趙、葛諸先生　林語堂

（22）再評林語堂先生對紅樓夢的新發現　葛建時、嚴冬陽

（23）紅樓夢論戰的篆文識別談　東郭牙

（24）論「己乙」及「董蓮」筆勢　林語堂

（25）論乾隆抄本百廿回紅樓夢稿的楊又雲題字　潘師重規

（26）高鶚上林語堂書　包正

（27）紅樓夢論戰裏的文字問題　趙尺子

（28）高鶚續貂的直接證據　羅稻仙

（29）論紅樓夢後四十回之僞——三評林語堂先生之新發現　葛建時、
　　　嚴冬陽

（30）紅樓夢稿中的糾纏　嚴靈峯

（31）續談乾隆抄本百廿回紅樓夢稿中的楊又雲題字　潘師重規

（32）初評紅樓夢——論全抄本（乾隆百廿回紅樓夢稿本）　張愛玲

（33）曹雪芹手訂一百廿回紅樓夢稿的商榷　陳慶浩

（34）陳慶浩「曹雪芹手訂一百廿回紅樓夢稿的商榷」摘要　潘師重規

（35）乾隆抄本百廿回紅樓夢稿改文多據脂本考　王錫齡

（36）中國文學史上一大公案　趙岡

（37）我看「中國文學史上一大公案」談乾隆抄本百廿回紅樓夢稿的收
　　　藏者高陽

（38）談紅樓夢稿　那宗訓

　　從上列舉的論文中，可以看出這部抄本如何的受到重視，並且問題也極
其複雜，由於其具有早期抄本上所缺少的後四十回及第六十七回，可藉以考

查抄本如何過渡到刻本的痕跡，因此其在版本史上佔有相當重要的地位。可是從這些篇章中，我們也發現到大家的意見紛歧不一，更有重加檢討的必要。

貳、行款格式

一、封面題簽

根據范寧的報導，這書的原本形狀是這樣的：

> 它的外貌大小就和這本「新觀察」差不多。當然不是報紙鉛印的，而是竹紙用墨筆抄寫的。竹紙很薄，年代久了，紙質變脆，容易破碎，顏色也由白色變成米黃色了。書的四邊的顏色，比起中間部份變得更深些。全書分裝十二冊，每冊十回，共計六百多頁，平疊放起來，大概有五、六寸高吧。封面上有一個題簽「紅樓夢稿本」，下署「佛眉尊兄藏」「次游簽」，朱墨分明，古色盎然。這就是這個抄本的外貌。」〔註1〕

再看稍後幾家的翻印，除了略有失真外〔註2〕，原來影本是儘量保存著原抄本的大小、分冊和裝訂形式。

影本的首頁封面有後加的標題「乾隆抄本百廿回紅樓夢稿」。

次頁即為原書封面，題「紅樓夢稿本」，下署「佛眉尊兄藏」「次游簽」，並分押「幼雲秘笈」「次游」等篆字陽文方形朱印。

第三頁則題「紅樓夢稿，乙卯秋月蓮公重訂」〔註3〕，其右旁和下面押有「猗歟又雲」篆字陰文方形朱印、「江南第一風流公子」篆字陽文方形朱印、「又雲考藏」篆字陽文方形朱印。

〔註1〕　范寧、「談高鶚手定紅樓夢稿本」，新觀察第十四期（1959、7），轉引自趙岡「新編」第270頁。

〔註2〕　如鼎文書局翻印版，改裝成二冊，改文中每有脫失，如第九回第二頁上最後一行三十三字的改文今已不見，第七八回第六頁上「搴」字的硃筆改文不顯等，似這些例子常常可以找到。至於聯經出版事業公司的翻印版，雖仍原式裝訂，卻已縮小版面，而重要的硃筆題字「蘭墅閱過」竟未套色。廣文書局則又以鼎文翻版覆印，錯誤全同鼎文書局版。

〔註3〕　此條題記林語堂先生誤認作「紅樓夢稿、己卯秋月董董重訂」，因此判斷這個稿本為曹雪芹的親筆遺稿，引起一場論戰，後經嚴明、葛建時、嚴冬陽、趙岡、潘石禪先生等撰文駁正，始告平息，今不從林氏之說。

　　第四頁則題「蘭墅太史手定紅樓夢稿百廿卷，內闕四十一至五十卷，據擺字本抄足，繼振記」〔註4〕，其下及左旁並押有「又雲」圖章，及「楊繼振印」篆字陽文方形朱印。

　　再下一頁又有一紙四周朱絲格欄，內題「紅樓夢稿，咸豐乙卯、古華朝後十日，辛白于源」，底下押有「于原私印」篆字陰文方形朱印。

　　其後有五頁紅樓夢目錄，共一百廿回。第七回下空白，無回目。然而前三頁是「科學院」收藏後的抄補。第四頁起始爲原本所有，因此第八十四回同一行即押有「楊」字、「繼振章」等鑑別章，可以考見楊繼振收藏時，即從這頁開始。

二、抄補部分

　　在討論到這本的內容以前，我們必須留心幾處抄補的地方。根據封面第四頁楊繼振的題記，已經確知原缺第五冊四十一到五十回十卷，後據擺字本抄足。今校對比勘後，證明楊氏按程甲本抄補，然而從筆跡來看，並不局限於這十回，我們還可以在其他回裏找到屬於楊氏的筆跡，茲分列於下：

第　十　回　　第四、五頁
第十一回　　第一、二頁
第　廿　回　　第五頁
第廿一回　　第一、二頁
第四十回　　第六、七頁
第五十一回　　第一至第四頁
第　六十　回　　第五頁
第六十一回　　第一至第四頁
第七十一回　　第一頁
第　八十　回　　第四頁
第　一百　回　　第四、五頁

　　以上共計十整回又廿二頁〔註5〕，都是楊繼振所補抄的部分，從這種抄補

〔註4〕「繼振記」三字原無識者，後經潘師石禪比照楊又雲舊藏的法書要錄，其上有「繼振又按」的簽名，筆跡和全抄本上的題字完全相同，始鑒定爲「繼振記」三字。

〔註5〕俞平伯先生「談新刊乾隆抄本百廿回紅樓夢稿」（見潘師石禪「新辨」附錄，

的現象，我們可以看出楊氏得到時，這部書的原款，除第五冊遺失外，每冊的首尾也略有損傷，因此楊氏都曾加蓋藏書印記以資區別。

三、裝　訂

藉著這些補抄的情況和藏書印記，我們可以斷定原來的裝幀方式是每十回為一冊：

第　一　冊　　自紅樓夢目錄第四頁至第十回第三頁。
第　二　冊　　自第十一回第三頁至第廿回第四頁。
第　三　冊　　自第廿一回第三頁至第三十回第五頁上半頁。
第　四　冊　　自第卅一回第一頁至第四十回第五頁。
第　六　冊　　自第五十一回第四頁下半頁至第六十回第四頁。
第　七　冊　　自第六十一回第五頁下半頁至第七十回第四頁。
第　八　冊　　自第七十一回第二頁至第八十回第三頁。
第　九　冊　　自第八十一回第一頁至第九十回第四頁。
第　十　冊　　自第九十一回第一頁至第一百回第三頁。
第十一冊　　自第百一回第一頁至第百十回第六頁。
第十二冊　　自第百十一回第一頁至第百廿回第四頁。

這十一冊當是楊氏收藏前的概況。唯一可疑的是第九回末頁及第十回首頁，並有藏書印記，大概是在楊氏收藏後，因為首冊加裝前面諸題籤時太厚，而重新分加改裝後才加押的罷！果真如此，則可斷定這書後來又經一次的改裝，重新恢復到楊氏抄補前每十回為一冊的款式。

四、抄寫格式

此書抄寫格式極不統一，約略可以分作三類：

（一）抄補部分

楊氏抄補的文字極易辨識，每回首行題作「紅樓夢第×回」，次行則為回目聯語，隨後即是正文，每半頁十四行，每行三十三字至四、五十字不等。

第 263～316）註〔二〕，所引補鈔回頁，除屬後四十回部分的三頁不計外，還缺第六十回第五頁，又將第廿四回附條誤作楊氏補鈔。趙岡先生「新探」第306～307 頁除補正前頁外，後者仍襲俞氏之誤。

（二）前八十回部份

除第一回、第六十七回外，大抵不冠「紅樓夢」三字，和回目聯語各佔一行，每半頁十四行，每行四十到六十字之間。只有第六十七回作十二行，和前八十回的行款稍有不同。

（三）後四十回部份

除第一百十一回、一百十二回外，全部加冠「紅樓夢」三字，並為十二行。但是第九十一回格式是十四行，第一百十一回則為十六行。這部分的每行字數從四十到六十字左右不等。

根據以上的行款來看，除了楊繼振補抄的部分是在程本紅樓夢通行以後外，餘為原書舊有。從前八十回中，僅有第一、六十七兩回題作「紅樓夢」，是否為過錄底本的原來東西，還是過錄時決定冠上「紅樓夢」作為書名的呢？如果屬於前者，倒是極其珍貴的史料，更能證明甲戌本，「凡例」中「紅樓夢旨義」的一脈猶存，也能確定己卯本「紅樓夢第三十四回終」這一行題字，恐非馮其庸先生所判斷的後加字，而且脂列本的題作「紅樓夢」，更非憑空創造。直到乾隆甲辰以後，晉本始以「紅樓夢」作為全書的書名，完全是這些不絕如縷的書名延續，並且恢復其歷史上的使命。如果說是後者，也能確定這書過錄的時間應在甲辰以後，尤其後四十回幾乎以「紅樓夢」作為書名，和第六十七回的題作「紅樓夢」同屬前後相差不遠的過錄，而其前八十回應來自題作「石頭記」為書名的底本罷！

又每半頁或十二行、十四行、十六行，這種紛歧不一的現象極為奇怪，依照正常行款是十四行，如前八十回則採取這種格式，但是第六十七回和後四十回大抵採用十二行，似乎為著容納大量的改文，而採取的變通方式，唯一例外的是清本中的兩回——第九十二回、第百十一回，個別採用十四行、十六行的款式，殊令人費解。

五、底本行款

由於全抄本每行四十到六十字左右，我們無法在現存的抄本裏找到對應的格式，似乎過錄時，已經變改底本的行款格式了。因此我們需要探討底本的行款到底如何？根據我們校對後，發現全抄本中的幾條重文，也可以考查其所根據的底本行款格式：

（一）全抄本回抄重文

1. 第三十七回第七頁上半頁（據中華書局影印「乾隆抄本百廿回紅樓夢稿」回頁，下同。）

……湘雲道如此更妙索性湊成十二個便全了也如人家的字畫冊頁一樣寶釵聽說又想了兩個一共湊成十二個「便全了」既是這樣竟弄成個菊譜了……

全抄本以「湊成十二個」重「便全了」三字，夾距三十字，庚辰、戚本作「又說道」。

2. 第九十二回第五頁上半頁（參見書影第三十九）

……詹光便與馮紫英一層一層折好收拾了馮紫英道這四件東西價兒也不貴兩萬銀他就賣母珠一萬鮫綃帳五千漢宮春曉與自鳴鐘五千賈政道那裏買的起馮紫英道「這四件東西」戚難道宮裏頭用不著麼……

全抄本以「馮紫英道」回抄「這四件東西」五字，夾距四十七字，後被抄胥發覺，點改作「你們是個國」，若跳抄兩行，則其底本似為刻本。否則是以具有改文的抄本重謄，恰與全抄本行款相同。

3. 第九十九回第一頁下半頁

……寶釵明知是通靈失去所以如此倒是襲人時常說他你為什麼把從前的靈機兒都沒有了倒是「襲人時常說他」忘了舊毛病也好怎麼脾氣還照舊獨道理上更糊塗了呢……

全抄本以「倒是」回抄「襲人時常說他」六字，後被點去，夾距廿三字。

（二）全抄本跳抄下行造成的重文

1. 第二回第三頁上半頁（參見書影第四十）

……子興嘆道先生休如此說如今這榮國府兩門也部蕭疎了「子興道正是」雨村道當日榮寧兩府的人口也極多如何就蕭疎了子興道正是說來也話長……

全抄本以鄰行有「蕭疎了」而跳抄下行「子興道正是」五字，夾距廿八字，後又點改作「不比先時的光景」。

2. 第十八回第五頁上半頁

……涉水緣山百般眺覽徘徊一處處鋪陳不一一樁樁點綴新奇賈妃「諭免」極加獎讚又勸以後不可太奢此皆過分之極已而至正殿諭免禮歸座大開筵宴……

全抄本跳行誤抄「諭免」二字，夾距二十三字，後因文意不順，校訂者特在旁加「△」號註明。

1. 第六十三回第四頁下半頁

……他若帖子上是自稱畸人的你就還他個世人畸人者他自稱「檻外之人是自謂」是畸零之人你自謙自己乃世中擾擾之人他便喜了如今他自稱檻外之人是自謂蹈於鐵檻之外了……

全抄本以「他自稱」而跳抄「檻外人自謂」六字，夾距二十六字。後又刪去此跳抄之六字。

根據以上六條重文，我們可以看出有四條是在改本部分：第二回、三十七回、六十三回各一條，並從一個三十字行款的底本過錄時造成的重文；而第十八回一條是從一個廿字行款的底本過錄時跳行的錯誤，可是這回的抄手在抄完整行也沒有發現，恐怕其根據的底本已經如此，直到改文的階段才發現錯誤，而在抄重的字旁加上「△」號註明。另外第九十二、九十九回的兩條則在後四十回的清本部分，第九十二回夾距四十七字，相當於改本部份一行的字數，似乎說明這些清本是根據改本過錄。但是第九十九回的回抄夾距卻為廿三字，則又近於刻本的行款，是否其中曾經刪節了部分文字，否則我們便不能肯定所有的清本都直接從現存的改本中過錄而成。因此根據後四十回的兩條重文，我們可以看出清本的行款若非呈現改本的行款，即從近於程本的行款過錄，然而後者的機會不大。此點在本章中將會詳細論述。

參、筆跡研究

全抄本的筆跡凡分硃墨二部分，今略說如下：

一、硃筆部分

全書共有六處，第卅七回有一處硃筆題簽說：「此處舊有一張附粘，今逸去，又雲記。」可知這裏原有一紙附條，在楊氏收藏前即已遺失，不過痕跡宛然可尋，所以楊氏在此作一題記。根據這條筆跡，我們也在同頁第七行第十二個字發現「到獲採薪之患」的「到」字，被硃筆改為「致」字，顯然這也是楊氏的隨筆改正。

另外還有四處硃筆，第七十八回佔了三處；在第六頁下半頁最末一行「搴」

之被改爲「寒，第七頁上半頁最後一行「下回分解」下，被加了一個逗號「、」，其左旁則有極爲重要的「蘭墅閱過」四字。第一百三回第二頁上半頁最後一行「兒子頭裏走，他就跟了個跛老婆子出了門……」，在「走他就」三字這個地方被硃筆塗去「他」字，並將「走就」鈎乙作「就走」，在「跟」字旁添加「後」字。此四處並用硃筆寫成，可是和上頭楊氏的那些筆跡顯然不同，當是楊氏收藏前已有。

根據一些專家對於「蘭墅閱過」四個題字的鑒定，范寧直認爲「這四個字和北京圖書館收藏的高鶚手抄『唐陸魯望詩抄』的封簽上題字相同」〔註6〕，可是也難憑此孤證肯定四字是高鶚的手筆，不過一般人還不敢說是僞造，如俞平伯先生就說：

> 先談這「蘭墅閱過」四字，我們無法說它眞，同時也無法說它僞。原藏者楊氏既認爲眞跡，且聞近有人查對過高氏的筆跡，據說看來差不多，因尚難成爲論證，但反證更不能成立，因此我想不說它假，大家或者不會反對罷。既認是眞跡，那麼高鶚自然看過這個本子的了。是否全部看過？如他爲什麼將這四字寫在第七十八回之後，這道理不大懂得，像范寧先生在提語裏的解釋似也尚欠圓滿。大概他是看過的了。看，就是看見什麼的問題。他所見還是比較清爽的原底呢，還是塗抹滿紙的改本？亦不可知。因爲這又牽連到改書人的時代問題。〔註7〕

唯有趙岡教授重新提出一種比對的方法：

> 在這裏我們不要忘記另外還有一套高鶚的筆跡可供對照比較。高鶚的在刻本上的序言後面說「敍並書」，所以刻本上此序是他親筆所寫，然後雕版印刷的。不但如此，比照之下，我們發現所有圖讚中的行書均出於高鶚之手。最明顯的就是「夢」字。通部此字寫法一模一樣。經過檢視，我們發現「蘭墅閱過」四字確是高鶚親筆。其「閱」字與序中「以告閱者」的「閱」字完全一樣。其「迴」字也與後面的「迴」字筆勢一樣。〔註8〕

趙教授說「所有圖讚中的行書都出於高鶚之手」，未免過於大膽，可是將此四

〔註6〕范寧，「談高鶚手定紅樓夢稿本」，轉引自「新編」，第286頁。
〔註7〕同註5，見「新辨」第308頁。
〔註8〕趙岡「新編」，第286～287頁。

字與高鶚序文互相比較，的確是一大突破。經過我們的檢視，證明足以成立。甚至第百三回的硃筆「後」字和「辛亥多至後五日」的「後」字，筆法完全相同，可以證明四處硃筆字應該是高鶚的親筆。

二、墨筆部分

在尚未析論墨筆文字之前，我們必須指出幾處與正文無涉的後加文字，即第七十二回末頁有三行文字：

第七十二回末頁點痕沁漫處，嚮明覆看，有滿文 字（案：字下原有「之」，後圈去。）影迹，用水擦洗；痕漬宛在，以是知此抄本出自色目人手，非南人所能偽託，己丑又雲。

其旁又有同樣筆迹的小字批注：

旗下抄錄吊張文字皆如此，尤非南人所能措意，亦惟旗下人知之。

這個滿文字迹果然在這半面的右上角，字形與楊氏所說的形狀符合，並且也似經過用水擦洗的痕述。據本師婺源潘先生石禪轉詢滿文專家李學智和廣祿二位先生，意爲「二篇」或「第二回」。〔註9〕

另一處也是楊氏的題字，在第八十三回第六頁下半頁說：

目次與元書異者十七處，眈其語意，似不如改本，以未經注寫，故仍照後文標錄，用存其舊。又前數卷起記或有開章詩四句，煞尾亦有，或二句四句不同，蘭墅定本一概節去，較簡淨。己丑四月，幼雲信筆記於臥雲方丈。

以上兩處都是楊繼振的題記，和正文第四十回第六頁上至第五十一回第四頁上補抄的部分，並屬楊氏收藏後的附加筆跡。至於楊氏收藏前的墨筆部分，在還沒有分析以前，我們必先說明現存底本版面上的兩種情況：

第一種情況是遺留很多刪改的痕述，我們稱之爲改本（參見書影第四二），其形成的過程應是這樣的：

（1）正文——即是根據若干的底本，分回逐行，一句一字的抄錄，偶而也有抄錯而經原抄手作了部分文字的訂正，這一類姑且稱爲正文。

（2）改文——在正文抄錄完成後，又經一道修改正文的手續，這種改筆

〔註 9〕潘師石禪，「論『乾隆抄本百廿回紅樓夢稿』的楊又雲題字」，「新辨」第 37～38 頁。

的痕跡非原抄寫人所改動，而是另一人的筆述，或在正文上直接改字，或加於正文之旁，這一類後改的文字，我們稱之為改文。

第二種情況則是其中幾回經過正文抄錄的手續後，再經改文的階段，也許覺得版面雜亂，難以閱讀，或經重謄繕清的部分（參見書影第三十九、四十），如吳世昌先生就說：

> 但是這後四十回的抄本，顯然也不是一個來源。例如從第八十一回至八十五回紙張較舊，筆迹也要好些，但是塗改得很利害。第八十六、八十七回卻很乾淨，幾乎沒有改動。第八十八至九十回又改添很多。從第九十〔九一？〕回至九十五回，又是沒有改動的乾淨篇幅。第九十六至九十八回，又是改添很多。從九十九到一百零五回又是乾淨篇幅。第一百六、一百七回又有些改動，但不如以前之甚。第一百八到一百十二回，又很乾淨（只有一百八回第四頁添了兩行，似為抄漏者）。第一百十三回有些改動，第一百十四、一百十五兩回全部未改，第一百十六至一百二十這五回又有許多改動增添文字。據此情形，可知這後四十回並非全是上述的兩個稿本來源。其中一乾二淨未予改動的幾回（校正抄錯之字不算改動），顯然已是謄清部份。只要把這些乾淨的幾回對一下程本，便可證明此點。又從這些謄清的各回看，其字迹大小，乃至行款復有不同，可知非一人一時所鈔。」〔註10〕

吳先生主張八一至八五、八八至九○，九六至九八、一○六、一○七、一一三、一一六至一二○回，共十九回，屬於改本部分，其餘都屬於清本。趙岡教授則基於吳先生的說法，作了一點小修正，他說：

> 前面剛剛提過，抄本後四十回中有廿一回被改過，而且是大改特改。但是另外十九回則除了改正個別的錯字外毫無改動。這一點很奇怪，無論這位改文的執筆者是在修改自己原稿，或是根據程丙本在校勘自己手中的另一個本子，按理說每回中都多多少少應該有些改動。我們也不能把這種情形歸咎於此人之疏忽或遺漏。如果此人是在修改若干回之後，忽然放棄修改工作，則這十九回無改文者應該是抄本最後十九回。但事實又不然，這十九回無改文者是夾雜在其他各回之間。對於此點，比較合理的解釋是：這十九回曾經被改動

〔註10〕吳世昌，「紅樓夢稿的成份及其年代」，「資料」第233～234頁。

過，但是因爲被改動的太多太亂，所以此人立即又重新謄清一遍。

這十九目是被改動又被清抄過的，所以與程丙本中的此十九回完全一致。〔註11〕

趙教授在調查後，將清本改末的範圍略作調整，雖然不曾明指那些回數，然而參照我們的校記，恐怕是將吳世昌先生主張的廿一回清本其中的第八十七回、一○八回，移入改本部分，使清本部分僅存十九回的罷！〔註12〕

清本改本既分，我們所要檢查的是全書的正文抄寫，約略可以分辨是由八種筆跡合抄而成：

（1）第一種——第一至六回、第十二至十四回、第十六回第一頁、第廿至廿一回、第廿三至廿八回、第卅六至卅九回、第六十七回、第七十五至七十六回第三頁的上半頁、第八十一回第一頁下半頁至第九十回、第九十六至九十八回、第一○六至一一○回、第一一五至一二○回，共四十八回左右。

（2）第二種——第七至十一回、第十五回、第十六回第二頁至第十八回、第廿九至卅五回、第四十回，共約廿六回。

（3）第三種——第十九回。

（4）第四種——第廿二回，第五十三回、第一百一十回，共三回。

（5）第五種——第卅七回第七頁下半頁第三行至回末、第六十五回、第六十六回、第六十八至六十九回、第七十六回第三頁至八十回，共約九回。

（6）第六種——第五十一回第五頁起至五十二回、第五十四至六十四回、第七○至七十四回，共十九回左右。

（7）第七種——第八十一回第一頁、第九十一至九十五回、第九十九至一○五回、第一一二至一一四回，共十五回。

〔註11〕同註8，第278頁。

〔註12〕日人野口宗親先生的「『紅樓夢稿』後四十回について」（「集刊東洋學」第廿八輯，1972年10月）也曾例舉塗改較少諸回，計有第八六、八七、九一——九五、九九～一○五、、一○八～一一二、一一四～一一五等凡廿一回，蓋襲用吳說（見第47頁）。但是宮田一郎先生的「『紅樓夢稿』後四十回について」（「人文研究（大阪市立大學）」第廿五卷第三期，1973年11月），則自廿一回中依據誤脫字的改正情況析出第一○八，一一五共兩回，轉屬改本部分。（第396頁）可是根據筆者的「校記」和改文的情況，應以第八七回較爲恰當。

（8）第八種——除楊氏補抄及原抄手自己的改動外，每回中的改文，又
　　　是自成一種筆跡，我們很難分辨是兩個改者交互的改動全書。

以上只是大略的分辨，我們沒有科學儀器的補助，無法再作更進一步的
分析，因此或有同中有異，異中有同，以致誤分誤合的情形。

肆、脂評研究

全抄本的評語已是刪削之餘，所存極少。除第一，二回的回目後評各一
條外，其他是雙行批註十六條，第一回五條，第四回四條，第七回七條，另
外混入正文的批語十條，第三、六、九回各二條，第六十三、七十，七十二、
七十四回各一條，共計廿八條，其中和戚本相同的計有十八條。〔註13〕

根據上頭的調查統計，我們可以看出全抄本現存的批語除回目後批外，
一律是雙行批的形式或其轉化，並且分布在第一冊和第七，八冊，因此可以
證明全抄本這三冊可能來自雙行批語的脂本。其中第七、八兩冊和戚本關係
較為密切，第一冊與己卯本也有因緣（詳見底本論述）。然而怡府的己卯本均
是刪去雙行批語的白文本，顯然全抄底本非直接由怡府的己卯本過錄，同時，
這一冊的珍貴更不待言，可惜的是已經刪削之餘，不能窺探其原底本的批語
全貌。至於其他回冊，雖然不見批語，並不能就此否定其非源於脂本，只是
沒有直接的證據罷了。

伍、回目研究

誠如程乙本「引言」說的：

> 書中後四十回係就歷年所得，集腋成裘，更無他本可考，惟按其前
> 後關照者，略為修輯，使其有應接而無矛盾。至其原文，未敢臆改，
> 俟再得善本，更為釐定，且不欲盡掩其本來面目也。

這種情形非但適用於正文，即於回目亦然，因此全抄本後四十回的回目若與
程本中的徐本，胡本，後期的覆刻本閣本、王本、亞東本等對校，僅有下列
數種個別的異同情況：

〔註13〕參見朱鳳玉，「紅樓夢脂硯齋評語新探」（中國文化大學中文研究所碩士論文，
自印本，民國68年6月）第177～181頁。

一、全抄本誤抄者三回

（1）第九三回：「甄家僕投靠賈家門，水月庵掀翻風月案」諸本並同，惟全抄本回目「掀翻」作「翻掀」，雖或可通，恐為誤抄。

（2）第九八回：「苦絳珠魂歸離恨天，病神瑛淚灑相思地」諸本並同，全抄本回首「灑」誤作「瀟」。

（3）第一一三回：「懺宿冤鳳姐託村嫗，釋舊憾情婢感痴郎」諸本並同，全抄本回首「憾」誤作「感」。

二、後期刻本臆改者二回

（1）第九四回：「宴海棠賈母賞花妖，失寶玉通靈知奇禍」諸本並同，閣本回目下聯作「失通靈寶玉有災咎」，將「寶玉」改為人名，未詳何據。王本則兼採程本與閣本的回首，回首、回目並作「失通靈寶玉知奇禍」，亞東程乙本原據王本排就，雖然號稱又依胡適先生所藏的乙本改動，仍有漏改未淨的地方。

（2）第一一八回：「記微嫌舅兄欺弱女，驚謎語妻妾諫痴人」諸本並同，只有王本「驚」誤作「警」。

三、未解書錄誤植或其所據底本原為異植字版者三回

（1）第八九回：「人亡物在公子填詞，蛇影盃弓顰卿絕粒」諸本並同，僅一粟先生所編「書錄」回目「粒」作「粧」，未詳何據，但是從本回末段說：「一日竟是絕粒，粥也不喝」，當作「粒」字為是。

（2）第一一四回：「王熙鳳歷幻返金陵　甄應嘉蒙恩還玉闕」「書錄」甲本、閣本回目「幻」作「劫」，王本回首、回目並作「劫」，或為甲本目錄之特色。〔註14〕〔註15〕

（3）第一百廿回：「甄士隱詳說太虛情，賈雨村歸結紅樓夢」「書錄」甲本回目作「甄隱士」，恐為誤植。

〔註14〕廣文書局「紅樓夢叢書——程乙本」和青石山莊「胡天獵叟本」，此回回首總目及分回回目並作「幻」，因此總目似為乙本系統。

〔註15〕全抄本後四十回勿論說法如何，其和程本後四十回的關係必定十分的密切，因此特別移到這裡合併討論。

四、程甲本特色者十回

（1）第八七回：「感秋聲撫琴悲往事，坐禪寂走火入邪魔」諸本大致相同，但是胡本、閣本、王本回首「秋聲」並作「秋深」，當爲甲本特色。考紅樓夢舌尖 -n、舌根鼻音韻尾 -m，在前八十回或後四十回中，時常相混，如「青埂」之隱喻「情根」等類，不勝枚舉，這是吳音系統的特殊現象。不過本回到底是「聲」字還是「深」字呢？從文義看來，並無不可，尤其又有歐陽文忠公「秋聲賦」可資佐證。可是自本文來說，作「秋聲」，除在「這裏黛玉添了香，自己坐著，纔要拿本書來看，只聽得園內的風，自西邊直透到東邊，穿過樹枝，都在那裏唏嗚嘩喇不住的響，一會兒，簷下的鐵馬也只管叮叮噹噹的亂敲起來。」略有對應外，仍不如黛玉琴曲的第一首明言「風蕭蕭兮秋氣深」來得貼切，則似以「秋深」爲佳。

（2）第九二回：「評女傳巧姐慕賢良，玩母珠賈政參聚散」──徐本、胡本回首「賢」作「從」，然而這回裏，寶玉幫巧姐講「列女傳」，一再的提到「賢能」、「賢德」，「有才」、「守節」等，因此當作「賢良」爲是，又可免與「慕」字意義重複。

（3）第九六回：「瞞消息鳳姐設奇謀，洩機關顰兒迷本性」徐本，胡本回首「關」誤作「闕」，此爲甲本特徵，「書錄」未載。

（4）第九九回：「守官箴惡奴同破例，閱邸報老舅自擔驚」「書錄」甲本「例」作「刑」，徐本，胡本同，此爲甲本誤字之特徵，據文義當作「例」字爲是。

（5）第一〇一回：「大觀園月夜警幽魂，散花寺神籤驚異兆」全抄本總目原同，後將「驚」改作「占」字，與「書錄」甲本、徐本、胡本、王本回目同。又「書錄」甲本、徐本、胡本、閣本、王本回首「警」作「感」，並可相通。閣本總目「警」作「驚」，恐爲誤字。

（6）第一〇三回：「施毒計金桂自焚身，昧眞禪雨村空遇舊」徐本、胡本回首「雨」誤作「兩」字，此爲甲本特徵。

（7）第一〇五回：「錦衣軍查抄寧國府，驄馬使彈劾平安州」「書錄」甲本、徐本、胡本，閣本、王本回目「驄」並作「驥」。

（8）第一〇六回：「王熙鳳致禍抱羞慚，賈太君禱天消禍患」「書錄」甲本、徐本、胡本、閣本，王本回目「禍」並作「災」字。

（9）第一一○回：「史太君壽終歸地府，王熙鳳力詘失人心」全抄本回
首、徐本、胡本、閣本、王本、亞東本回目、回首「王熙鳳」並作
「王鳳姐」。〔註16〕

（10）第一一二回：「活冤孽妙姑遭大劫，死讐仇趙妾赴冥曹」「書錄」
甲本、徐本、胡本、閣本回首「妙姑」並作「妙尼」。

以上十回，除第一一○回外，餘並為甲本特色，既異於全抄本，也不同於
乙本。

陸、正文研究

全抄本的正文，除了楊繼振補抄的十回又廿三頁外，餘為當年得到的原
有物。因此我們分析這部抄本之前，必先把補抄的部分扣除，其後才能更進
一步的談到正文方面。然而正文也是縫縫補補，不可一概而論。例如前面我
們分析筆跡的時候，曾經談到清本和改本的分野，前者即為後者的謄清過錄，
這類我們已經無法細分其底本的正文和改文的情形了。所以我們僅能就著改
本部分，去分析它的正文和改文，藉著這點分析的結果，約略可以探討出如
下的情況：

一、底本正文的分析研究

（一）底本正文的系統分析

「紅樓夢稿」一書，早已被紅學家視為「百衲本」，但是一般學者僅指出
楊氏補抄的部分，說得較為詳細的首推俞平伯先生。他認為本書是「百衲本」，
「曾經過兩度的抄配」，其狀況是這樣的：

一、收藏者楊又雲的抄配。楊氏在卷首明說：「蘭墅太史手定紅樓夢
稿百廿卷，內闕四十一至五十十卷，據擺字本抄足。」其實數並不
止此，其他各回經楊氏抄配甚多，約略計算有十八葉之多，其所根
據，經過大概查對，是程甲本；因為在他那時候「紅樓夢」流傳的
是甲本的系統。

二、原來的抄配。不止楊氏抄配而已，即原本也已經過抄配。如第三

〔註16〕據一粟「書錄」所附甲本回目此回作「王熙鳳」，乙本所附和甲本不同的回目
中也沒有提到，未知是「書錄」的誤失還是所見的為異植字版的本子。

十七回之首有朱筆一條：「此處舊有一紙附粘，今逸去，又雲記。」
按今三十七回開首較各本少一段，所謂附粘而又失去的紙大約就是舊
時的抄配。最顯著的抄配，如回末很成問題的第二十二回，即是整回
抄補的。又如第五十三回亦然。這兩回書並非脂硯齋本，寫得一清如
水，塗改很少。其所根據卻非程甲本而是程乙本，這和楊氏後來的抄
配不同。又對第六十七回另是一格，大體同程本而回末甚簡。

從上邊所說看來，八○回書約有十五回多的分量經過先後抄配，約
為百分之十八點五。其非抄配部分六十多回，大體看來都是脂本；
但即都是脂本，卻非一種本子，還是拼湊的，也有下列的情形：一、
抄者筆跡的差異，在全書往往可見。顯明的例，如第六十四與六十
五回，六十四回字跡很小又草率，而第六十五回行楷寫得比較好，
而且字大。二、一回之中也有拼湊。如第十六回首頁下半不曾寫完，
留了許多空白，第二頁開首有三行半和第一頁重複，被勾去了。又
如第二十七回起首兩頁實在只有一頁半，其第二頁之下半空白，而
第三頁之首行有重複的二十七個字被刪去。這拼湊的痕跡也十分顯
明。以上是說抄者筆跡的不同。三、即使抄者筆跡相同相似，而實
在這非出於同一的底本，因為故事前後不接。舉兩個例子：如第五
十五回開首各本均有老太妃欠安事，而這本卻沒有；到第五十八回
一頁卻有「誰知上回所表的老太妃已死」，所謂上回，即指第五十五
回，明非一個本子。但五十五回、五十八回抄者筆跡似乎相同。又
如第六十三回無芳官改名改妝二段文字，第七十回一頁芳官均有「溫
都里」「雄奴」之名，其不銜接也很顯明。這兩回筆跡也是相似的。
這就可見這個本子是拼湊的而且拼湊得很利害，這就增加了我們檢
查此本的困難，因為必需分別地觀察，而不能一概而論。〔註17〕

　　俞氏先把抄配的部分分為兩類：一類是楊又雲的抄配，其根據的底本為程
甲本，這和我們的校記完全符合。另外一類則為原來的抄配，可是俞先生將附
條列入其中，則改文也和附條無異，同屬抄配，如此分法是否適當，值得商榷。
但是第廿二回和第五十三回是否以程乙本配補，猶有爭論。至於第六十七回雖
然「大體同程本而回末甚簡」，可是如果加以檢討，此回的正文、改文都遠較程
甲，乙本簡單，只是較接近乙本的文字，而遠於程甲。只有少數幾字，和程甲

〔註17〕同註5，第264～265頁。

本不同,卻全部見於程乙本,(詳見上篇蒙府本第六十七回論述)因此,這回絕對不是根據程乙本抄配的。其餘諸回,俞先生認爲都是脂本部分,也仍有拼湊,其判別方法即筆跡,複重和矛盾部分。然而除複重部分的異同可資研判外,其餘筆跡和矛盾的鑑別,並不適合作爲直接分辨的標準,只能當作輔佐的資料。因爲紅樓夢洋洋灑灑近七十萬言,實非一人之力在短時間內可以獨自抄完的;況且既經五度增刪以及後人的臆改,前後矛盾,隨手可拾,不能據此斷定即爲不同的底本,其理甚明。所以本師婺源潘石禪說:

> 俞氏這段話把此本形容爲拼湊而成的「百衲本」,其實並不正確。當然,此本流傳到楊繼振手中時,已闕十整回及少數零頁,這自然是楊氏據刻本配抄的。但是原稿本卻不是隨意拼湊的。俞氏所舉的第一種拼湊情形,抄者筆跡的差異,這只能說是高鶚整理此書時,廣集各家原稿,勒成定本,他必然命抄手持舊稿本重抄,抄手不止一人,所以字體筆跡有差異。因此筆跡儘管不同,底本卻未必不同。至於俞氏舉的第二種拼湊情形,正是高程「廣集核勘,準情酌理,補遺訂訛」的實例。因爲第十六回首頁下半頁不曾寫完,而第二頁開首三行半在第一頁重複,這三行半的文字頗有出入,顯然是另一不同稿本。第一頁賈赦賈珍,第二頁作賈珍賈赦,比較起來,第二頁文字較差,所以將第二頁三行半文字鉤去。第二十七回第三頁首被刪去的二十七個字,第一句「紅玉連忙棄了眾人」,第二頁重複的文字作「紅玉連忙撇了眾人」,高鶚立意要紅樓夢口語化,「撇了」比「棄了」更覺順口,所以第三頁首重複的文字就被刪去了。俞氏舉的第三種拼湊情形,筆跡縱相同而故事前後不接,實在還非出於同一的底本。他說:「如第五十五回開首各本均有老太妃欠安事,而這本卻沒有;到第五十八回一頁卻有『誰知上回所表的老太妃已死』,所謂上回,即指五十五回,明非一個本子。」我以爲儘管故事前後不接,仍然不能證明是底本不同。〔註18〕

另外,吳世昌先生也曾分析過本書所用的底本,他說:

> 因爲這個鈔本的前八十回未改以前的原文是根據脂評本的石頭記過錄而來,而用墨筆刪改後的文字卻與程高刊行的百二十回本相同,我所以認爲據以刪改的底本應該是一個經高鶚刪改過的脂本,

〔註18〕潘師石禪,「續談新刊乾隆抄本百廿回紅樓夢稿」,「新辨」第33頁。

例如在山西發現的夢覺主人序本（即所謂甲辰本）。至於後四十回，其未改前的原文係從高氏一個初稿本鈔來，以後又用一個高氏的修改本校改。但這個修訂本，仍非高氏最後付刻的定本，故其中有一部分文字與程偉元的刊本不同。

據此，這個百二十回本的紅樓夢稿至少是從四個底本鈔集校改而成，即：

（甲）一個脂評石頭記鈔本，據以過錄未改前的第一至第八十回正文。這是最初用的成本（甲）。

（乙）一個高氏修改過的石頭記鈔本，據以校改從底本（甲）過錄來的前八十回正文。這是底本（乙）。

（丙）一個高氏後四十回的初稿本，據以過錄未改前的後四十回文字。這是底本（丙）。

（丁）一個經過高氏修訂的後四十回本，據以校改從底本（丙）過錄來的後四十回文字。這是底本（丁）。

根據上面的分析，我推測在乾隆壬子（1792）年程乙本付刊之前，紅樓夢的後四十回至少也有四個稿本：即上述的底本（丙）和底本（丁），程甲本據以付刊的底本，和程乙本據以付刊的最後修改本。

這四個稿本中，底本（丙）最爲簡短，缺少後幾本中較爲詳細的敘述和描寫，故可假定它是高氏續書的初稿。〔註19〕

俞先生只談到前八十回，吳先生則連後四十回也一併分析，共得甲、乙、丙、丁四個底本，其中甲、丙固然可以成立，乙、丁則猶待討論。但是甲本部分，俞先生尙據抄重之異文，將其底本一分爲二，自較吳先生更爲精細，然而不論吳先生也好，俞先生也罷，都不曾明確指出到底所據何本。如今經過我們對全書校對以後，至少有如下的結果。

1. 己卯本系統

我們知道己卯本前十一回屬於白文本，庚辰本亦同，可是全抄本卻存廿餘條批語，形式有回目後批、回目後題詩、雙行夾註批、混入正文批註，大抵都是己卯，庚辰本所無。據此，全抄本或與己卯、庚辰本有所分別。事實不然，儘管馮其庸先生考證庚辰本是據己卯一書過錄，可是不可諱言的是其中尙有部分的不同，這個疑團至今仍是未能解決。然而奇怪的是己卯本、庚

〔註19〕同註10，第220〜221頁。

辰本二者不同的地方，全抄本則與己卯本近似或完全對應。如果我們再以全抄本覆校馮氏列舉的文字，在「己卯庚辰第二、三兩回部分改字對照表」中，竟然有十七條全抄本和己卯本未改以前的文字完全相同，近似的有七條，只有兩條完全不同。在「己卯本上據程本旁添的朱筆字舉例」中，也有兩條全抄本和己卯本未加校字以前相同，一條近似，七條不同。在「庚辰本對己卯本的增文舉例」中，相同的高達九條，一條近似（詳見己卯本伍、正文一節論述），這種比例高達百分之七六，可以說明馮氏舉例的回數中，所用的底本可能是帶有批語的己卯系統。尤其現存的怡府己卯本及庚辰本，過錄時已刪去批語，證明全抄本所用的底本絕非從現存的怡府己卯本過錄，恐怕是較早的帶批的己卯原本。

2. 戚本系統

我們在重文脫文例內，曾經談到第廿九、五八、六六、六八，六九諸回，全抄本和戚本並有相同的脫文，證明二者關係非淺。畢竟兩個不同的抄手在不同的時空下過錄紅樓夢的正文，竟然會在同一處的回文中，脫去等量的文字，簡直是件不可思議的事，發生的或然率完全等於零。因此最好的解釋即是全抄本自戚本過錄，可是從脫文的行款、字數上去看也不太可能，而是自一個卅字的底本過錄，那麼三者即是先後採用同一的底本才留下如此的痕跡，因此全抄本的底本也有部分是從戚本一系過錄的罷！〔註20〕

3. 甲戌本或晉本系統

以第十六回兩段抄重的文字：

> 說偺家大小姐晉封爲鳳藻宮尚書加封賢德妃後來老爺出來亦如此吩
> 咐小的如今老爺又往東宮去了速請老太太領著太太們去謝恩賈母等
> 聽了方心神安定不免又都洋洋喜氣盈腮于是都按品大粧起來賈母帶
> 領邢夫人王夫人尤氏一共四乘大轎入朝賈赦賈珍亦換了朝服帶領賈
> 蓉賈薔奉侍賈母大轎前往

其前一部分和甲戌本、庚辰本、戚本略有不同，但均以戚本最爲近似；後一部分文字則又近於甲戌本，而微有不同。第廿七回兩處複重的地方，其情形也與此類似。但是我們不敢確定其從現存的甲戌本過錄，因爲二者仍有距離，異文情形也是不少，最多僅能說是近於甲戌本系統的本子，也許是屬於晉本的系統也未可知。由於第廿二回已經脫離己卯本、庚辰本的缺謎格式，而將

〔註20〕見本篇「庚辰本正文研究」「脫文例」論述。

戚本及晉本二系雜揉，我們相信全抄本過錄之前必定見過晉本，且曾根據此本過錄，可惜晉本沒有公開印行，無法深入的討論。

由上看來，全抄本八十回正文部分根據俞氏提到的利用抄重的方法，可以確定其底本至少有兩種板本以上，如果根據我們的校文歸類，又可析出三種以上不同的版本系統。

另外後四十回部分，其正文自成一個系統，而且和程偉元、高鶚整理紅樓夢的關係十分密切，可分爲改本部分和清本部分的正文兩種。尤其前者的正文遠較程本來得簡單，應爲程本的前身稿本；而清本是以原改本部分的正文和改文一起謄清。如果要詳細分別後四十回正文的底本，一爲原底本，另一部分已是原底本加上改文的第二代了。

根據以上考察的結果，紅樓夢稿一書前八十回的正文可能來自三至四種抄本，包括己卯本、戚本、甲戌本或晉本諸系統。改文也有可能酌取了庚辰本、戚本、甲戌本或程本諸系統的文字。（此點詳下分析，在此先作假設，待證留後論述。）後四十回改本部分的正文爲程氏得來的一個初稿，清本的正文則是初篇又加上初稿中的改文。如果再加上楊繼振根據擺字本（程甲本）補抄的部分，則現存的全抄本其底本總數至少五、六種以上，並不僅限於吳世昌所說的四個底本而已。

（二）底本異文的研究

1. 底本和抄本，程本間有意增酬的異文

由於全抄本的底本系統極其複雜，或有同於此本異於彼本，同於彼本異於此本的情況。這些異文，我們在庚辰本的正文中已經大略論述過了。如第十七、十八回的分回，第廿二回缺文的補足等等，我們可以從庚辰本的論述中見其梗概，在此不復一一列舉。不過還有一種特殊的情形，即是正文中已有省略刪節，而成程本的前身稿本情況，並異於脂本的文字，這類也佔了不少的份量。如第卅九回第二頁上，全抄本作：

> 襲人便和平兒一同往前去襲人因讓平兒到房裏坐坐再吃一盃茶平兒
> 說不喝茶了再來罷說著便要出去襲人又叫住問道這個月的月錢連老
> 太太和太太的還沒放呢是爲什麼平兒見問忙轉身至襲人眼前見方近
> 無人才悄悄說道你快別問橫豎再遲幾天就放了襲人笑道這是爲什麼
> 唬得你這樣平兒悄悄告訴他道這個月的月錢我們奶奶早已支了放給
> 人使呢等別處的利錢收了來湊齊了才放呢因爲是你我才告訴你可不

許告訴一個人襲人道他難道還短錢使還沒個足厭何苦還操這個心平
兒道何曾不是呢他這幾年拿這一項銀子翻出有幾百來了他的公費月
例又使不著十兩八兩零碎趕了放出去只他這梯己利錢一年不到上千
的銀子呢

程甲、乙本僅有個別字的不同，但是庚辰本、戚本則作：

襲人和平兒同往前去讓平兒到房裏坐坐便問道這個月的月錢為什麼
還不放平兒見問忙悄悄說道遲兩天就放了這個月的月錢我們奶奶早
已支了放給人使了等利錢收齊了纔放呢你可不許告訴一個人去襲人
笑道難道他還短錢使何苦還操這心平兒笑道這幾年拿著這一項銀子
他的公費月例放出去利錢一年不到上千的銀子呢

但是也有完全和脂本、程本不同的文字，如第一回雨村「口占五言一律」，抄、
刻諸本並作：

未卜三生願頻添一段愁悶來時斂額行去幾回頭自顧風前影誰堪月下
儔蟾光如有意先上玉人樓（案：程甲、乙本「樓」誤作「頭」）

然而全抄本則作「口占五言一絕」，詩文是：

自顧風前影誰堪月下愁悶來時斂額先上玉人樓

是有意的刪改，還是底本早已如此呢？

在第十六回有一段，甲戌本、戚本雖有小異，但是文字大致是這樣的：

依我們愚見他是陽我們是陰怕他們也無益於我們都判道放屁俗語說
的好天下官管天下民自古人鬼之道卻是一般陰陽並無二理別管他陰
也罷陽也罷敬著點沒有錯的眾鬼聽說只得將他魂先放回哼了一聲
微開雙目見寶玉在側乃勉強歎道怎麼不早來再遲一步也不能見了寶
玉忙攜手垂淚道有什麼話留下兩句秦鍾道並無別話以前你我見識自
為高過世人我今日纔知自誤了以後還該立志功名以榮耀顯達為是說
畢便長歎一聲蕭然長逝了下回分解

全抄本則作：

依我們意見他是陽我們是陰怕他也無益不如拿了秦鍾一走完事判官
聞聽連喝不可于是將秦鍾魂魄放回蘇醒過來睜眼見寶玉在傍無奈痰
堵咽喉不能出語只翻眼將寶玉看了一看頭搖一搖聽喉內哼了一聲遂
瞑然而遊且聽下回分解

程本則作：

　　那判官聽了先就唬的慌張起來忙喝罵那些小鬼道我說你們放了他回
　去走走罷你們不依我的話如今鬧的請出個運旺時盛的人來了怎麼好
　眾鬼見都判如此也都忙了手腳一面又抱怨道你老人家先是那麼雷霆
　火炮原來見不得寶玉二字依我們想來他是陽間我們是陰間怕他亦無
　益那都判越發著急喝起來畢竟秦鍾死活如何且聽下回分解

我們僅舉數例大段的異文如上，詳細情形也可以在庚辰本中的論述看到，至於一句兩句及個別字的不同，多如過江之鯽，為了節省篇幅，我們也不必一一舉例了。

2. 底本過錄時無意間脫去的異文

　　根據我們在前面庚辰本裡，討論諸本脫文時所列舉的全抄本脫文，大抵可得如下的情況：

　　（1）全抄本脫文，甲戌、己卯、庚辰、戚、晉、程甲、程乙七本共存例一條。

　　（2）全抄本脫文，己卯、庚辰、蒙、戚、晉、程甲、程乙七本共存例一條。

　　（3）全抄本脫文，己卯、庚辰、戚、晉、程甲、程乙六本共存例二條。

　　（4）全抄本脫文，甲戌、庚辰、戚、程甲、程乙五本共存例三條。

　　（5）全抄本脫文，己卯、庚辰、戚、程甲、程乙五本共存例二條。

　　（6）全抄本脫文，庚辰、戚、晉、程甲、程乙五本共存例六條。

　　（7）全抄本脫文，庚辰、戚、程甲、程乙四本共存例六條。

　　（8）全抄本脫文，程甲、程乙二本共存例一條。

　　（9）己卯、全抄二本並脫，甲戌、庚辰、戚，程甲、程乙五本共存例一條。

　　（10）戚、全抄二本並脫，己卯、庚辰，程甲，程乙四本共存例四條。

　　（11）戚、全抄三本並脫，庚辰、晉、程甲、程乙四本共存例二條。

　　（12）全抄、程甲、程乙三本並脫，庚辰、戚二本共存例三條。

　　以上共計卅二條，全抄本獨自脫文者共有廿二條，和己卯本並脫者一條，和戚本並脫者共達六條，和程甲、程乙本並脫者三條，除這幾條並脫的文字可以考查其底本淵源關係外，餘下的廿一條，都是全抄本過錄或其底本過錄時，因疏忽而造成的無意識脫文。

二、底本改文的分析研究

　　所謂全抄本的改文，即是刪棄正文中的某些文字，或旁加補充正文中所沒有的文字，也就是筆跡研究中我們曾經分析出來屬於第八種的筆跡。大略可從旁改及附條兩部分來加以分析：

（一）旁改部分

　　旁改部分大致將文字夾寫於行間正文之旁，如果強加畫分的話，可以分為小改、大改、特改等三種，今將類別及分布情形略述如下：

　　（1）小改每回改文在五十字以下稱之為小改。包括第一至十八、廿二、五三、八六、八七、九一至九五、九九至一〇五、一〇九至一一二、一一四、一一五回，共四十回。

　　（2）大改每回改文在五十至二百字之間。包括第十九至廿一、廿三、廿六至廿八、三十、卅一、卅五、卅七至四十、五一、五二、五四至五六、五九、六十至六三、一〇八回，總共二十六回。

　　（3）特改每回改文在二百字以上，時有大段異文出現的回目，我們將它畫入特改之列。包括第廿四、廿五、廿九、卅二至卅四、卅六、五七、五八、六四至八五、八八至九十、九六至九八、一〇六、一〇七、一一三、一一六至一二〇等回，共計四十四回。

　　以上的調查僅是約數，而所謂「清本」，大抵都是屬於小改的部分。至於這些改動的情況極為特殊，在後四十回只有增加而不刪棄，和前八十回有增有刪的情形完全不同，而全部的改文，同於程乙本者約佔百分之九七，同於程甲本則有百分之九二。可是改文總數均只居全抄本和程本異文的百分之六〇左右，如果仔細檢查這些改文，也有部分和其他脂本對應的地方。如：

　　（1）第十九回第六頁下

　　黛玉道連我也不知道想必是櫃子裏（頭）的香氣（衣服上）燻染的

　　也未可知寶玉搖頭道（未必這香的氣味奇怪）不是〔家這〕（那些）

　　〔香氣味奇怪不是那些〕香餅子香毬子香袋子的香

　　〔　〕內文字為刪去的正文，（　）內文字為增加的改文，下例做此。這段改文與庚辰本、戚本、程本幾乎相同。

　　（2）第廿四回第五頁上

　　賈芸〔便〕（一面走一面回頭說）說不吃茶我還有事呢（口裏説話

　　眼睛瞧那丫頭還站在那裡）賈芸一逕回家至次日〔果然又〕來
　〔了〕

　　以上這段文字修改後，和庚辰本、戚本、程甲本幾乎相同，卻和程乙本
差別較大。

　　（3）第廿五回第一頁上

　　遇見賈芸要拉他卻回身一跑被門檻絆了一跤唬醒（過來）方知是夢
　因此（翻來覆去）一夜無眠

　　此段全抄本原文與甲戌本不同，修改後完全和甲戌本一樣。

　　（4）第廿六回第四頁下

　　寶玉便知是神武將軍馮唐之子馮紫英來了（薛蟠等一起都叫快請說
　猶未了）只見〔他〕（馮紫英）一路說笑已經進來了

　　這些改文幾乎和庚辰本、戚本，程甲本，程乙本相同。

　　（5）第三一回第一頁上

　　往日長聽人說少年吐血年月不保總然命長終是廢人了想起此言（不
　覺將）素日（想著後來）爭榮誇耀之心〔不覺〕（盡皆）灰〔冷〕
　了

　　這段的改文和庚辰本、戚本全同。

　　（6）第六十回第四頁上

　　連他屋裏的事都駁了兩三件如今正要（尋我們屋裏的事沒）尋著何
　苦來往網裏（碰去）

　　這些改文和庚辰本、戚本也是相同。

　　像這樣的改文例子，也有相當的數量。也許有人會說，這些改文根據程
本不也可以達到相同的效果嗎？固然有此可能，但是即以第五十三回而論，
俞平伯先生以為是從乙本抄補的了，而仍有四處和他回裏的筆跡一起出現的
改文，這些改文非但程乙本沒有，也不見於程甲本中，倒是庚辰本、戚本都
有這幾段文字存在，那麼如何說他是根據刻本抄補或校改的呢？

　　如果我們以為這些改文是經「廣集核勘」，同樣的也有幾分事實，儘管好
多改文我們只能在程本上見到，也難以排除來自脂本的可能，像五十三回的
例子，就僅見於脂本，而不見於程本，說明了現在的脂本群沒有當時的多，
因此，倘若我們沒有找出乾隆時代所有的脂本群，或者拿到程、高當時用以
「廣集核勘」的脂本來一一校對的話，我們便不能那麼肯定的認為必是用刻

本校改的結果，最多只能說是我們目前研究時，所作的校勘等基礎工作還不夠全面罷了！

（二）附條部份

此外，還有一類相當特殊的改文，由於改得極為利害，而無法夾寫在旁，以至被疑為全段謄寫在旁的附條。其概況與發生的原因，據趙岡先生的解說是：

> 有的時候「改文」實在太多，在行間無論如何是寫不下，於是這些「改文」便被寫在一個紙上附貼於該頁書上。這一部分的「改文」我們稱之「附條」。據我們統計全抄本共有十八個「附條」。而其中十六個「附條」是集中於後四十回。只有二個「附條」是在前八十回中。一個是在第廿四回第六頁。一個是在卅七回第一頁，而此一附條據前引之硃筆批註已「逸去」。所有的「改文」字跡都很潦草。行間的「改文」是出於一個人的筆跡，而「附條」的「改文」則共有二種不同的筆跡。……「附條」上首開端處都有一小圈「。」，「附條」應該接的正文處也有一小圈，表示兩者應於何處銜接。前八十回與程丙本相對照，此本有幾處大段缺文，都有小圈，可證原來都有「附條」，後來逸失。〔註21〕

事實上趙先生的說法大有問題，據我校對過，全抄本原來加粘的附條有卅五個，目前仍然存在的僅有十七個，其分布情形是這樣的：

條 次	回 次	葉 面	行 次	字數統計	備 註
一	二十四	六下	十二	二九八	附加處有「ㄟ」引號
二	八十一	三上	四	三六六	附加處有「｜」塗抹號
三	八十四	二上	九	二二五	下半部缺損，約少六九字左右。附加處有「。」號
四	九十七	五下	八	三五〇	附加處有「。」號
五	九十八	二上	十一	二八七	附加處有「。。」號
六	九十八	三下	九	九〇	附加處有「。」號
七	一百六	二下	十	一三一	附加處有「。」號
八	一百六	三上	五	一八四	附加處有「。。」號
九	一百六	三下	八	六二	下半部缺損，較之刻本，約少十三字。附加處有「。」號

〔註21〕同註8，第272～273頁。

十	百十六	三下	十	六八九	附加處有「。。」號
十一	百十六	四上	六	一七一	附加處有「。。」號
十二	百十七	四上	二	三〇〇	附加處有「。。」號
十三	百十八	四下	五	九八五	附加處有「。」號
十四	百十九	一下	五	二一八	附加處有「——」號
十五	百十九	二下	三	一九四	附加處有「丨」號
十六	百十九	四下	二	二五三	附加處有「——」號
十七	百二十	一下	十二	二六八	附加處有「——」號

從這些附條中，我們可以發現：

（1）見在附條的分布前八十回只有一處，餘十六條並在後四十回中。可見後四十回遠較前八十回的改文多而且亂，並和旁改部分中談到的特改回數也完全的對應。

（2）這些附條的字數多者九百八十五字，少者七十五字，尤以二百字上下的附條佔了半數，也約略知道附條的添加都是整段的刪改，遂使行間難以容納，才使用了這種方法來解決。

（3）有的附條已非完整，如第八十四回二頁下及一百六回三頁上二個附條，其下半部已經缺損，據程甲或程乙擺印本估計約各補六十九及十三個字左右。

（4）這些附條都是用紙粘貼於附加處，且旁邊或有「丨」「——」等橫豎引號指示，或以「。」「。。」單、雙圈號標明。

然而全抄本上的附條，不僅這十七個而已，我們再看第卅七回一頁上第一行，就有楊繼振所加的硃筆提示：

　　此處舊有一紙附粘，今逸去，又雲記。

因此我們知道有些附條，因粘貼的鬆散，或翻閱的損逸，以致殘缺，甚或脫去不存。由於楊繼振不曾一一再加註明，或者不曾發現也未可知，不過後來紅學家的文章也已指出。然而趙岡教授發現前八十回中幾處大段缺文與加有小圈的地方，認為「原來都有附條，後來逸失」，不知是否為「後四十回」的筆誤？否則在全抄本前八十回中改得較多的七十五回到八十回，也不過密密麻麻，夾行而書，更遑論動用附條的意念。至於後四十回，潘師石禪在「讀『乾隆抄本百廿回紅樓夢稿』」一文，就曾列舉出第八十二、八十九、九十回

等五個附條〔註22〕，如今我們把還有痕跡可尋的附條，一概臚列於下：

條次	回次	葉面	行次	字數統計	備　註
一	卅七	一上	一	一五二	楊繼振已註明。
二	八十一	三上	十二	四五九	末行有粘貼遺跡，附加處有「｜」號。
三	八十二	一下	十一	二二九	有粘貼遺跡，附加處有「。。」號。
四	八十二	二上	九	二三六	附加處有「。。」號。
五	八十二	三上	五	一〇九	附加處有「。。」號。
六	八十三	一上	二	一〇六	附加處有「。」號。
七	八十三	二下	五	二四四	有粘貼遺跡。
八	八十三	三下	七	七八	附加處有「。」號。
九	八十八	四下	六	三五七	有粘貼遺跡，附加處有「。」號。
十	八十九	三下	四	一二七	附加處有「。」號。
十一	九十	三上	十二	一五六	末行有粘貼遺跡，附加處有「。。」號。
十二	一百六	三下	三	一三二～一三六	附加處有「。。」號，程乙本少甲本四字。
十三	百十七	二下	十	二八〇～二八二	附加處有「。。」號，程乙本少甲本一字。
十四	百十七	三上	五	一六九	附加處有「。。」號。
十五	百十七	三下	十	二九九	附加處有「。」號。
十六	百十八	四下	五	四七一	附加處有「。」號。
十七	百十九	一上	四	一六三	附加處有「。」號。
十八	百十九	一下	三	一二七～一三一	附加處有「⌇」號，程乙本多甲本四字。

這些附條的斷定，和見在附條的情形完全一致。如今雖然不見，仍有一些痕跡可尋。從刻本多出的文字，以及應加附條的特有記號看來，部分是加了附條後又遺失；部分或因附條文字還在斟酌的階段，而特地留上記號，等待修補的痕跡也未可知。但是沒有記號的闕文，則萬萬不能以附條看待。如百廿回中，第一頁上第一、二夾行改文塗去的「神」字下，全抄本較程甲、

〔註22〕潘師石禪，「讀『乾隆抄本百廿回紅樓夢稿』」，「新辨」第12～17頁。

乙本少了一百卅三字；第一頁下第四行「只得回來」下，少了四百零七字；第六行「不必細述」下，少二百零八字。似此情形，全抄本後四十回中仍有多處，均不能視爲遺失的附條。據此，我們測知全抄本準備加上的附條有三十五個，而今所存卻不到半數了。

至於這些附條文字，經我們校對後的統計，前八十回中第廿四回的附條和庚辰四閱評本石頭記（簡稱庚本）、有正書局國初鈔本紅樓夢（簡稱戚本）、程高辛亥、壬子年擺字本（簡稱甲、乙本）等，共有廿六處不同：這廿六處和戚本不同的有廿五處，和庚本不同的有廿三處，和甲本不同的有十三處，和乙本不同的有三處。而後四十回中的附條，和程本不同的共有一一九處：其中同於甲本，不同於乙本的有卅二處；同於乙本，而不同甲本的有四十處；既與甲本不同，也和乙本不同的有四十七處。

從這種跡象顯示：全抄本前八十回應加附條處的正文，的確較其他抄本的文字簡潔，並且在情節上留有很大的矛盾，因此它的修補則爲勢所必行。如第廿四回全抄本原來的文字，借著老婆子和秋紋口中，談到芸哥假日進園事，兼及小紅的姓名犯諱，和他父母在榮府中的職歷等事，然後以「且聽下回分解」作結，顯然與下回小紅遐思中的夢醒不能銜接。但是庚辰、戚、晉、程甲、乙諸本都多出近似附條的一段文字，說出小紅素日的高攀心志及受秋紋等的奚落折辱，夢中賈芸的送帕等百里一線的描摹。否則回目「痴女兒遺帕惹相思」便無應景，也失去了脈絡，而第廿五回回首半葉對小紅的極力描寫也失去了根基。這種情形在第卅七回遺佚附條的文字也是相同，如僅以卅六回寶玉送湘雲登車作結，則與下回談到寶玉的任性玩樂、結社賦詩，便顯得唐突。因此己卯、庚辰、戚本中間都有賈政的點上學差出行，甚至刻本更加上政老爲仰答皇恩，戮力勤政的說明。否則第七十回，七十一回敘述賈政的回京，便失去了源頭。這些糾正矛盾的情形，必是後來整理者據他本情節而添加的。但是全抄本均以附條忠實地保留原來的形式，不能不令人提高這類正文的評價。

至於後四十回的文字，則近於程甲、乙本間，既非全如程甲，也非盡同程乙。如果我們將這三十三個附條歸類，大約可分以下三種情況：

（1）美化原來文字，增加故事情節的附條

這一類有廿五條左右，佔了附條的大部分，如第八十四回三頁上第九行，附條的前段正文原爲賈母在飯食之間，勸慰薛姨媽別將薛蟠夫妻爭吵的事放

在心上。隨即接上「說話間飯己吃完，寶玉先告辭去了」數句簡單的正文，後來則被抹去，改爲二百餘字的附條，說出賈母對寶丫頭的見賞，薛姨媽怕薛蟠的喝酒鬧事，使金玉姻緣多一伏線，而賈母令王夫人辭退張家的婚事有了對應，「薛文起復惹放流刑」也併起先機。這些草蛇灰線，增強了故事上的關連性。又如第八三回二頁下第五行，這個附條是接原來刪去的百餘字正文改寫而成，除了枝節的文字修飾外，增加賈璉、紫鵑將黛玉病情說給王太醫參考，王太醫則認爲先診斷脈理再說。由於這種附條的情況大致相同，我們無須再多舉例了。

（2）修補原來正文留有矛盾的附條

如第八一回三頁上第十三行，附條上段的正文說到「賈母道：『罷了，過去的事也不必提了。』」以下則抹去「遂叫鴛鴦等傳飯。只見玉釧兒走來對王夫人道：『老爺要找一件什麼東西，請太太自己去找一找呢！』賈母道：『你去。』王夫人答應著便留下鳳姐兒伺候。自己退了出來，因至房中，賈政便問道：『我想起一件事來了，寶玉這孩子天天放在園子裏，也不是一件事，生女兒不得濟，還是別人家的人，生兒不濟，關係非淺。如今家（三字原本漫漶，據文意補）塾中，儒大太爺雖學問平常，還彈壓得住，不（不字旁加）至以顢頇了事。我想寶玉閑著總不好，不如仍舊叫他家塾中讀書去罷了。』王夫人道：『此話狠是。』又說些閑話不題。」以上抹去的文字原是要找東西，卻反談寶玉的上家學，失去接應的痕跡相當的明顯，而全抄本先以行間改文，次以附條的形式出現，不但潤飾了原來的文字，增加原有的情節，而且把矛盾也補足了。再如第八三回一頁下第十一行，附條的上文談到寶玉無心讀書，襲人伏侍寶玉睡下，「他兩個也睡了」。兩個沒有對應，全抄本先以行間改文點明麝月、襲人兩個，再加附條裏失眠的一段文字，使次日晚起的理由更爲充分。

又如第八九回三頁下第四行，附條的上文原是黛玉聽了雪雁與紫鵑談及寶玉訂親後，自己糟塌起來，睡時被也不蓋，幸虧紫鵑連番照顧。然而接下的正文以「如此數次，紫鵑沒法，只得收拾睡去。」顯然不合情理。故整理全抄本時抹去這句文字，而程本則多出「紫鵑見此光景，疑心和雪雁的對話或已爲黛玉聞知，因此交待今後談話務必小心，不要再提寶玉訂親之事，再進入爲黛玉覆被」作結。再如第一一七回三頁上第五行，附條的正文原作「且說賈環爲他父親不在家，趙姨娘已死，王夫人不大理會，他便入了賈薔一路，

鬧得不堪，甚至偷典偷賣，不一而足。賈環更加宿娼濫賭，無所不爲。」其中文氣未暢的地方特別明顯。後來的程本即把「鬧得不堪」圈去，加上「彩雲勸也無效，玉釧兒以寶玉顛瘋的關係而求去。兄弟二人既然這般，人人不理，只有賈蘭母子加緊苦讀。家中裏裏外外誰也不能作主，所以環、薔更加鬧得不像，尤其賈環更是有（無）所不爲。」的確使文氣一貫了。

（3）弄巧成拙而未盡完美的附條

如第八一回三頁上第四行，附條的正文，原用直接敘述，藉著王夫人的口中說出寶玉乾媽被人告發，因此被抄家，搜出贓證。故作附條後，則說明起因於潘三保賣給當舖房子的積怨，所以買囑寶玉乾媽施法造亂，後來形跡敗露，而被抄家。固然加強了其間的因果關係，卻又未必妥貼。首行的文字既未通順，而潘三保買囑的目的何在？如何又爲他人治病？都不曾作適當的交待。又如第八二回二頁上第九行，附條原來的正文是代儒命寶玉講後生可畏章，完了，反責問既懂得聖人的話，爲什麼居家正犯不望長進的毛病，因此特以後生可畏爲訓，其中脈絡緊扣。而程本則多出「吾未見好德如好色者也」一章，並將「這病」改作「這兩件病」。固然可以接筍，卻與後生可畏的訓示不夠契合。再像第九八回三頁下第九行，附條前段的正文是承回目中的「病神瑛淚灑相思地」而言，述說寶玉至瀟湘館哭靈後，賈母等回去，寶玉只得勉強回房。程本及附條則加上「賈母上了年紀的人，因寶玉病起迄今，日夜不寧，扎掙不住而回房。王夫人臨走前，又派彩雲幫襲人照應。」顯然與下文寶釵用話諷刺寶玉以及寶玉的飲泣收心，不能銜接。再如第一一九回一頁上第四行，附條前段的正文談到寶玉與鶯兒說完話，鶯兒去後，隨即接了「場期已到，寶釵叫襲人、素雲爲爺兒兩個收拾妥當」的文字，然而程本則抹去這段文字，改作「一時寶釵、襲人回來，各自房中去了」，並且添寫寶釵爲寶玉擔心的兩件事，接續部分的矛盾相當顯明。

以上這些附條文字的檢討，使我們了解紅樓夢的部分整理工作的經過情況，再回頭看看程偉元、高鶚「引言」中的自白：

書中前八十回抄本各家互異，今廣集校勘，準情酌理，補遺訂訛，
其間或有增損數字處，意在便於披閱，非敢爭勝前人也。

書中後四十回，係就歷年所得，集腋成裘，更無他本可考，惟按其
前後關照者略爲修輯，使其有應接而無矛盾，至其原文，未敢臆改，
俟再得善本，更爲釐定，且不欲盡掩其本來面目也。

完全是足以信賴的事實。而前八十回的二個附條，儘管文字和今日所見的脂評本未盡相同，在情節上則是一致，更可斷言並有其依據的本子。至於後四十回中三十三個附條的整理方針，除了保留大量的原文外，並增加了大批美化的文字和故事的情節。雖然容有商榷的改文，卻證明了程、高二人當時修輯的苦心，以及其間彌縫的過程。

柒、性質研究

一、諸家說法的評述

全抄本一書流落到楊繼振手上的時候，被鑑定爲「蘭墅太史手定紅樓夢稿」，或者也經其兩位朋友于源、秦光第的同意。對於這個看法的根據何在，是否因爲第七十八回有「蘭墅閱過」的題字，還是另有所本呢？由於楊繼振未曾留下明確的提示，我們無法考知。如果基於後者，恐怕早已失落；若說前者，這四個字的可靠性如何，又是一個必待查證的課題。然後才可以更進一步據實斷定此書的性質。在筆跡研究裏，我們已經分析過，這四字的確是高鶚的親筆，並且早在楊氏收藏此本之前即已存在。那麼其對此書性質的判斷是非如何呢？在目前已經發表的文章中，紅學專家的看法紛紜不一，今分述如下：

（一）范寧先生

范先生是最早爲這個本子寫跋語的人，他的意見是：

> 楊繼振說這個抄本是高鶚的手訂紅樓夢稿，不是最後的定稿。意思是說這個抄本乃高鶚和程偉元在修改過程中的一次改本，不是付刻底稿。證以七十八回末有「蘭墅閱過」字迹，他的話應當可靠。但是無論如何，這個抄本不是楊繼振等所僞造，用以欺瞞世人，是可以斷定的。因爲前八十回的底稿、文字係脂硯齋本，而脂硯齋本楊氏生前並未見過，這是斷然造假不出來的。我們從他公開說四十一回至五十回原殘闕，他照排字本補抄了，可見他也無意於作假。至於高鶚不在這書的開頭或結尾來個署名，單單選定七十八回寫上「蘭墅閱過」四個字，實屬費解。如果說高鶚修改紅樓夢時，正是屢試不第，悶且憊矣，而七十八回原有一段關於舉業的文字被刪改了，或者他看到這等地方，有所感觸，因而寫下了他的名字，那倒

是意味深長的了。」〔註23〕

范氏首先斷定楊氏無意作假，這點我們從每冊的起迄都有楊氏自己加押的藏書圖章及幾處的題記可作證明。〔註24〕然而憑靠「蘭墅閱過」四字，而認為這個抄本是高鶚的手定紅樓夢稿，只是一個孤證，還不能就此首肯楊氏斷定的結果，因此又從另外的角度加以說明：

> 當然，說這個抄本是程偉元、高鶚修改過程中的一次稿子，單憑四個字是不夠的。主要的還應該是這個本子上修改後的文字百分之九十九都和刻本一致，只有極少數地方如回目名稱、子句、個別情節，稍微不同。由於基本上一致，所以我們說它是程、高改本。又由於兩者不盡相同，我們覺得它不是定稿。一般說來，兩個本子的文章字句，彼此雷同，不可能純粹出於巧合。它也可能有這樣的情形，即程偉元買到這份稿子時，上面已經有人改過了。但是這與實際情況不符。程偉元在刻本序上只提到他所買到的本子是漶漫殆不可收拾，不曾說原抄本上有塗改情況。因此我們覺得這個假定是不能成立的。此外也還可能有這樣情形，即有人根據刻本修改他原來收藏的抄本而成了現在這個樣子。我們認為這也是不可能的。因為修改的文字，從回目到情節均有與刻本不同的地方。既然是照改，又故意改得不忠實，未免不合情理。
>
> 如上所云，根據我們的考察，這個抄本是程、高修改稿，可能性最大。〔註25〕

范氏說「修改後的文字百分之九十九都和刻本一致」不符合實況，也太過籠統，這點已於改文中分析了。如果限於改文，倒有百分之九十二近於甲本，百分之九十七近於乙本，而這些改文僅佔全抄本與程本間異文的百分之六十不到。但是范氏根據這個本子的實況，認為不是程偉元買到「漶漫殆不可收拾」的本子，也非「有人根據刻本修改他原來收藏的抄本」，否決自己的兩點假設後，判斷這書的性質「是程、高修改稿，可能性最大。」

（二）俞平伯先生

俞先生讀過這部抄本後，面對著「蘭墅閱過」四字及楊繼振的題稱，雖

〔註23〕范寧，「乾隆抄本百廿回紅樓夢稿跋」（中華書局出版，1963年1月）第1頁。
〔註24〕參見本篇「抄補部份」及「裝訂」二小節。
〔註25〕同註23，第2頁。

然沒有直接否定，卻也不予承認。因此就其塗改情形去加以探討，可是卻捨棄和高氏稿本關係最大的後四十回不論，只談前八十回，在八十回中又扣除了卅回，關於這一點，他自己也曾加以說明：

> 首先抄配的應該減去，如楊氏抄配的十回根據程甲本；原抄配的第二十二第五十三回同程乙本，顯然沒有稿本的可能了。這樣，已有十二回了，此外從第一回到十八回我以爲亦應該減去。十二加十八共三十回，而零碎的抄配有十八葉（詳註 2）尚不在內，因此有三十多回應該減去。
>
> 爲什麼第一回至十八回也應該減去呢？因爲這十八回塗改的很少，且所改也與程高本不同〔註26〕

關於楊氏抄配十回的扣除，固然合理，可是也把第廿二、五三回及第一到十八回涵括在內，一起討論，未免偏頗。因爲這幾回的改文仍然和全書他回裏出現的改文筆跡完全一致，證明這幾回也是出現在改文之前，並且由同一個人在前後不久的時間內改竟全書。因此，儘管俞氏說明「從異改、妄改、未改的情形來看，其原本與改本均與程高無關，以後的各回即使有蘭墅稿本的可能，但這十八回卻不相干，應當除開。」這種不顧事實的說法，值得商榷。

可是他認爲有關的部分呢？卻作兩點假設，在正的方面，他說：

> 從第十九回到八十回（除去楊補第四十一回到五十回）其所塗改大抵都同程乙本。原抄配的第二十二、五十三兩回也同程乙。這大量用乙本來改抄本，其得失且不說，是什麼人幹的呢？這是一個問題。
>
> 據說是高鶚幹的。果眞那樣，這本就是蘭墅的稿本了，即非定本，也是他的稿本之一。

在負的方面，他認爲：

> 如果不是高鶚幹的，那些塗改在高之前呢，在高之後？如在高之前，那就是高鶚抄他的。

由於兩點假設情形相反，出入很大，而這種改文出現的時間，又無法推斷是在高鶚之前或高鶚之後，因此「只能看了塗故的情形而加以推測」。但是在檢討改文之前，卻又根據幾個事實作了如下的推斷：

> 這本的塗改大部分同程乙本，這是個要點，也是關鍵；又有「蘭墅閱過」四字；因此牽連高氏，共有三個可能的設想：（一）是高蘭墅

〔註26〕同註5，第299頁。

排印乙本的手稿。（二）是高氏以前的人所改，被高氏採用——說得不好聽些，也許抄襲。（三）是高氏以後的人根據程乙本過錄的。

雖然俞氏曾有以上的假設，卻基於王珮璋女士調查甲乙本間版口文字起訖的一致，不得不對第一點加以否定，他說：

> 若從上文第一點，認爲這是高氏排印乙本的手稿，有一問題必先要解答。既然是高氏的稿本，爲什麼文體同乙本而非甲本呢？程高刊書，由甲而乙程序分明。有人曾經校對計算過甲、乙兩本文字儘管不同，而到每葉終了總在一個字上看齊。甲本全數一五七一葉，乙本改動文字有一五一五葉之多，而起訖不同的只不過六十九葉而已〔一二〕。乙本非但必須從甲本改，而且必須就甲排本或校樣來加工，不然即無法使這一千四百多葉的書，文字移動而起訖不變也。乙本從甲本的草稿改尚且不行，何況根據另一抄本呢。這樣看來，這本爲高氏排印乙本的手稿或底本，其或然性都很小。但直接以之付排固不可能，而間接地作會考未爲不可，這就牽涉到第二點，容到後面再說。〔註27〕

因此其先就改文的情形，逐一和刻本比較，凡分十二類：

（1）未改從甲、乙之例十一條

（2）未改從乙之例二條

（3）甲、乙已改正未照改之例二條

（4）甲、乙有缺佚未照刪之例三條

（5）一般未從甲、乙增刪之例四條

（6）遇同一情形或刪或未酬之例

（7）改文異甲、乙之例十三條

（8）原文同乙非改之例三條

（9）一回之中有三樣改法之例

（10）似從他本過錄非就本書校改之例

（11）不誤以改而誤之例

（12）故而又改仍歸原字之例

經過這項調查事實的階段後，他又開始查證「蘭墅閱過」的證明力：

> 先談這「蘭墅閱過」四字，我們無法說它眞，同時也無法說它僞。

〔註27〕以上引文出處同上，第300～301頁。

原載者楊氏既認爲眞跡，且聞近有人查對過高氏的筆跡，據說看來差不多，固尚難成爲論證，但反證更不能成立，由此我想不說它假，大家或者不會反對罷。既認是眞跡，那麼，高鶚自然看過這個本子的了。是否全部看過？如他爲什麼將這四字寫在第七十八回之後，這道理不大懂得，像范寧先生在跋語裏的解釋似也尚欠圓滿。大概他是看過的了。看，就有看見什麼的問題。他所見還是比較清爽的原底呢？還是塗抹滿紙的改本？亦不可知。因爲這又牽連到改書人的時代問題。

俞氏認爲這條題字無法反證是假造的，姑且認爲是高鶚的眞跡，那麼他題署時原本上是否早已具有遭人改文的本子呢？如果那人在高氏之先，情形到底如何？

我們不妨先說那人在高氏之先。兩本有相同處，是乙本從它，而非他從乙本。這可能呢？上已說過，程高第二排本乙，必須就第一排本甲來改字，但並不排除採用他本作爲參考，以至於直抄一些文字的可能性。因甲、乙兩本，從辛亥冬到壬子花朝，不過兩個多月，而改動文字據說全部百二十回有二萬一千五百餘字之多，即後四十回較少，也有五九六七字〔一三〕。這在「紅樓夢」版本史上是一個謎。文字之多且不管它，爲什麼要改，怎樣改，也都是問題。難道剛排出一部祈書，立刻就不滿意，又另搞一部麼？難道這兩萬餘言的改文都是程高二人在短時間裏想出來的麼？他們可能有所依據。反面看來，若無依據，像他們這樣多改、快改，非但不容易辦到，且也似少必要──這裏不妨進一步說，甲、乙兩本皆非程高懸空的創作，只是他們對各本的整理加工的成績而已。這樣的說法本和他們的序文引言相符合的，無奈以前大家都不相信它，據了張船山的詩，一定要把這後四十回的著作權塞給高蘭墅，而把程偉元撇開。現在看來，都不大合理。從前我們曾發見即在後四十回，程高對於甲、乙兩本的了解也好像很差。在自己的著作裏會有這樣的情形（一四），也是很古怪的。今謂有所依據，則甲本從某某來，乙本從某某來，兩本即不免互相打架，也不甚奇，至多也不過說校者如程高二人失於檢點總結罷了。

如用這看法，此本許多改文之同於乙本者可以理解。本係酌采，並

不盡從，其個別的異文亦可理解。訛謬而不從是合理的。若訛謬而亦從，如上舉第十一之例，高氏看見前人已改錯了，還在那裏盲從，却不大好講。再說，那人在高氏之前本是假設，也沒有什麼證據，自只可存疑耳。

如果那人在高鶚之後，又是另外一番的情況：

如作另一種想法，那人在程高之後，改文係采自乙本，也未始不通。却得先談一問題：塗改的目的和動機。這許許多多的塗改，畢竟爲了什麼？若在抄本時代，不管是誰改的，都好說：現在已有了排印本，就不好辦了。或是爲了好奇麼？我看也不像，譬如將罕見的抄本校在通行的刻本上可以說是一種好奇好古的心理；現在却根據已通行的程排本，把這舊抄本密行細字的塗抹滿紙，『何許子之不憚煩』？說他妄改也好，說他改得不錯也行，決不可能無原無故這樣的塗改。

乾隆末年，程乙本初行，據程高自己誇贊：『詳加校閱，改訂無訛』；又說：『廣集核勘，準情酌理，補遺訂訛。』後人很看重這個本子亦意中事，到現在也還有那樣的情況。譬方那人有了一個程排乙本，又有一個一百二十回的舊抄本。這本既有拼湊的情形，他究竟有多少回不可知，大約總有一個相當的數目。他就依據他認爲可靠的程乙本校在抄本土。把刻本來校改抄本，好像奇怪，其實也不。如有正書局大字本的第六十八回就是這樣改的。此人意在於整理，並非逐字逐行地照抄而有所去取，上引未改、異改、有擇善而從意諸例，都可以這樣解釋。有些改得不差，有些又很差（如上舉第十一『不誤以改而誤』之例尤爲突出），其中自有一些矛盾。但版本既然犛雜，改者又非一手，水平之不齊，或由於此歟。

俞氏對於第（二）（三）點的假設加以求證後，認爲第二點雖有可能，可是「訛謬而亦從」「却不大好講。再說那人在高氏之前本是假設，也沒有什麼證據」，就以「存疑」一筆帶過。至於後者不管是「好奇好古」的心理，都「決不可能無緣無故這樣的塗改。」但是如果「意在整理，並非逐字逐行地照抄而有所去取」的話，雖然「其中自有一些矛盾」，「但版本既然犛雜，改者又非一手」，以致於有此水平不齊的現象。俞氏並且加以說明這點並非空想，而是有所啟示的，他說：

在這本子裏也有一點可注意的痕跡，原來這個塗改的本子當時大約

準備付抄的。在第三十八回第五頁，他告訴『手民』應該怎樣抄，有七處之多，借引如下：

寶玉咏蟹詩開首傍批：『另一行寫。』（三八頁上，倒三行）

詩末傍批：『不可接，另一行寫。』（上，本行）

黛玉詩開首傍批：「另一行寫。」（下，一行）

詩末傍批；『另抬寫。』（下，三行）

寶釵詩開首傍批：『另一行寫。』（下，五行）

『酒未敵（改滌）腥』句傍批：「另一行寫。」（下，七行）

『眾人道』句傍批：『另抬寫。』（同前）

這都不關文字異同，是關於行款格式的指示，雖不解決什麼問題，卻清楚地表示這抄本的性質來，是個校勘用的『底本』。它的目的也是在整理「紅樓夢」，成績如何且不論，總不失其為稿本。〔註28〕

因此俞氏認為題作「紅樓夢稿」也是不錯的，卻不是高鶚的改本，而是後人據刻本來校改抄本的。雖然俞氏偏愛後者，畢竟結語時還是說出了一句「文獻不足」的真心話。

（三）吳世昌先生

在俞氏文章發表的同時，吳氏也對「蘭墅閱過」四字提出他的看法，他說：

范君跋文把楊氏題字中手定紅樓夢稿改為手訂，又推衍此二字，解為不是最後的定稿。今姑且不去推究楊氏意指最後或不是最後定稿，但僅憑「蘭墅閱過」四字，決不能證明是他手定之稿。正相反，『閱過』只能證明是別人的東西請他審閱過，他看了才這樣說，若是手定為什麼不明說手定，而要說「閱過」？一幅字或畫上如有某人閱過的跋文或圖章，只能證明看過此字或畫，決不能證明他是此幅的書家或畫家。相反的，倒可證明這畫不是他畫的。稿本也是一樣，自己寫的、編的、修改的、或手定、手訂的稿子上，決不會寫上「某人閱過」字樣。因此，我們應該感謝「蘭墅閱過」這四個字，因為這句話排除了，不是證明了，這是高氏所修改的稿本的可能性。〔註29〕

因為吳氏堅持後四十回為高鶚的續作，並將全書的改文認為來自高鶚二

〔註28〕以上引文出處同上，第308～310頁。

〔註29〕同註10，第234～235頁。

個修改本——底本乙、丁的校改，因此這個本子絕對不是高鶚的稿本，卻不明言屬於何人，也沒說出這個能借到高鶚底本乙丁的人，其校改的用意何在？所以結論仍然不夠圓滿，缺乏說服力量。

以上是紅學家較早的三種不同的說法，其後隨著這書的影印發行，海外的紅學家也對它加以研究，並有各種不同的觀點，然而都脫離不了以上三種說法的樊籬，其中爭論最劇烈的莫過於本師潘石禪先生和趙岡教授的答辯：

潘師最初簡述其看法時說：

> 我讀了此抄本後，我認爲此抄本可確信是高鶚手定的紅樓夢稿本。此抄本首頁次游題簽是「紅樓夢稿本」，次頁楊繼振題記爲「蘭墅太史手定紅樓夢稿百廿卷。」我認爲楊繼振此一鑑定是正確的。他據此抄本的流傳淵源和七十八回「蘭墅閱過」的題字，斷定此一抄寫的紅樓夢稿，是經過高蘭墅親手整理的稿本。也即是說，此一抄本經高蘭墅親手整理過，並不是說這一抄本是高蘭墅的創作手稿。據程偉元紅樓夢序云：「不佞以是書既有百廿卷之目，豈無全璧？爰爲竭力搜羅，自藏書家甚至故紙堆中無不留心，數年以來，僅積有廿餘卷。一日，偶於鼓擔上得十餘卷，遂重價購之，欣然繙閱，見其前後起伏，尚屬接筍，然漶漫不可收拾。乃同友人細加釐剔，截長補短，抄成全部，復爲鐫板，以公同好，紅樓夢全書始至是告成矣。」又高鶚序云：「予聞紅樓夢膾炙人口者幾廿餘年，然無全璧，無定本。向曾從友人借觀，竊以染指嘗鼎爲憾，今年春，友人程子小泉過予，以其所購全書見示，且曰：『此僕數年銖積寸累之苦心，將付剞劂，公同好。子閒且憊矣，盍分任之。』予以是書雖稗官野史之流，然尚不謬於名教。……遂襄其役。工既竣，并識端末，以告閱者。」此一抄本，正是程小泉所謂「乃同友人細加釐剔，截長補短，抄成全部」的抄本，也即是高蘭墅整理過程中的「全本」「定本」。〔註30〕

並且在看過俞氏的文章後，曾經加以批評：

> 俞氏的說法，措辭頗閃爍游移。他的內心，是希望判斷塗改的人是在高鶚以後的。如果塗改的人是在高鶚以後，那就可以說全書百廿回是有人拼湊舊抄本和程高刻本而成的。他又可以進一步說，那人有了一個程排乙本，又有一個一百二十回的舊抄本，他說依據這他

〔註30〕同註32，第7頁。

認爲可靠的程乙本校在抄本上，此人意在整理，擇善而從，預備再
重刻一套紅樓夢。如此說來，那高程僞造後四十回紅樓夢的學說，
就可以勉強撐持，不致倒塌了。其實，擺在眼前的眞相，這一稿本
的收藏者楊繼振，和高鶚的時代距離不過三五十年，他的一班朋友
都是熟諳掌故多見多聞的名士。他分明判斷是高蘭墅手定的紅樓夢
稿。稿本內又有高蘭墅的題識，這是鐵一般的事實。況且後四十回
稿本，明明是程高所得的孤本，經高鶚加以潤色。如果此人所得舊
抄本是照程高刻本過錄的，那後四十回應該和程高刻本相同。如果
此抄本是程高以前的舊抄本，那他何必把刻本的文字密密麻麻地拼
寫在字裏行間，還要粘貼上許多的浮籤，看都看不清，如何說得上
整理呢？因此，俞氏的說法，是斷斷不能成立的。〔註31〕

不過，對於俞氏舉出第三十八回第五頁有告訴手民應該怎樣抄寫的地方，潘師
則認爲：

這種痕跡，不關文字異同，只是關於行款格式的指示。這卻恰好證
明此抄本是程高整理紅樓夢付印前的一個稿本。楊繼振鑑定爲高蘭
墅「手定紅樓夢稿」，意思指的是蘭墅手定的前人的紅樓夢稿，並非
整理完畢的「定稿」或「清稿」。相信此稿之後，可說還有謄清的稿
本，或許謄清之後，再加工修改，也是意中之事。〔註32〕

從上可知，潘師認爲這個本子是程高整理過程中的一個稿本，並且準備重新
謄出一部清本來。

但是這種說法趙岡教授卻力加反對，他在評述以上諸家之後，即提出他
的看法：

綜合前述所有分析，我們可以看出一件事，那就是此抄本改文絕大
部分同程丙本是一個萬分寶貴的線索。如果此抄本改文同程甲本，
我們就面臨了極大的困難——有許多種可能性同時存在。幸而此抄
本之改文與程丙本相同，它排除了所有其他的可能性，而只剩下了
一種可能性。第一，有鑑於程丙本的版口狀況，程丙本只能是就著
前一次刻印本而修改得來的。這樣就排除了此百廿回抄本是程高改
稿本的可能性。不論我們怎樣假設，單軌改稿也罷，多軌改稿也罷，

〔註31〕同註18，第19頁。
〔註32〕同上，第20頁。

定稿也罷，非定稿也罷，此項結論是確定不移的。第二，此抄本不可能是高鶚以前別人所改就的。不論高鶚與此人是分別創作也罷，是分別修訂也罷，絕無兩個人不期而然地達到百分之九十幾雷同的結果。第三，因此，剩下唯一的一個可能性就是高鶚改完了紅樓夢以後，此人用刻本來校改抄本。

雖然趙教授採取俞平伯先生第三點中的結論，然而俞氏曉得如此作法難免犯上「何許子之不憚煩」之譏，趙教授的確也想彌補這點缺陷，所以又更進一程的說明其動機的所在：

雖然用刻本來校改抄本是唯一的可能，我們還得要繼續追究此人此種行為的動機。如果此人要讀全套的紅樓夢，乾脆買一本刻印本來讀就行了嗎，為什麼要把好好的一部抄本塗改得亂七八糟？下面我們就要設法解答這個問題。而解答這個問題的關鍵是我們必需假定程偉元高鶚的序言所說是實情（除了對其所說獲得殘稿來源方式一點存疑以外）。〔註33〕

因此趙教授首先求證改文於楊氏補抄之前即已存在，其次追查「此抄本主人是否與高鶚程偉元有關係」，他說：

對於此點，抄本上第七十八回「蘭墅閱過」四字提供了極好的線索。俞平伯看過這四個字以後說「我們無法說它真，同時也無法說它偽」。范寧說這四個字和北京圖書館收藏的高鶚手抄「唐陸魯望詩抄」的封簽上題字相同。但范寧接著又說這也很難說斷定此四字是高鶚的手筆。在這裡我們不要忘記另外還有一套高鶚的筆跡可供比照比較。高鶚在刻本上的序言後面說「敘並書」，所以刻本上此序是他親筆所寫，然後雕版印刷的。不但如此，比照之下，我們發現所有圖讚中的行書都出於高鶚之手。最明顯的就是「夢」字。通部此字寫法一模一樣。經過檢視，我們發現「蘭墅閱過」四字確定是高鶚親筆。其「閱」字與序中「以告閱者」的「閱」字完全一樣。其「過」字也與後面的「過」字筆勢一樣。既然證明「蘭墅閱過」四字是高鶚所書，事情就大為簡化。在消極方面這四個字正好證明此抄本不是高鶚的稿本。沒有人在自己的稿本上批寫「閱過」的道理。連寫都寫過了，還談什麼「閱過」。「閱過」兩字表示是看過別人的東西，

〔註33〕以上引文出處同註8，第284～285頁。

而加以註明。此理甚爲明顯。積極方面,「蘭墅閱過」四字表示此抄

本主人與程偉元、高鶚相識。他的抄本是經過高鶚閱過。〔註34〕

關於筆跡確實爲高鶚的親筆應該沒有什麼問題,可是結論卻又拉出一位程偉

元來,則不免多事,因爲最多僅能肯定非高鶚所藏而已,這點留待以後詳辯。

這裏先來說明趙教授解釋改文的動機及其推論的過程:

前後的發展過程可說是這樣的。此人手中原抄有一部八十回屬於脂
本一類的本子。後來他聽說程偉元弄到了後四十回的文稿,於是就
從程偉元手中借來抄下,與前八十回合訂一起,這就是全部的正文。
程乙本紅樓夢引言中有下面幾句話:
是書前八十回,藏書家抄錄傳聞幾三十年矣,今得後四十回合成完
璧。緣友人借抄爭覩者甚夥……

借抄爭覩甚夥,當然是指後四十回而言,這就程偉元的新發現,所
以大家才要爭覩。此人是滿洲人,也是程偉元友人之一。他有機會
把程偉元新得的後四十回殘稿抄來一份。不但如此,此時正值高鶚
在聚集前八十回各種抄本「廣集核勘」、「詳加校閱」。此人的前八十
回抄本也被高鶚借去,作爲參考本之一。高鶚看過之後,在該抄本
接近結尾處(第七十八回)批了「蘭墅閱過」四字,表示此本已看
過了。當初程偉元獲得的後四十回殘稿確是殘缺已極。正如程偉元
自己所言「漶漫不可收拾」。這些殘缺之處,雖經高鶚幾度輯補,到
如今還有許多跡象可尋。此人抄得這份後四十回殘稿以後,聽到高
鶚正在作此項修補工作,而且是在繼續作著。此人既然認識程高,
當然也會知道高鶚的重訂工作的進度。所以他一直等到高鶚全部定
稿後,便根據程丙本來補齊自己手中抄本。以此刻本校改抄本,有
漏校之處,有改文放錯了位置之處,自屬常情。此人的動機很容易
瞭解。從程偉元手中抄來的後四十回殘稿「漶漫不可收拾」,無法卒
讀。他當然希望要將它補全。此人既知道高鶚前後改稿三次,自然
而然的相信高鶚最後的定稿較前兩次改稿更爲完善。於是他不願用
程甲本或程乙本來校對,一定要等程丙本。此抄本後四十回中一清
如水的十九回,想來是殘稿中最殘破的部份,要抄改之處太多。所
以他索性將程丙本這十九回整回抄下,以代替原來殘稿。即使是其

他二十一回，他也可能有重新清抄一遍的計劃。因此在抄本才有「另
一行寫」、「另抬寫」等字樣出現，足證是預備付抄。有人也許還會
覺得此人是多此一舉，何不留下這份帶殘稿後四十回的抄本不動，
到坊間去買一本刻印本來讀，豈不簡便？買一套刻本，簡便固然是
簡便，倒未必是最經濟的辦法。程刻本當時的售價並不便宜。程甲
本發售，已經有人抱怨索價太昂。所以程高再版時，二人不得不在
引言中對書價一事略加解釋云：

是書刷印，原爲同好傳玩起見，後因坊間再四乞兌，爰公議定值，
以備工料之費，非謂奇貨可居也。

後來尤凤眞在「瑤華傳」的序言中也說道：

……紅樓夢一書……今所流傳者皆係聚珍板印刷，故索價甚昂，自
非酸子紙裏中物可能羅致，每深神往。

所謂「聚珍版」就是指木活字版。有時也稱「聚錦版」。耘香閣刊本
紅樓夢題記也是以此名詞形容程刻本。又據毛慶臻的「一亭考古雜
記」所載，當年程刻本京版紅樓夢售價「每部數十金」，直到後來，
「翻印日多」，售貨才下降至「低者不及二兩」。在這種情形下，如
果爲了打經濟算盤，抄補幾段缺文，自比花「數十金」買一本刻印
本合算。這是普通讀者合理的想法。

此外，前面我們已分析過，程高當年的北版是程甲本，在京師一帶
未必隨時買到程乙本及程丙本。如果此人明知高鶚修訂紅樓夢已進
行到程丙本的階段，但於市面上又買不到刻印的程丙本，那麼只好
從有程丙本者借來抄錄。

其實，刻本出版以後，還有人手抄刻本者，並不算稀奇。這類實例
我們已經知道不少。有的是全抄程刻本。容庚舊藏的百廿回紅樓夢
抄本就是全抄程丙本。較晚的戚宜之百廿回手抄本及文訪蘭手抄本
都是全抄刻本。也有的是就自己手中原有的八十回抄本，再抄配刻
本的後四十回。這種人多半是打的經濟算盤，不考慮爲前八十回抄
本存眞的問題。吳曉鈴藏的四冊殘抄本就是配合前八十回抄本及程
甲本後四十回而得。北京圖書館 1961 年入藏的那部百廿回抄本也是
由八十回石頭記和程甲本後四十回拼湊成的。〔註35〕

〔註35〕同上，第 287～289 頁。

經過以上的分析，趙教授歸納出三點重要的結論：

> 第一，根據此抄本「改文」的狀況，可以斷定這一定是用刻本校改抄本的結果。第二，只有在我們承認程高序言的眞實性以後，才能找出這個抄本產生的經過。第三，由這個抄本中我們可以看到紅樓夢後四十回初稿或殘稿的形狀及內容，這就是此抄本後四十回的正文部份。〔註36〕

因此，趙教授認爲這個紅樓夢後四十回原稿不是高鶚所續。這又是另一個待證的課題，下文中我們自會詳細討論。

綜合以上諸家意見，不外有兩種不同的見解，一即此本爲高蘭墅整理過程中的一個稿本，猶非最後定稿；另一種意見以爲此稿乃據程高刻本乙本校改。在此，我們都需重新檢討事實的可行性。

二、疑點及困難的分析

（一）俞平伯先生說法的疑難

1. 整理的動機為何

如果這書是據程、高刻本——乙本校改的話，其動機何在？俞平伯先生認爲將刻本文字校改在抄本上，無法以「好奇好古」的心理加以解釋，於是他說：

> 譬方那人有了一個程排乙本，又有一個一百二十回的舊抄本。這本既有拼湊的情形，他究竟有多少回不可知，大約總有一個相當的數目。他就依據這他認爲可靠的程乙本校在抄本上。把刻本來校改抄本，好像奇怪，其實也不。如有正書局大字本的第六十八回就是這樣改的。此人意在於整理，且非逐字逐行地照抄而有所去取，上引未改、異改、有擇善而從意諸例，都可以這樣解釋。有些改得不差，有些又很差（如上舉第十一「不誤以改而誤」之例尤爲突出），其中自有一些矛盾。但版本既然龐雜，改者又非一手，水平之不齊，或由於此歟！〔註37〕

若依這種說法，此抄本在校改之前，校改者已經知道此本有抄配拼湊的現象，而其所以校改，似乎只在知道拼湊的詳情，可是把乙本的文字校改在抄本以後，恰足以混淆這種拼湊的眞象，這種「反其道而行」的作法，不知俞氏有

〔註36〕同上，第289～290頁。
〔註37〕同註5，第309～310頁。

否考慮過。

2. 整理的目的何在

如說此人「意在整理，並非逐字逐行地照抄而有所去取」。那麼，整理的目的何在？即非意圖公諸於世，僅求一部較好的善本，以備自己私下研閱，說得通嗎？尤其特改的四十四回，改得愈多，愈近於程高乙本，無異承認後期的刻本優於早期的脂本，這點紅學家都不會完全承認的。縱使承認的話，那麼又何必在已有較好的刻本和存眞的脂本之後，又要浪擲時間，虛費筆墨，把存眞的脂本改得一塌糊塗，難以閱讀；卻又得不到一部較好的刻本，甚至還有重新謄抄的打算及清本的發生，倒不如謄抄一部刻本還來得順當。

3. 和現在所知的版本事實不符

如果說是意圖整理出一部善本問世，那麼其目的完全與程、高當時整理的旨意合契，並且根據抄重及底本的研究，這位整理者也的確集中好幾種脂本「廣集核勘」。可是在程、高刻本及其流裔通行以後，抄本已近絕跡，只有一些好古存眞的藏書家還一再的珍藏。現在他竟然能夠集中三種以上不同系統的抄本與後四十回的前身稿本，更是一件難以想像的事。何況我們今天所見的刻本，除了程乙本外，盡是程甲本的天下，說明了一件事實：這本如果旨在整理問世，其結果必爲程乙本，但是我們至今無法找到一部近於程乙本的後期刻本。

4. 改文的性質和程度相差太遠

雖然俞氏舉出有正本第六十八回爲例，但是二者的改文性質、程度相差太遠，不可等量齊觀。而且後期的出版商，純粹在牟利，並且紛紛以「東觀閣」，「王雪香」、「大某山民」、「張新之」的評本爲號召，是否願意花費那麼多的工費，出版一部不帶批語的白文本，去作那毫無把握的賠本生意呢？

5. 真象和假設的違逆

俞氏的這種假設與其自己在校對以後所舉的第十一個例子——不誤以改而誤之例，完全背道而馳，逼使俞氏的說法無法自圓，只能以校改的抄手水準不一，略作緩頰。但是前面他自己說明這種改文的性質意圖整理，豈能張三、李四隨便委以重任，令抄手們自己斟酌採納，何況這些改文的筆跡除了原抄手自己抄誤的改文以外，我們無法比照筆跡分辨出共有多少位不同的抄手，一起作這道整理的工作。

（二）趙岡先生說法的疑難

同樣，趙岡教授也是認爲這書據刻本校改抄本，可是卻不滿意俞氏的解釋，

盡力想去彌補俞氏的漏洞。他認為全部百廿回除楊氏補鈔的幾回外，其具有改文部分的正文，早於程、高之前即已存在，而且前八十回曾請高氏鑒定過；並在程高刻本未問世前，抄來後四十回的初稿，又在程高整理後，因買不起這部刻本，不得不作如此的校改方式。並且也對程、高刻本售價的昂貴舉過實例，以支持他的看法。但是趙教授的說法裏也曾遇到如下的疑點和困難：

1. 動機的可議

我們如果檢討乙本的引言：

「是書刷印，原為同好傳玩起見，後因坊間再四乞兌，爰公議定值，以備工料之費，非謂奇貨可居也。」顯然可以看到最初僅限於「同好傳玩」，而其「公議定值」是在「坊間再四乞兌」之後，我們很難發現程高刊擺甲本的初始即有盈利的打算。如果有了這個打算，何以能夠坐視東觀閣及全傳本等的翻印，而不加以管制呢？

2. 違背事理人情

如果為了「同好傳玩」而刊擺紅樓夢的話，既向同好借得前八十回作為參考，何以書成之後，竟然過河拆橋，連贈一部甲本給有功於這一擺刊工程的同好都沒有，而需等待乙本問世之後，纔由這位同好回借，加以校改，其不合理處甚明。

3. 不符合事實和真象

既已承認刻本較好，其遭遇到的困難也就如同俞氏的說法，而且既有謄清的打算，也有十九回清本的事實，何以不一律按照刻本全部重謄一部，卻要花費那麼大的精力時間，毀損一部珍貴的脂本，又沒有達到預期的目標，只得半部不堪入目的抄本呢？

因此，俞、趙二位先生的說法不夠圓滿，令人無法信服，縱使摒棄這些疑難不談，全抄本中的改文是否盡如趙教授所說，全與程乙本相同呢？

三、從事實真象來看全抄本的性質並非根據刻本校改

關於這個問題，我們需要分為以下幾個部分加以檢討：

（一）旁改部分

1. 改文分布的不合情理

我們知道：趙教授認為以刻本校改抄本，最初是將文字夾寫於兩行之間，

我們姑稱爲「旁改」。不具旁改文字的部分，俞氏認爲除了楊氏補抄的幾回外，又有「第二十二第五十三兩回同程乙本」和「從第一回到十八回」，共二十回「應該減去」。這種具有旁改文字的分佈，如同趙教授的主張——甲戌本第一、二、三、四、五、十三、十四、廿七、廿八回，全部九回的夾行批語，竟然「沒有一條是初評的批語，其或然率依我看來幾乎是零。」「一個人評閱一本新書，而不看全書的前五回，反從第六回開始，這種情形也極爲少見。我估計一百人中只有一、兩個人會做這種怪事，也就是說或然率不過百分之一二。」〔註38〕換句話說，這種以刻本校改抄本的分布，不從首回開始，卻從第十九回改動，其或然率自然更低。

2. 改文性質的不合情理

如果我們再退一步，不必膠著在改文分布的上頭大作文章，反而認爲校改的時候，偶因脂本文字可資酌采，所以不必根據刻本一一的改動。可是俞氏列舉的第十一項「不誤以改而誤之例」，卻很難解釋了，恰好是這種論點的致命傷。甚至如第七五回第四頁上第五行，抄寫正文的時候，竟然預留空白，等待改文的填入，似乎已經預見將有人隨後改動了。（參見書影四三）

3. 改文數量的不合情理

雖然從改文的分布、性質上都有難言之隱，但是我們也不必在此糾纏。即以後四十回而論，「引言」中已經交待過：

> 書中後四十回，係就歷年所得，集腋或裘，更無他本可考，惟按其
> 前後關照者略爲修輯，使其有應接而無矛盾，至其原文，未敢臆改，
> 俟再得善本，更爲釐定，且不欲盡掩其本來面目也。

而且我們目前所看到的後四十回，也與「引言」一致。那麼，趙教授認爲這位程、高的同好，在抄得初稿後，又知道會有較好的乙本出現（事實上乙本是否優於甲本，另當別論），於是等到乙本出版後，再以乙本校改，這種說法是否可行呢？我們知道，在後四十回中，甲乙二本的異文不過五九六七字（據汪原放的統計），可是改本中的改文竟然超出近十倍的數量，還留有數量相當多的異文未曾改動。換句話說，既然斤斤計較這四五千字的異文，何以近一兩萬字的異文卻不曾採納，不免令人見疑。

4. 改文取捨的不合情理

〔註38〕趙岡，「與潘重規先生再論紅學」，「幼獅月刊」第四十回卷第一期（臺北：幼
獅月刊社，民國 65 年 1 月）第 20 頁。

　　還有這一兩萬字未曾改動的異文，並非無意的脫落，而是視而不見，有意不採的地方。如：

　　第八十一回

　　（1）寶玉看見道妹妹我剛才說的不過是些獃話你也不用傷心_了要想

我的話時更要保重纏好你（身子要緊）歇歇兒罷（一下十一行）

以上列舉的文字，大字而不加任何符號者，為全抄本的正文和程乙本（即趙岡教授所謂的「程丙本」，徐氏兄弟所謂的「程丁本」。）所共有的文字；加「。」圈號者為全抄本正文所無而程乙本有的；加「（　）」括號者為全抄本正文有而程乙本所無的。小字而不加任何符號者，為全抄本改文和程乙本所共有的文字；加「。」圈號者為全抄本無而程乙本所有的；加「（　）」括號是程乙本無而全抄本改文所有的文字。下面所舉的例子，一律傲此。

　　這段文字共四十六字，改文一處。全抄本「身子要緊」為程乙本所無，但是却作「要想我的話時更要保重纏好你」十三字，為全抄本所沒有的。

　　（2）你前年那一次得病的時候_{後來虧了一個瘋和尚和個瘋道士治好了的那會子病裡}你覺得是怎麼樣（二下七行）

程乙本在改文「那會子病裏」的上頭多了十八字。

　　（3）_{自全抄本「自」原作「如」圈改}今只（求）叫他讀書講（習）書作文章倘或不聽

教訓還求_{太爺}認真的（責治）_{全抄本「責治」原作「教訓」抹改}他才不至有名無實_的白躭

誤了他的一世（四上二行）

這段文字有四處改文，但是全抄本和程乙本還是有所不同：

　　子、正文中全抄本多「求」「習」二字，程乙本則多五字。

　　丑、改文中全抄本「責治」二字，程乙本作「管教管教他」。

　　第八十二回

　　（1）附條之下有

你既懂得聖人的話為什麼正犯著這_{兩件}病我雖不在家中你們老爺也

未曾告訴我其實你的毛病我卻儘知的（二上九行）

附條也是改文，然而其下的文字，程乙本卻較全抄本多出十二字。

　　（2）且說湘雲探春_{程乙本二人乙倒}正在惜春那邊評論_{全抄本論字下有惜春所畫大觀園「那張」圈去}圖說

_{這個多一點那個少一點這個太疏那個太密}（四下二行）

這段文字全抄本改文二處後，仍較程乙本少十二字。

第八十三回

（1）這裏邢夫人王夫人鳳姐兒（又）也都説了一（回）會子元妃的

病又説了些 全抄本「纏各自」纏各自原作「方」圈改散了（四上十一行）

這段文字共三十五字，正文部分全抄本有三字為程乙本所無，但是全抄本經
過三次的改文，仍較程乙本少十二字。

（2）實在受不得你們家這樣委屈了（五上十一行）

這句程乙本較全抄本多出四字。

第八十四回

（1）寶玉答應了個是只得拿揑著慢慢的退出剛過穿廊月洞門的影屏便一溜

烟跑到賈母（房中）院門口急得焙茗在後頭趕著叫道看跌倒了老爺

來了寶玉那裏聽得見剛進得門來便聽見王夫人鳳姐探春等笑語之聲

丫環們見寶玉來了連忙打起簾子悄悄告訴道姨太太在這裏呢寶玉趕

忙進來原作「與」在給原字上改正薛姨媽請安

這段文字，改文部分程乙本較全抄本多四字，而正文部分全抄本較程乙本少
八十餘字，分布在前後改文的中間，足以證明絕非漏改所能解釋。

（2）只見説著話兒已擺上飯來全抄本「來」字下有「賈母便問道」抹去自然是賈薛姨媽上坐探春等陪坐

薛姨媽道寶哥兒呢賈母忙笑説道寶玉跟著我這邊坐罷（二上六行）

這段文字共五十字，有三處改文，但是程乙本仍較全抄本多了二十五字。

（3）這裏薛姨媽全抄本「媽」下有「等」圈去又問了一回黛玉的病賈母道林丫頭那孩

子倒罷了只是心重些所以身子就不大狼結罷了要瞧靈性兒也合寶丫

頭不差什麼要瞧寬厚待人裏頭卻不濟他寶姐姐有耽待有儘讓了薛姨

媽又説了（一回）兩句閑話兒便道老太太歇著罷（二上十二行）

這段九十七字的長文中，有四處改文，但是正文部分程乙本較全抄本有一處
多了七十六字，另一處則全抄本的「一回」程乙本故作「兩句」。

第八十五回

（1）（遂）因命小太監取來親手遞（與）給寶玉寶玉接過來捧著又

謝了然後退出北靜王又命^{兩個小太監（送）}跟出來^{全抄本原作}_{繞「便」圈改}同著賈赦

等回來了^{全抄本「了」字下原有賈赦見過賈母便各自回去這裏賈政帶著他三人請過賈}_{母的安又說了些府裏遇見什麼人寶玉又回了賈政「見過賈母寶玉又將」抹去}

吳大人^{陞見}保舉的話^{全抄本「話」上有「之」在原字}_{上改正、下有「回了賈政」圈去}賈政道這吳大人本來咱

們相好也是我輩中人^{還到（還）是有骨氣的}又說了（些）幾句閑話兒賈母

便叫歇著（各自散）^{全抄本「去」原}_{去作「回」圈改}賈政退出珍璉寶玉都跟到門口賈

政道你們都回去陪老太太坐著去罷說著便回（到）房（中）去_{剛坐了}

一坐只見一個小丫頭回道外面^{林之孝（來）}請老爺回話說遞上個紅單帖來寫著吳巡撫的名

字賈政（道）知是來拜便叫（他）小丫頭叫林之孝進來（自己走）賈政出至廊簷下林之

孝進來回道……（一下三行）

在這段長達二百六十餘字的文字，有十餘處的改動，但是全抄本經過改動後的文字和程乙本仍有許多不同，歸納起來有以下數點：

（1）全抄本較程乙本多出者：正文九字，改文七字。

（2）程乙本較全抄本多出者：正文五十四字，改文三十九字。

第八十八回

（1）^{鳳姐一面說（就）}一面睡著了平兒秋桐著見鳳姐已睡只聽得遠遠的雞聲叫了二人方

都穿著衣裳略躺了一躺就天（明）亮了。（五上一行）

在這四十九字內，全抄本正文，改文各多程乙本一字。而程乙本多出全抄本的，正文有三字，改文有二十二字。

第八十九回

（1）襲人^{一面叫小丫頭放桌兒麝月}打發寶玉喝了漱了口只見秋紋^{走來說}_道

那屋裏已經收拾（好）妥了但等著一時炭勁過了二爺再進去罷寶玉

點頭只是一腔心事懶意說話一時小丫頭來請說筆硯都安放妥當了寶

玉道知道了。（二上三行）

這段文字程乙本除了將全抄本的正文「收拾好了」作「收拾妥了」外，還多了四十七字，改文也多二字。

第九十回

（1）且說雪雁（和）紫鵑^{背地裏都念佛雪雁向紫鵑}說道虧他好了只是_{（這）}

（病也）病得奇怪（好也）好得也奇怪。（二上三行）

全抄本正文較程乙本多五字，改文多一字。程乙本則多全抄本的正文七字，改文八字。

　　第九十六回

　　（1）……只是心裏怕他見了寶玉_{那一個已經是瘋瘋傻傻這一個又這樣恍恍惚惚}_{一時}説出些不大體統的話來那時如何是好。（五上九行）

程乙本較全抄本正文多出「那時」二字，改文則多了二十字。

　　第九十七回

　　（1）忽然想起一個人來便（叫）命小丫頭_{急忙}去請（大奶奶來）你道是誰原來紫鵑想起李宮裁是個孀居今日寶玉結親他自己迴避況且園中諸事向係李紈是料理所以打發人去請他。（五上三行）

　　上面一段文字程乙本較全抄本多出四十九字的正文，但是在另外二處少了四字的正文，一字的改文。

　　第九十八回

　　（1）當時黛玉氣絕正是寶玉（結親）娶寶釵的_{這個}時辰_{（李紈探春）}紫鵑等都^{全抄原作作}_{「多」後圈去}（大家）大哭起來^{全抄本原有「起來」}_{後圈去}李紈探春想他素日的可疼今日更加可憐也便傷心痛哭因瀟湘館離新房子甚遠所以那邊並沒聽見一時大家痛哭了一陣只聽得遠遠一陣音樂之聲側耳一聽卻又沒有了。（二下十二行）

這段文字歸納起來，可分幾種情形：

　　（1）改文爲程乙本不見的有六字。

　　（2）全抄本圈去而程乙本有的：如「起來」二字。

　　（3）程乙本較全抄本多出的正文有五十四字，另外一處少了二字。其中五十字是夾在圈去的文字和改文的中間，這點說明絕對不能以漏改去解釋。

　　第一百六回

　　（1）鴛鴦彩雲鶯兒襲人（等）看著（傷心）也_{各有所思便都抽抽簪簪的餘}_{著丫頭們看得傷心不覺也都哭了竟無人解慰滿屋中}（多）哭聲驚天動地將（了）外頭上夜的婆子（聽見）_{（不知何事）}嚇（得）_慌急報于賈政知道。（三上五行）

這段文字可分幾種情形：

（1）全抄本的改文為程乙本所沒有的共五字。另外程乙本多出了三十字。

（2）全抄本的正文為程乙本所沒有的共七字。另外程乙本多出十一字。

第一百十三回

（1）我在地裏打豆子聽見了這話（唬）嚇的連豆子都拿不起來了就在地裏狠狠的哭了一大場我合（女兒）女婿說我也不顧得你們了不管眞話謊話我是要進城瞧瞧去的我女兒女婿也不是沒良心的聽見了也哭了一會子。（二下十二行）

這段文字正文部分全抄本有二字為程乙本所沒有的，另外程乙本則多出了三字。改文部分程乙本多全抄本三十一字。

第一百十六回

（1）豈知身後說話的並非別人卻是晴雯寶玉一見悲喜交集便說我一個人是迷了道兒遇見（了）仇人（正）我要逃回卻不見你們一人跟著。（三上一行）

正文部分：程乙本較全抄本多了四字。

改文部分：全抄本有二字為程乙本所無，另外程乙本多了六字。

第一百十七回

（1）只得送了他父親謹謹愼愼的隨著平兒過日子豐兒小紅因鳳姐去世告假的告假告病的告病平兒意欲接了家中一個姑娘來一則給巧姐作伴二則可以帶著他遍想無人祗有喜鸞四姐兒是賈母舊日鍾愛的偏偏四姐兒新近出了嫁了喜鸞也有了人家兒不日就要出閣也只得罷了且說……（二下十二行）

這段文字共一一六字，二處改文，但是在第二處改文「子」字下程乙本仍較全抄本多了九十五字。

（2）睇到三更多天只聽見裏頭亂嚷說是四姑娘和珍大奶奶拌嘴把頭髮都鉸了趕到（二位）邢夫人王夫人那裏丟磕了頭說是要求容他做尼姑呢送他一個地方兒若不容他他就死在跟前那那邢王兩位太太（們）沒主意叫請薔大爺芸二爺進去（二人）賈芸聽了便知是那回看家的時候起的念頭想來是勸不過來的了便合賈薔商議道……（四上三行）

這段文字共有一三一字，其中的異同是：

（1）正文部分：全抄本有四字為程乙本所沒有的；另外程乙本又多出了

九字。

（2）改文部分：全抄本除多「們」字外，文少了程乙本三十一字。

第一百十八回

（1）_你方纔所說，自己想一想是與不是（自己細想）寶玉_{聽了}（無言可答）也未答言_{只有仰頭微笑}。（四上十一行）

這段文字只有三十六字，有三處改文，但是全抄本「自己細想」和「無言可答」程乙本卻分別作「自己想一想」和「也不答言」等較口語化的句子，其中進化的過程甚為明白。

第一百十九回

（1）還虧得_{（還）}探春能言見解亦高把話來慢慢兒的勸解了（一回）好些時王夫人等略覺好些至次日三姑爺也來了知道這樣事（把）留探春（留）住下勸解_{跟探春的丫頭老婆也與眾姐妹們相聚各訴別後的事}從此上上下下的人竟是無（日）晝無夜專等寶玉的信那一夜五更多天外頭幾個家人進來到二門口報喜幾個小丫胡亂跑進來也不及告訴大丫頭了進了屋子便說〝（道）太太們大喜。（三下十二行）

在這段一五三字的長文中，雖然改文部分程乙本和全抄本各有一字的不同，可是在二處改文的中間及上下，全抄本的正文則有六字是程乙本所無的，甚至可說程乙本已作較口語化的句子，因此多出全抄本的正文竟達三十四字之多。

（2）賈璉早知道是巧姐來的車便罵家人道你們這一起糊塗忘八息子我不在家就欺心害主將_{巧姐}（兒）都逼走了如今人家送來還要攔阻必是你們和我有什麼仇麼眾家人原怕賈璉回來不依想來少時纔破豈知賈璉說得更明白心下不懂只得站著回道二爺出（了）門奴才們有病的有告假的都是三爺薔大爺芸大爺做主不與奴才們相干。（五上三行）

這段文字共一三四字，其中改文程乙本僅多出一字，但是在改文的上下全抄本除了多程乙本二字外，程乙本竟有七十三字是全抄本沒有的，再一對照，其中「告假的」「有病的」也是一百十七回中程乙本多出的文字。

第一百廿四

（1）只見襲人心痛難禁一時氣厥寶釵等用開水灌了過來仍舊扶他睡下一面傳請大夫巧姐兒因問寶釵道襲人姐姐怎麼病到這個樣兒寶釵

道大前兒晚上哭傷了心了一時發暈我倒了太太叫人扶他回來他就睡
倒了因外頭有事沒有請大夫瞧他所以致此說著大夫來了寶釵等略避

（一時）大夫（求診）看了脈說是急怒所致開了方子去了 全抄本「了」字下 原
有「襲人獨自
躺著」抹去 原來襲人模糊聽見說寶玉若不回來便要打發屋裏的人都出去一急越發不好了
「神」全抄本
到大夫瞧後秋紋給他煎藥他（各）獨自一人躺著「神」字塗去 神魂未定好像寶玉在他面前
恍恍又像是見個和尚手裏拿著一本冊子揭著看還說道你不是我的人自後自然有人家兒的襲人
似要和他說話秋紋走來說藥好了姐姐吃罷襲人睜眼一瞧知是個夢也不告訴人吃了藥便自己細
細的想寶玉必是跟了和尚去上回他要拿玉出去便是要脫身的樣子被我摟住著他竟不像往常把
我（細想那日搶玉的光景）混推混搡的一點情意都沒有 後來待二奶奶更
生厭煩在別的姐妹跟前也是沒有一點情意 這就是悟道的樣子但是你悟了道拋
（下）了二奶奶怎麼好我（雖）是太太派我服侍你雖是月錢照著那
樣的分例其實我究竟沒有在老爺太太跟前回明就算了你的屋裏人若
是老爺太太（倘或）打發我出去我若死守著又叫人笑話（我）若是我
出去心想寶玉待我的情分實在不忍左思（又）右想（萬分）實在難
處想到剛纔的夢說我是別人的人那倒不如死了乾淨豈知吃藥以後心
痛（頓）減了 好些也難 全抄本「也難」字旁加中又旁加二躺著 只好 勉強支持過了幾日（仍
舊）起來服侍寶釵

在這段長達五四一字的文字中，共有六處的改文，但是全抄本和程乙本二者
之間的異同仍然多達十餘處，今分述如下：

〔1〕全抄本的正文有二十四字為程乙本所沒有或位置不同的；但是程乙
本還較全抄本的正文多一四〇字左右。

〔2〕全抄本的改文較程乙本多一字；另外程乙本有一四二字是全抄本改
文中所沒有的。

（2）賈政還欲前走只見白茫茫一片曠野並無一人賈政知是古怪只得回來 全抄本「來」
字下有「到了船中悶坐了一回仍舊寫家書」，又
在「仍舊」下旁加「即使」「仍舊」，又分別抹去 眾家人回船見賈政不在艙中
悶了船夫說是老爺上岸追趕兩個和尚一個道士去了眾人也從雪地
裏尋蹤迎去遠遠見賈政來了迎上去接著一同回船賈政坐下喘息方
定將寶玉的話說了一遍眾人回稟便要在這地方尋覓賈政嘆道你們

不知道這是我親眼見的並非鬼怪況聽得歌聲大有玄妙寶玉生下時
啣了玉來便也古怪我早知不祥之兆爲的是老太太疼愛所以養育到
今便是那和尚道士我也見了三次頭一次是那僧道來說玉的好處第
二次便是寶玉病重他來了將那玉持誦了一番寶玉便好了第三次送
那玉來坐在前廳我一轉眼就不見了我心裏有些詫異只道寶玉果真
有造化高僧仙道來護佑他的豈知寶玉是下凡歷劫的竟哄了老太太
十九年如今叫我纔明白說到那裏掉下淚來人道寶二爺果然是下凡
的和尚就不該中舉了怎麼中了纔去賈政道你們那裏知道大凡天上
星宿山中老僧洞裏的精靈他自具一種性情你看寶玉何常肯念書他
若略一經心無有不能的他那一種脾氣也是各別另樣說著又嘆了幾
聲眾人便拿蘭哥得中家道復興的話解了一番賈政仍舊寫家書便把
（那）這事寫上勸諭合家不必想念了。

這段文字長達四五〇字，有二處的改文。全抄本除了「這」字程乙本作「那」
字外，第一處改文程乙本仍較全抄本多出十九字。第二處的改文程乙本多了
四〇五字。

　　以上列舉了廿七條全抄本和程乙本間的異文，僅是校記中的一小部分，
但是已經足以證明全抄本不管正文、改文，都和「程乙本」存在著很多的不
同，甚至可說，全抄本的改本文字，它的正文，改文，都較程乙本的文字來
得簡單潔淨。這種現象並非趙岡先生所說的漏改或放錯位置能夠解釋。因此
趙岡先生認爲這廿一回的改文「全同程乙本，毫無例外」的說法也是不能成
立的。

　　而且以上所舉的例子，其中字數增減的情形，也和徐本（廣文書局所稱
的程乙本），胡本（趙岡先生所稱的程乙本）、或程甲本系統的東觀閣本、王
希廉評本及俞平伯八十回校本附錄的程甲本文字大抵一致，否決了趙岡先生
想從任何刻本校改的可能性。

（二）附條部分

　　如果說這些改文是按刻本校改，而其依據又如趙教授認爲的「程丙本」，
那麼其改文必然全同「程丙本」，可是我們檢查「改文研究」中提及整段抄寫
的十七個現存的附條，也有所不同。其詳情細節，我們已在改文中的「附條」
裡列舉討論過了。這種校改而不據實和其所立的原則恰是背道而馳。

（三）清本部分

　　另外改得較多，而經重謄的清本，其所依據到底是改得一塌糊塗的改本，還是借來的「程丙本」呢？若說前者，道理難以說通，遠不如重謄一部程本為尚。如以後者而論，異文卻又不少，我們暫且拋開一字兩字的異文不談，即以大段的異文，還可列舉如下：

第九十九回

　　（1）一面林之孝家的進來說道姑娘們大喜林之孝測了字回來說這玉是丟不了的將來橫豎有人送還來的眾人聽了也都半信半疑惟有襲人麝月喜歡的不得探春便問測的是什麼字林之孝家的道他的話多奴才也學不上來記得是拈了個賞人東西的賞字那劉鐵嘴也不問便說丟了東西不是奉紱道這就算好林之孝家的道他還說賞字上頭一個小字底下一個口字這件東西很可嘴裏放得必是個珠子寶石眾人聽了誇讚道真是神仙往下怎麼說林之孝家的道他說底下貝字拆開不成一個見字可不是不見了因上頭拆了當字叫快到當舖去找去賞字加一人字可不是償字只要找著當舖就有人有了人便贖了（回）來可不是償還了（麼）嗎，眾人道說（如此把）這麼著就先往左近找起橫豎幾個當舖都找遍了少不得就有了咱們有了東西（咱們）再問人就容易了李紱道只要東西那怕不問人都使得林嫂子你（去）就把測字的話快告訴了二奶奶回了太太先叫太太放心就叫二奶奶快派人查去林家的答應了便走。（七上四行）

以上凡不加任何符號者，為全抄本之正文和程乙本所共有的文字，凡加「（　）」括符者，為全抄本正文所有而程乙本所無之字，凡加「。」圈號者，為全抄本正文所無而程乙本所有之字。（案以下舉文並倣此例）

　　這段文字共有三百六十七字其中不同的有：

　　〔1〕程乙本較抄本多出六十六字。

　　〔2〕抄本有六字是刻本所無的。

第九十五回

　　（1）這會子驚動了合家的人都等著爭看鳳姐見賈璉進來便劈手奪去不敢先看送到賈母手裏賈璉笑道你這麼一點兒事還不叫我獻功呢賈母打開看時只見那玉比先前昏暗了好些一面用手擦摸鴛鴦拿上眼鏡兒來戴著一瞧說奇怪這塊玉倒是的怎麼把頭裏的寶色都沒了呢王夫

　　人（也）看了一（回多）會子也認不出便叫鳳姐過來看鳳姐看了道
　　像倒像只是顏色不大對不如叫寶兄弟自己一看就知道了襲人在旁也
　　看著未必是那一塊只是盼得心盛也不敢說出不像來。（五下三行）
這段文字共一九一字，其中的差別是：
　〔1〕程乙本比抄本多出七九字。
　〔2〕抄本有三字爲程乙本所無。

　　第一百四回
　　（1）賈政見了寶玉果然比起（先）身之時臉面豐滿倒覺安靜並不如
　　他心裏糊塗所以心甚喜歡不以降調爲念心想幸虧老太太辦理的好。
　　（三下九行）
這段文字共五三字，其間有五字是程乙本較抄本多出的，而有一字是抄本有，
程乙本沒有的。

　　第一百五回
　　（1）賈政尚未聽完便跺腳道了不得罷了罷了嘆了一口氣（眼淚直淌）
　　撲簌簌的掉下淚來。（四上十一行）
全文共三十四字，程乙本較抄本多出六字，四字是程乙本所沒有的。

　　第一百九回
　　（1）邢王二夫人鳳姐等請安見賈母精神尚好不過叫人告訴賈政立刻
　　來請了安賈政出來即請大夫看脈不多一時大夫來診了脈（五下七行）
這段文字共五十一字，程乙本較全抄本多了十二字。

　　第一百十回
　　（1）這也奇怪那時候有且老太太疼他倒沒有作過什麼威福如今老太
　　太死了沒有了仗腰子的了我看他倒有些氣質不大好了。（五上五行）
在這四十九字裏，程乙本較抄本多出「沒有了仗腰子的了我看他」共十一字。

　　第一百十一回
　　（1）婆子道你是那裏來的個黑炭頭也要管起我們的走動來了包勇
　　道我嫌你們這些人我不叫你們來你們有什麼法兒婆子生了氣嚷道
　　這都是反了天的事了連老太太在日還不能攔我們的來往走動呢你
　　是那裏的這麼個橫強盜這樣沒法沒天的我偏要打這裏走說著把手
　　在門環上狠狠的打了幾下妙玉已氣的不言語正要回身便走不料裏
　　頭看二門的婆子聽見有人拌嘴連忙開門一看見是妙玉已經回身走

去明知包勇得罪了（便）是了近日婆子們都知道上頭太太們四姑
娘都和他親近恐他自後說出門上不放進他來那時如何躭得住趕忙
走來說不知師父來我們開門遲了我們四姑娘在家裏還正想師父呢
快請回來看園的小子是個新來的他不知咱們的事回來回了太太打
他一頓攆出去就完了妙玉雖是聽見總不理他那禁得看腰門的婆子
趕上再四央求後來才說出怕自己擔不是幾乎急的跪下妙玉無奈只
得隨著那婆子過來包勇見這般光景自然不好再攔氣得瞪眼嘆氣而
回。（三下九行）

以上三百六十字的長文中，全抄本和程乙本有多處異文，程乙本有九十五字
爲抄本所無，而抄本則較程乙本多出一字。

（2）包勇一見生氣道這些毛賊敢來和我鬥鬥那夥賊便說我們有一個
夥計被他們打倒了不知死活咱們索性搶了他出來這裏包勇聞聲即
打。（四下三行）

抄本原是「包勇一見生氣聞聲即打」十字，程乙本則多了雙方的說話共四十
六字。

（3）一時賈芸林之孝都進來了見是失盜大家著急進內查點老太太的
房門大開將燈一照鎖頭撬拆進內一瞧（老太太的）箱櫃（俱）已開。
（四下七行）

這段文字共五十二字，其間異同有：程乙本較全抄本多廿一字。全抄本有五
字爲程乙本所無。

第一百十二回

（1）林之孝（道）回說他和鮑二打架來著爺還見過的呢。（三上三
行）

在這二十字中，程乙本較全抄本多「來看」二字外，「道」字已作「回說」。

第一百十五回

（1）寶玉見是父親來欲要爬起因身子虛弱起不來王夫人按著說道不
要動。（六上七行）

在這二十九字的短文內，程乙本較全抄本多出九字。

從以上十一條例子看來，趙岡先生認爲這十九回清本「完全同程乙本」
的說法是一種疏於查考的錯誤。而且從這些文字，我們也可以看出程乙本文
字較全抄本多出了一些語尾詞句和對事物更深刻的描寫，這是一種進化的現

象，絕對不是謄抄程乙本的結果。

（四）校改程序

校改程序過於繁複，未免不合情理。有些既已謄抄爲清本之後，又有改本部分相同的旁改筆跡出現，說明這種改動一次接連一次，並不因爲變成清本之後即告停止。如：

1. 第八十六回一頁下十一行「麼」字，二頁下十行「一處」二字（甲乙本並無）
2. 第九十一回二頁上首行、十一行，二頁下三行、十行，三頁上二、三、十四行
3. 第九十二回三頁下三行
4. 第九十三回二頁上七行
5. 第九十四回二頁上八行
6. 第九十五回四頁下五、七、九行
7. 第九十九回四頁下九行
8. 第一百回三頁下七、八行
9. 第一百一回二頁下四行，五頁上十行，七頁上四行
10. 第一百二回一頁上七、八、九行，二頁上八、九行，二頁下二、四、八行，四頁上三、六行
11. 第一百三回四頁上九行
12. 第一百四固二頁上二行，三頁下四、六行
13. 第一百九回二頁上九行，五頁下五行
14. 第一百十回一頁下一行
15. 第一百十四周三頁下九、十行
16. 第一百十五周五頁上一行，五頁下一、四行，六頁上一行

可見凡此清本部分，幾乎每回均有改文，證明這些改文在謄清之後，又經一次的改動。若說這位先生興緻勃勃，在經一次的改動，使版面受到毀損的教訓後，需要有更近程高乙本的清本出現，那麼他應該校改那些差距較大的回文，諸如一百十六至百廿回部分；或者重謄改得較爲嚴重的部分，如八十二、八十四回。可是出乎意料的竟又斤斤於數字數句的改動，而這些改動若說據刻本一一校改，豈不又再多花一次的工費！假使竟是隨意的改動，卻又和程刻乙本如此的密合，唯一的解釋：此等改文變爲程乙本的正文，是程

刻本的前身文字，否則其或然率幾乎是零。

（五）筆跡分布

筆跡的交互穿插，說明清本、改本的時間相隔不遠。例如：第八十一回已隸屬改本部分，但是第一頁上半的正文，竟然和清本的筆跡無異，但是第八行後卻和下半頁的改文筆跡相同，證明清本、改本二者相距出現的時間不會太久。

（六）版口問題

既然抄本不可能根據刻本校改，那麼唯一的解釋是「紅樓夢稿」必為刻本的前身了，會有困難發生嗎？依據目前的了解，其窒礙處即在「版口」這個問題上。〔註39〕

由於王珮璋女士校對過甲乙二本間的異文情況，發現一千五百多版，僅有五十六版沒有異文，其餘有異文的版面，每頁版口文字的起訖幾乎相同，這個結果和我們校對刻本間的異文情況近於一致。甚至有時為了維持二本版口文字起訖的對應，也犧牲掉乙本正文的通順及誤襲甲本衍文的地方，如程甲本第八十三回第二頁訖第三頁起

……覺得園裡頭平日只見寂寞如今躺在床上偏聽得風聲蟲鳴聲鳥語聲人走的腳步步聲又像遠遠的孩子們啼哭聲一陣一陣的聒噪的煩燥

〔註39〕俞平伯先生「談新刊『乾隆抄本百廿回紅樓夢稿』」曾說：「程高刊書，由甲而乙程序分明。有人曾經校對計算過甲乙兩本文字儘管不同，而到每葉終了總在一個字上看齊。甲本全數一五七一葉，乙本改動文字有一五一五葉之多，而起訖不同的只不過六十九葉而已。乙本非但必須從甲本改，而且必須就甲排本或校樣來加工，不然即無法使這一千四百多葉的書，文字移動而起訖不變也。乙本從甲本的草稿改尚且不行，何況根據另一抄本呢。這樣看來，這本為高氏排印古本的手稿或底本，其或然性都很小。但直接以之付排固不可能，而間接地作會考未為不可，這就牽涉到第三點（案即：「是高氏以前的人所改，被高氏採用——說得不好聽些，也許抄襲。」）容到後面再說。」（見「新辨」第301～302頁。）

其後在全抄本的改文析論時又說：「若訛謬而亦從，如上舉第十一之例，高氏看見前人已改錯了，還在那裡盲從，卻不大好講。再說,那人在高氏之前本是假設，也沒有什麼證據，自只可存疑耳。」（同上，第309頁）

可見俞氏拘執於王珮璋女士校對出來的「版口」結果和以高鶚為中心的錯誤說法，忽視程偉元的存在。趙岡先生從「新探」到「新編」，也一再考慮到這個問題，其「致潘重規先生書」、「紅樓夢稿諸問題」、「與潘重現先生再論紅學」等文章中，更屢次的援引「版口問題」作為程本必經甲本紙上作業的證據。

起來……

誤重「步」字，乙本爲了版口的一致，又沿襲其誤。程乙本第六回第五頁：

> ……豈有個不教你見個眞佛兒去的呢論理人來客至卻都不與我相干
> 我們這裏都是各一樣兒我們男的只管春秋兩季地租子閒了時帶著小
> 爺們出門就完了……」

爲著保持第六頁起字的相同，竟然把版末「各」下的「占」字去掉，使這兒文字似通非通。第七回第十二版迄第十三版的起首情形也是相同。可見甲乙二本版口文字起訖的一致如何受到重視，以致二本版口在經改動的地方，非誤字，即是單一文字的改動，但是在最後一版卻毫不顧忌的加以增刪，只是謹守一個原則——儘量不增減版數。因此，乙本僅較甲本多出四頁，也是必然的結果。甚至甲本第四十七回第十三版誤編爲十二，竟使乙本誤脫第十三版的文字。更足以證明這個原則在二本的刊刻過程中，被運用於版面的固定，以求乙本排版作業速度的加快，並在增加版面與活字之後，又能避免人事混雜所造成的錯誤；再則字模由於不夠，須要擺就即印，印完重擺，而非說明乙本是在印就的甲本版面上作業。何況乙本是採取倒排的作業，更需版口的固定，以致擺完之後每每忘情的在幾個回首的首行「紅樓夢第××回下」，順手的擺上一個違背常理的「終」字，如第五四、五五回的情況即是如此。（參見書影第四八）因此程乙本從辛亥冬至後五日到壬子花朝，短短的七十天內能夠問世的謎底，也就揭曉了。

然而俞平伯先生和趙岡教授卻把這種遷就版口的情況，拿來作乙本僅能在印好的甲本上加以增刪的堅強證據，不但否認了乙本有在紙面作業的可能，也使乙本七十天問世的謎底沉入大海，更使乙本獨有的程高「引言」第一條：

> 初印時不及細校，間有紕謬，今復聚集各原本，詳加校閱，改訂無訛。

反而找不到適當的答案。如果我們明瞭「引言」所針對是程本整個作業過程的補充說明，而非現存乙本的情況，一切疑難也就無形中消失了。

因此，根據以上六點論證，不論前八十回或後四十回，自清本或者改本，從正文或改文等來看，在在說明這部抄本上的種種情況，絕非由程乙刻本校改而成。尤其這種說法的致命傷，即是他的假設過程完全違背程刻本的工序。

四、「紅樓夢稿」是程刻本的前身稿本及其定義

全抄本既非根據刻本校改，謄清過錄，而甲乙本間作業的程序也不受版口的限制；換句話說：乙本有在紙上作業的可能，而非限制在印就的版面作業，這點能夠找到證據嗎？答案即在這部全抄本的「紅樓夢稿」身上。因為我們假設俞平伯先生、趙岡教授認為乙本是在印就的甲本上作業可以成立的話，也必須要承認「紅樓夢稿」上的改文是在三本印完後，據乙本校改而成。可是我們今日所看到的全抄本情況，卻為近於乙本的甲本前身，這些證據即留存於後四十回，大家一致認為程高初稿改本部分的正文裏（因為清本和改文必近於乙本，無庸贅述，今所待證，則為初稿的正文近於乙本，而非甲本。）。如：

1. 第八十一回二頁下十行

   「……直照到我床上來那些鬼都跑著躲避就不見了」，乙本同，甲本「床上」作「房裏」。「就」作「便」。

2. 第八十一回二頁下十一行

   「賈母道你那年中了邪的時候你還記得麼鳳姐（兒）笑道我也不狠記得了但覺自己身子不由自主倒像有什麼人拉拉扯扯……」案：括符（　）內的文字為稿本所無，甲乙本共有之字，下例仿此。此條乙本同，甲本則作「賈母道你前年害了邪病你還記得怎麼樣鳳姐兒笑道我也全不記得但覺自己身子不由自主倒像有些鬼怪拉拉扯扯……」

3. 第八十一回三頁上一行

   「賈母道好的時候（兒）呢」，乙本同，甲本作「賈母道好的時候還記得麼」。

4. 第八十二回一頁下十行

   「……又看講章鬧到起更以後了」，乙本同，甲本作「又看講章鬧到梆子下來了」。

5. 第八十二回四頁上五行

   「尚拿絹子」乙本同，甲本作「尚拿手帕」。

6. 第八十三回一頁上十二行

   「黛玉聽了嘆〔了〕口氣〔拉著探春的手〕道姐姐叫了一聲又不言語了」案：加〔　〕符號之字為改文。此段乙本除「姐姐」作「姐兒」，餘文同。甲本「嘆了口氣」作「點點頭兒」，「姐姐」作「妹妹」。

7. 第八十三回二頁上一行

「便招手兒叫他」，乙本無「便」字，餘同。甲本作「點頭兒叫他」。

8. 第八十三回四頁上九行

「十餘輛翠蓋車」，乙本同，甲本「翠蓋」作「大」。又此行「又進去回明賈母」乙本同，甲本作「回明老太太」。

9. 第八十三回四頁下九行

「心裡一酸」，乙本同，甲本作「眼圈兒一紅」。

10. 第八十三回五頁上二行

「且說薛家金桂自趕去薛蟠〔去了〕」，乙本同，甲本作「且說薛家夏金桂趕了薛蟠〔去〕」。

11. 第八十三回五頁上十一行

「也沒大老婆小老婆都是混賬世界了」，乙本同，甲本作「也沒有妻沒有妾是個混賬世界了」。

12. 第八十三回五頁下八行

「你也別鬧了說著〔跟了薛姨媽〕便出來了」，乙本同，甲本作「你可別再多嘴了跟了薛姨媽出得房來」。

13. 第八十四回三頁上八行

「灌下去了」，乙本同，甲本作「灌了下去」。

14. 第八十五回三頁上六行

「倒像是客有這麼些套話」，乙本同，甲本作「倒像是客一般有這些套話」。

15. 第八十七回一頁上

寶釵寄黛玉書的四章歌吟下，甲本分別註上「一解」「二解」「三解」「四解」，全抄本、程乙本並無。

16. 第八十七回三頁上八行

「小几上卻擱著剪破了的香囊和兩三截兒扇袋并那鉸拆了的穗子黛玉手中卻拿著兩方舊帕子上邊寫著字跡……」，乙本同，甲本作「剪破的香囊兩三截兒扇袋和那鉸拆了穗子黛玉手中自拿著兩方舊帕上邊寫著字跡……」。

17. 第八十八回二頁上六行

「不禁淚下」，乙本同，甲本作「不禁流下淚來」。

18. 第八十八回三頁下四行、四頁下五行

「在屋裏」，乙本同，甲本並作「在房中」。

19. 第八十九回一頁上七行

「這一日天氣陡寒」，乙本同，甲本作「起來天氣陡寒」。

20. 第八十九回一頁下七行

「喝半碗熱粥「兒」」，乙本同，甲本作「喝一口熱粥兒」。

21. 第九十回三頁下十行

「這件事道實叫三爺操心」，乙本同，全抄本「道」旁改作「著」，甲本並無「道」「著」二字，「實」下有「在」字。

22. 第九十六回五頁下四行

「和寶玉一樣」，乙本同，甲本作「不減於寶玉」。

23. 第九十七回二頁上十一行

「薛姨媽「纏」要叫人告訴寶釵」，乙本同，甲本無「寶釵」二字。

24. 第九十七回四頁上五行

「黛玉微微的點頭便掖在袖裏說叫點灯」，乙本「說」作「便」，餘同。甲本作「黛玉點點頭兒掖在袖裏便叫雪雁點灯」。

25. 第九十七回六頁上一行

「只怕是」、「那一付」、「索性」，乙本同。甲本「那一付」作「我們姑娘」，餘並無。

26. 第九十七回六頁上八行

「俱是按本府舊倒不必細說」，乙本同，甲本作「俱是按金陵舊例」。

27. 第九十七回六頁下二行

「眾人接過灯去扶著坐下兩眼直視〔半語全無〕賈母恐他病發親自過來招呼著」，乙本同，甲本作「眾人接過灯去扶了寶玉仍舊坐下兩眼直視半語全無賈母恐他病發親自扶他上床」。

28. 第九十八回一頁下三行

「襲人聽了〔這些話〕又急又笑〔又痛〕」，乙本同，甲本作「襲人聽了這些話便哭的哽嗓氣噎」。

29. 第一百六回二頁上五行

「賈政聽了（便說）道（我）是是對天可表的從不敢起這個念頭只是奴才們在外頭招搖撞騙鬧出事來我就躭不起」，乙本同。甲本則作「賈政聽了便說道我是對得天的從不敢起這要錢的念頭只是奴才在

外招謠撞騙鬧出事來我就吃不住了。」

30. 第一百六回三頁上十行

「只是鳳姐現在病重況他所有（的）什物盡被抄搶心里自然難受一時也未便說他」，乙本「心里」作「心內」，餘同。甲本作「鳳姐現在病重知他所有什物盡從抄搶一光心內鬱結一時未便埋怨」。

31. 第一百六回二頁一下四行

「我不放賬也沒我的事如今枉費心計掙了一輩子的強偏偏兒（的）落在人後頭了我還〔恍惚〕聽見珍大爺的事……」乙本同，甲本作「我若不貪財如今也沒有我的事不但是枉費心計掙了一輩子的錢如今落在人後頭我只恨用人不當恍惚聽得那邊珍夫爺的事……」。

32. 第一百六回二頁下六行

「那時候兒我可怎麼見人巴不得立刻就死」，乙本「我」在「那」字上，「人」下有「呢」字，餘同。甲本作「我那時怎樣見人我要就死」。

33. 第一百六回三頁上七行

「只見坐著悲啼纏放下心來道……」，乙本「道」上有「便」字，餘同。甲本作「只見坐著悲啼神魂未定說是」。

34. 第一百六回三頁下十行

「說是偺們家人鮑二吵嚷的我看這冊子上並沒有什麼鮑二」，乙本同。甲本作「說是偺們家人鮑二在外傳播的我看這人口冊上並沒有鮑二」。

35. 第一百七回一頁下十一行

「……又帶著佩鳳偕鸞那叫蓉兒夫婦也還不能興家立業又想起二妹三妹多是璉二爺鬧的如今他們倒安然無事依舊夫妻完聚只剩我們幾個怎麼度日」，乙本「又」下有「兼」字，餘同…。甲本作「……又帶了偕鸞佩鳳蓉兒夫婦又是不能興家立業的人又忽想著二妹三妹俱是璉二叔鬧的如今他們倒安然無事依舊夫婦完聚只留我們幾人怎生度日」。

36. 第一百七回三頁上五行

「……只現在怎樣辦法想畢」，乙本「法」下有「呢」字，甲本作「現在怎樣辦法定了主意」。

37. 第一百七回二頁下九行

「留下二千給你媳婦收著仍舊各自過日子房子還是一處住」，乙本同，甲本作「留下二千交你媳婦過日子仍舊各自度日房子是在一處」。

38. 第一百七回三頁上六行

「譬如那時多抄了怎麼樣呢」，乙本同，甲本作「譬如一抄盡了怎麼樣呢」。

39. 第一百七回三頁下二行

「一時下不了臺就是了」，乙本同，甲本作「一時下不得臺來」。

40. 第一百七回三頁下十行

「平兒恐驚了賈母便說這會子好些〔兒〕說著跟了賈母等進來趕忙先走過去」，乙本同。甲本作「平兒恐驚了賈母便說這會子好些老太太既來了請進去瞧瞧他先跑進去」。

41. 第一百七回四頁下一行

「趕著進內告訴賈母賈母（自然喜歡拉著）說了些勤謹報恩的話王夫人正恐賈母傷心過來安慰聽得世職復還也是歡喜」，乙本同。甲本作「……趕著進內告訴賈母王夫人正恐賈母傷心過來安慰聽得世職復還自是歡喜又見賈政進來賈母拉了說些勤謹報恩的話」。

42. 第一百八回一頁上十二行

「如今守著蝌兒過日子這孩子卻有良心他說哥哥在監裏尚沒完事不肯娶親你邢妹妹在大太太那邊也就很苦琴姑娘為他公公死了還沒滿服梅家尚未娶去你說說真正是六親同運薛家是這麼著」，乙本「真正」作「真真」，餘同。甲本作「你說說真真是六親同運薛家是這樣了姨太太守著薛蝌過日為這孩子有良心他說哥哥在監裏尚未結局不肯娶親你邢妹妹在大太太那邊也就很苦琴姑娘為他公公死了尚未滿服梅家尚未娶去」。

43. 第一百八回三頁下六行

「老太太道你來了麼這裏要行令呢」，乙本同，甲本作「老太太道你來了不是要行令嗎」。

44. 第一百八回五頁上十二行

「後來見寶玉只望裏走又怕他招了邪氣所以哄著他說〔已經〕走過了那裏知道寶玉的心全在瀟湘館上此時寶玉往前急走襲人只得趕上見他站著……」，乙本同，甲本作「豈知寶玉只望裏走天又晚招了邪

氣故寶玉問他只說已走過了欲寶玉不去不料寶玉的心惟在瀟湘館內襲人見他往前急走只得趕上見寶玉站著」

45. 第一百十三回一頁上七行

「眾人只顧賈環誰管趙姨娘蓬頭赤腳死在炕上」，乙本同，甲本作「眾人只顧賈環誰料趙姨娘」。

46. 第一百十三回二頁上二行

「看到尾上有幾句詞什麼虎兔相逢大夢歸一句」，乙本同，甲本作「看到尾兒有幾句詞什麼相逢大夢歸一句」。

47. 第一百十三回三頁下六行

「眾人正在哭泣」，乙本同。全抄本又旁改作「王夫人等正在哭泣」，同於甲本。

48. 第一百十七回二頁上九行

「你們曾問他住在那裏小廝道〔奴才聽說門上也問來者〕他說我們二爺〔是〕知道〔的〕」，乙本作「你們曾問他住在那裏小廝道門上的說他說來著我們二爺知道的」，甲本則作「你們曾問住在那裏門上道奴才也問來著他說我們二爺是知道的」。

49. 第一百十八回二頁上三行

「叫人沿途迎〔上〕來應付需要〔那人去〕過了幾日」，全抄本後又將「過」字塗去。甲本無「付」「過」二字，餘同。乙本則作「叫人沿途迎來應付需用過了幾日」。

50. 第一百十九回四頁上五行

「不過再過兩天必然找的著〔況天下那有迷失了的舉人〕」，甲本作「況天下那有迷失了的舉人」，乙本作「不過再過兩天必然找的著」。

51. 第一百廿回四頁下八行

「後人見了這本傳奇亦曾題過四句偈語爲作（者）緣起之言更進一竿云」，乙本同，甲本作「後見了這本奇傳亦曾題過四句偈語爲作者類起之言更轉一竿頭云」。

　　以上五十一條並屬改本部分的正文。我們只能嘗鼎一臠，否則還可列出兩、三倍以上這類的例子。奇怪的是大家僅看到清本與改本的近於乙本，以致徘徊於兩端，認爲非程刻乙本的前稿，即是據程刻乙本校改。而主張據程刻乙本校改的學者又侷限於王珮璋女士的統計現象，找不出這種現象的癥結

所在，因而斷言乙本沒有經過紙上的作業，僅能在印就的程刻甲本版面上作那同等量增刪的數字遊戲。果然承認程刻本的刊刻過程如此，那麼程乙本在甲本改動幾千字的異文，竟與這部初稿的文字一一的密合對應，這種不經紙上作業的或然率幾乎是零。但是大家未嘗詳細比勘，終於得不到事實的眞象，致使程高冤沈海底，程乙本在七十天問世的過程成謎。如果能夠知道這部初稿已是近於乙本的前身，遠於甲本，而且程甲本當初從程乙稿本上改動的字，實際上不會較這部初稿的異文爲多。因此，以程刻乙本校改抄本的希望，絕對沒有成立的可能。不管清本改本都是程刻甲乙本的前身稿本之一。

捌、紅樓夢稿和程高的關係

一、後四十回絕非高鶚所續

　　既然「紅樓夢稿」一書爲程、高刻本的前身稿本，那麼它與高鶚的關係必須重新加以評估。我們知道「蘭墅閱過」四字，至今尚無反證不是高鶚的親筆，此點在筆跡研究的分析中已經闡述。那麼，這些改文及清本部分，到底是「蘭墅閱過」之前就已存在，還是其後的添加，這點必須分辨清楚，否則無法了解這些改文的有關眞相。

　　根據第七十八回「蘭墅閱過」四個題字，尚有兩處硃筆，一處將「寒」字改爲「搴」，並在下回分解下加一硃逗「、」，顯而易見這些硃筆是同時加上，而且這些改文也出現在此之前；另有一處即是第一○三回清本部分，第二頁上半頁最後一行，有一個乙倒的記號，旁邊再加一「後」字，說明這個硃筆是在有了改文再作謄請後的加改，而且從這個字形與程本高序中的「冬至後五日」的筆跡完全相同，說明這個字不但是高鶚的親筆，而且在題上「閱過」的時候，也順手改動。其所見到的「紅樓夢稿」，不只有了前八十回，同時後四十回也已存在；不但有了改本，同時也已經有了清本部分。那麼後四十回是否爲高鶚所續，則不無疑問。如果參照高序，更足以證明後四十回應是程偉元收集的部分，絕非高鶚所續。

二、改文是程偉元的整理成績

　　當時的情況既然如此，那麼這些改動的文字或者後四十回，是否即可斷

定爲高鶚的成就呢？答案該是否定的。其理由有三：

（一）如果是高鶚的成就，何以蘭墅只用硃筆改動這兩處的文字？我們知道，現存紅樓夢稿還有幾十回小部分的改文，如果是高蘭墅改動，不應有所區限，何況墨筆的改文和蘭墅的筆跡也不相似。如果再對照程高刻本，異文尚多，爲什麼獨鍾於第七、八回和第百零三回這兩個地方？這些疑點不是輕易可以解釋。因此吳世昌先生認爲的一這些改動的文字是從高鶚的兩個稿本（前八十回、後四十回）校改過來，其不合理甚明；而趙岡教授認爲自刻本校改，也非眞相。

（二）我們知道「蘭墅閱過」四字，吳世昌、趙岡等教授都曾作過很好的解釋，即是這個稿本並非高鶚所有，沒有一個人會在自己的本子上題作「閱過」的字樣，只能證明他是在鑑賞別人的一個稿本。

根據這兩點事實，我們可以確定高鶚當年看到這個本子，非但已經有了改文，而且這個本子，和上面的改文，並非蘭墅所擁有和其留下的成就。如果這點確定，我們再回顧到整理紅樓夢過程中程、高的自白。高鶚曾說：

> 予聞「紅樓夢」膾炙人口者，幾廿餘年，然無全璧，無定本。向曾從友人借觀，竊以染指嘗鼎爲憾。今年春，友人程子小泉過予，以其所購全書見示，且曰：此僕數年銖積寸累之苦心，將付剞劂公同好。子閑且憊矣，盍分任之？予以是書雖稗官野史之流，然尚不謬於名教，欣然拜諾，正以波斯奴見寶爲幸，遂襄其役。工既竣，並識端末，以告閱者。時乾隆辛亥冬至後五日，鐵嶺高鶚敘並書。

程甲本既在「冬至後五日」已經完成，而這些改文又遠在甲本前面，那麼高鶚題上「閱過」的時間是否會早到「今年春」，程氏把「將付剞劂公同好」準備重新謄清的稿本出示給高鶚看，並且請他分工合作，因此在七十八回處題上「蘭墅閱過」四字，並且高鶚也順手改了幾個字。雖然這僅是依據事實的推測，沒有直接的證據，但是也是解釋這些改文與硃墨題字最切當的方法。

三、程高刻本整理過程的試探

既然如此，那麼這些改文何以又會近於程乙，遠於程甲呢？爲了解答這個問題，我們必須檢討程甲、程乙二本之間付刻前的情況及其排印的過程。根據甲、乙二版的題記，甲本是在乾隆五十六年「辛亥冬至後五日」，乙本則爲乾隆五十七年「壬子花朝」，二者的時間差距恰好整整是七十天的時間，改

動卻有兩萬多言，這個版本史上的謎至今未曾揭開，可是我們已經證明這個版本以及改文是在程甲之前即已存在，則答案已具其中。根據汪原放的統計，以及我們校對的結果，甲乙本間版數達到一千五百多個，文章異同共有兩萬多字，平均每版異文約十五個字左右，佔了全書或整版的卅二分之一，並沒有作很大的更動，因此，它能在短短兩個多月的時間內重新排版，而有程乙本的問世，這並非一件極其困難的事。何況這些文字應該早在程甲本排印之前即已出現。換句話說，程乙本的工序應該早於程甲本，也就是程偉元當年「將付剞劂」的春天，恰好高鶚看到這部已有近於程乙改文的稿本，然後轉由熟悉京語的高鶚負起重任，又作了部分的改動增補，終使程甲本問世。那麼高鶚的成績，即是他據程偉元在辛亥春天以前完成的基礎上，再進一步的改動，形成今天酌採乙本的甲本。第二年再排程乙本的時候，卻又根據這部全採「將付剞劂」的原稿加以修正。

這點是否會有證樣呢？在「引言」裡，程高所用的幾則刊刻過程，並屬可信，只有第一則：

> 是書前八十回，藏書家抄錄傳閱幾三十年，今得後四十回合成完璧。緣友人借抄，爭觀者甚夥，抄錄固難，刊板亦需時日，姑集活字刷印。因急欲公諸同好，故初印時不及細校，間有紕繆。今復聚集各原本，詳加校閱，改訂無訛，惟識者諒之。

這裡「今復聚集各原本，詳加校閱，改訂無訛」，我們在校對諸本後，發覺甲、乙二本的異文完全與他們所說的情況不符，和今日可以見到的諸抄本對應的情況極少，而且程乙本雖說改進甲本訛錯的地方，但是自己造成的錯誤，卻又比改正的還多，以至於王珮璋女士曾經批評高鶚不懂後四十回，程乙本反比程甲本退化了﹝註40﹞。所以校對的過程並非在程甲本和程乙本作業間的一道工序，而是在付刻甲本前也就告一段落，「引言」只算是追認罷了，並非乙本的真相。

但是如果這麼解釋，遇到的一個困難則為王珮璋女士的發現：何以甲、乙本間有異文的一千五百個左右的版，其版口文字起訖全同，也就是從甲到乙的階段，全然考慮到每版廿行，每行廿四字版面的處理方式。關於這個問題，我們就要檢討甲本付刻前的幾條脫文：三十字的行款共十一條，廿四字

﹝註40﹞ 王珮璋，「紅樓夢後四十回的作者問題」，「紅樓夢研究論文集」（以下簡稱「論文集」，北京，人民文學出版社，1959年3月）。

的行款七條，廿字的行款則有九條。除了廿字、三十字的行款廿條外，其餘七條廿四字的行款恐怕是謄抄清本時候的失落。因此程、高有鑒於每次重謄，抄手隨時都有脫文的情況發生，過錄的次數愈多，脫文的機會愈大。所以在付刻甲本以前，謄清的工作已經採取了固定今本的行款格式，而今本即是全然依照底本覆排，到了程乙時即在這個底本上直接改動，並考慮到他的版面行款。尤其程甲本的最後十回第一百十一至一百廿回的活字版面根本沒有拆散，以至其字模幾乎全部為程乙本襲用，且完全近似。而甲本到乙本的過程也沒有脫文的產生，完全這個措施下所產生的結果。因為避免再有脫文的發生，考慮到首尾起訖文字相同的格式，再者配合倒排的作業，另外又可分頭並進，以一版為單位作加速度的排版。這參點的考慮使「辛亥冬至後五日」的程甲本順別完成，也使「壬子花朝」的程乙本能夠在七十天內問世，完全歸功於此。

雖然這樣的作業受到不能自由更動的束縛，但是利用程氏早已整理改就的文字，加以斟酌塗抹增刪，更可省掉一些工夫，所以程偉元的序文雖被程、高「引言」取代，但是這些改文的受到尊重，無形中也是程偉元的受到尊重，因此這些變改必經程高二人的同意。

過去由於程偉元被視為貪圖營利的書賈，高估了蘭墅的個人成就，誤信高鶚妹婿張船山的詩註，反而低估了程小泉的藝術水準，以致學者認為一篇短短的序文也由高鶚捉刀。如今從最近發現的幾件資料來看，都足以證明紅樓夢的流傳，完全程氏一手造成，高蘭墅反成輔佐的角色。而「紅樓夢稿」上的一些增刪塗抹的現象，可能都是程小泉一人在辛亥春天，即已完成。高蘭墅的成就應是甲，乙本間二萬多字的異文。

四、程刻本過渡稿本的眞象

這裏必待澄清的一點，這個稿本既於辛亥春前已經存在，何以現存程甲、乙上三條混入正文的脂批，在「紅樓夢稿」反而沒有，而且全抄和刻本的異文竟又如此的多，這種現象說明程、高刻本並非直接從這個稿本蛻變過去。

在重文脫文裏，我們即已斷定：程刻本和全抄本關係最為密切的是廿二回、五十三回和清本部分，並屬乙本系統。其他回裏，程刻本和全抄本的差距反而更大。但是，程刻本之與庚辰本、晉本的關係卻益形密切，證明全抄本前八十回中大部分的正文在刊刻的當年，並沒有為程高直接採用，其道理

何在？至今未能明白。如果我們再加檢討前面曾經分析過全抄的底本，知道它是配抄的本子，而且過錄時留下幾處抄手間複重的部分，知道並非純粹來自一個底本，至少前面數回的特徵似乎來自己卯原本。至於廿九、卅四，五八、六五、六六、六八、六九諸回卻又近於戚本。從這點看來，前八十回的正文是否因為底本的不純而不被採用呢？否則我們再也找不出更好的理由。不過從三者間的關係，可以斷定「紅樓夢稿」雖非直接蛻變為排版刻本的底本，至少前八十回的改文和後四十回的全部正文、改文並被直接採用，因此它是一部間接參考的本子，換句話說：即是程高整理過程中較早期的一個過渡稿本。

玖、紅樓夢稿的成書年代

關於「紅樓夢稿」成書的年代，范寧先生在跋文裏曾說：

> 這個底稿的寫作時間應在乾隆甲辰以前。因為庚辰抄本的二十二回末頁有畸笏叟乾隆丁亥夏間的一條批說「此回未成而芹逝矣」，仍保留著殘闕的形式。但到甲辰夢覺主人序抄本時，就給補寫完成了。而且把原來寶釵一謎改作黛玉的，另給寶釵換製一謎，謎中有「恩愛夫妻不到冬」一句，並有批云「此寶釵金玉成空」，可見這位補寫的人對寶釵後期生活是清楚的。這也就是說，後四十回所寫寶釵生活的文字，這位補寫的人見到過。〔註41〕

范先生認為在庚辰之後，甲辰之前，這是不正確的。尤其寶釵的後期生活，從紅樓夢曲或紅樓夢的前八十回中透漏的消息，已經可以窺見端倪，不需要等到看見後四十回文字始能知悉。縱使如同范先生的推測，補作廿二回的人見過後四十回的文字，更不可能會早到甲辰之前。

吳世昌先生雖不贊成范寧據十七、十八回的分回，否定范氏之說，可是又據第七十五回已用庚辰「對清」以後的回目，所得的結果仍然與范氏相同。其說云：

> 此本第十七、十八兩回已分回，且有兩個回目，措辭和別的本子都不同。因此范寧先生在跋中說此本是在庚辰本之後。但我在英文本探源中已指出，所謂庚辰本乃由四個本子合鈔的配本，其前四十回

〔註41〕同註23，第2頁。

墨鈔正文第二十二回之末已有畸笏叟丁亥（1767）的附記，則其正
文年代亦未可確指，但絕不會是庚辰（1760），則可知也。

此本第七十五回已用了脂硯齋在乾隆二十一年（1756）對清時所提
議的回目（見影印脂京本 1799 頁）。則可確知是 1756 年以後的底本。
〔註42〕

事實上，這本晚於庚辰年是必然的，但是晚到什麼時期則無人說明，並且諸
家按其正文去作推斷固已不當，又未加以考察其底本非一，而是拼湊的百衲
本。因此儘管「紅樓夢稿」正文所用的底本反映出極為早期的跡象，如甲戌、
己卯原本或戚本等，甚至如第卅七回的形式，並較庚辰本、戚本為早。但這
書的抄成卻已晚到乾隆甲辰晉本出現以後了。其理由有二：

（一）第一回、第六十七以及後四十回目並題名「紅樓夢第 x 回」，這個
已經受到後期以「紅樓夢」為書名的影響，並開程本之先河了。

（二）從第廿二回的形式，揉合戚本及晉本的文字，兼採二本，自成一
系的文字，也不可能早於晉本「甲辰」的題年。

根據這兩點理由，全抄本成書年代最正確的時間應在周春所說的「庚戌
秋」前後，當時傳聞「紅樓夢」已有百廿回之目，己酉本的舒序也一再的提
到。而程偉元在這之後，盡心的搜羅，終於得到這麼一部稿本。儘管程序說
過「巧得於鼓擔」未必可信，或者因有意隱藏來源，而作如是說也未嘗不可。
至少乾隆五十四、五十五年的時候，百廿回的傳說已不脛而走，喧囂塵上，
而且也有人收藏過了。但是其成書過錄的下限不得晚於程偉元、高鶚碰面的
時間，即在乾隆五十六年高鶚序上「今年春」的紀年，尤其正文在辛亥的春
天以前，必然早已抄成，其中尚須加上改文的時間，因此這部稿本的正文過
錄及程氏的準備工作，在乾隆五十五年前應該已經著手進行。

〔註42〕同註10，第 226～227 頁。